呼喊與細雨

余華

目次

第四章

自序

一個記憶回來了

潘卡吉・米什拉（Panjak Mishra）問我：「你早期的短篇小說充滿了血腥和暴力，後來這個趨勢減少了，為什麼？」

這個問題十多年前就纏繞我了，我不知道已經回答了多少次？中國的批評家們認為這是我寫作的轉型，他們寫下了數量可觀的文章，從各個角度來論述，一個作品中充滿了血腥和暴力的余華，是如何轉型成一個溫情和充滿愛意的余華。我覺得批評家們神通廣大，該寫的都寫了，不該寫的好像也寫了，就是我的個人生活也進入到了他們的批評視野，有文章認為是婚姻和家庭促使我完成寫作的轉型，理由是我有一個漂亮的妻子和一個可愛的兒子，幸福的生活讓我的寫作離血腥和暴力越來越遠……這個問題後來又出口到了國外，當我身處異國他鄉時也會常常面對。我覺得十多年來人們經常向這個余華打聽另外一個余華：那個血腥和暴力的余華為何失蹤了？

現在，我尊敬的印度同行也這樣問我，我覺得是認真回答這個問題的時候了。需要說明的是，回答這個問題的傢伙是《兄弟》出版之前的余華，而不是之後的。法國人說《兄弟》催生了一個新的余華，一本書有時候會重塑一個作家，一些中國人也這麼說，我本人十分贊同。於是《兄弟》出版之後的余華也許要對兩個失蹤了的余華負責，不是只有一個了。如何解釋第二個失蹤者，是我以後的工作，不是現在的。

一九九一年、一九九二年和一九九五年，我分別出版了《在細雨中呼喊》（即《呼喊與細雨》）、《活著》和《許三觀賣血記》，就是這三部長篇小說引發了關於我寫作風格轉型的討論，我就從這裡開始自己的回答。

首先我應該申明：所有關於我寫作風格轉型的評論都是言之有理，即便是與我的寫作願望大相逕庭的評論也是正確的。為什麼？我想這就是文學閱讀和批評的美妙之處。事實上沒有一部小說能夠真正完成，小說的定稿和出版只是寫作意義上的完成；從閱讀和批評的角度來說，一部小說是永遠不可能完成和永遠有待於完成的。文學閱讀和批評就是從不同的角度出發，如同是給予了世界很多的道路一樣，給予了一部小說很多的闡釋、很多的感受。因此，文學閱讀和批評的價值並不是指出了作者寫作時想到的，而是更多的作者所沒有想到的。一部開放的小說，可以讓不同生活經歷、不同文化背景的讀者獲得屬於自己的理解和感受。

基於上述前提，以下我的回答純屬個人性，不具有權威性。因為一部小說出版以後，作者也就失去其特權，作者所有針對這部小說的發言，都只是某一個讀者的發言。

我的回答由兩個部分組成。第一部分是為什麼我在一九八〇年代的短篇小說裡，有這麼多的血腥和暴力？第二部分是為什麼到了一九九〇年代的長篇小說裡，這個趨勢減少了？回答這樣的問題並不容易，不是因為沒有答案，而是因為答案太多。親愛的潘卡吉・米什拉，做為一位小說家，你當然知道我可以有很多的回答選擇，可以滔滔不絕地說上幾天，把自己說得口乾舌燥，然後發現自己仍然沒有說完，仍然有不少答案在向我暗送秋波，期待著被我說出來。

經驗告訴我，過多的答案等於沒有答案，真正的答案可能只有一個。所以我決定只是說出其中的一個，我想應該是最重要的一個。

現在我要說故事了，這是我的強項。很久以來，我始終有一個十分固執的想法，我覺得一個人成長的經歷會決定其一生的方向。世界最基本的圖像就是這時候來到一個人的內心深處，如同影印機似的，一幅又一幅地複印在一個人的成長裡。在其長大成人以後，不管是成功，還是失敗；不管是偉大，還是平庸；其所作所為都只是對這個最基本圖像的局部修改，圖像的整體是不會被更改的。

我相信是自己成長的經歷，決定了我在一九八〇年代寫下那麼多的血腥和暴力。文化大革命開始時，我念小學一年級；文化大革命結束時，我高中畢業。我的成長目睹了一次次的遊行、一次次的批鬥大會、一次次的造反派之間的武鬥，還有層出不窮的街頭群架。在貼滿了大字報的街道上見到幾個鮮血淋淋的人迎面走來，是我成長裡習以為常的事情。這是我小時候的大環境，小環境也同樣是血淋淋的。我的父母都是醫生，我和哥哥是在醫院裡長大的，我們在醫院的走廊和病房裡到處亂竄，習慣了來蘇兒的氣味，習慣了嚎叫的聲音和呻吟的聲音，習慣了蒼白的臉色和奄奄一息的表情，習慣了沾滿血跡的紗布扔在病房裡和走廊上。我們的父親時常是剛剛給患者做完手術，手術服上和口罩上血跡斑斑，就在醫院裡到處走動，喊叫我們的名字，要我們立刻到食堂去吃飯。

然後在一九八六年至一九八九年，我突然寫下了大面積的血腥和暴力。中國的文學批評家洪治綱教授在二〇〇五年出版的《余華評傳》裡，列舉了我這期間創作的八部短篇小說，裡面非自然死亡的人物竟然多達二十九個。這都是我從二十六歲到二十九歲的三年裡所幹的事，我的寫作在血腥和暴力裡難以自拔。白天只要寫作，就會有人物在殺人，就會有人物血淋淋地死去。到了晚上我睡著以後，常常夢見自己正在被別人追殺，我在夢裡孤立無援，不是東躲西藏，就是一路逃跑，往往是我快要完蛋的時候，比如一把斧子向我砍下來的時候，我從夢中驚醒了，大汗淋漓，心臟狂跳，半晌才回過神來：謝天謝地！原來只是一個夢。

可是天亮以後，當我坐在書桌前繼續寫作時，立刻好了傷疤忘了疼，在我筆下湧現出來的仍然是血腥和暴力。好像凡事都有報應，晚上我睡著後，繼續在夢中被人追殺。這三年的生活就是這麼的瘋狂，白天我在寫作的世界裡殺人，晚上我在夢的世界裡被人追殺。如此周而復始，我的精神已經來到崩潰的邊緣，自己卻全然不覺，仍然沉浸在寫作的亢奮裡，一種生命正在被透支的亢奮。

這時候我做了一個漫長的夢，以前的夢都是在自己快要完蛋的時候驚醒，這個夢竟然親身經歷了自己的完蛋。也許是那天我太累了，所以夢見自己完蛋的時候仍然沒有驚醒。這個漫長的夢，讓一個真實的記憶回來了。

先來說一說這個真實的記憶。我在中國南方的一個小鎮上長大，文革時期的小鎮生活雖然不乏暴力，可是十分的枯燥和壓抑。在我的記憶裡，一旦有犯人被槍斃，整個小鎮就會像過節一樣熱鬧。所有的審判都是通過公判大會來完成，就像批鬥大會那樣，等待判刑的犯人一字排開，每個犯人胸前都掛著大牌子，牌子上寫著他們各自所犯下的罪行，什麼殺人犯、強姦犯、盜竊犯，還有歷史反革命和現行反革命等等。犯人們胸前掛著大牌子，低頭彎腰站在那裡，聽著一個個慷慨激昂的聲音對自己長篇大論的批判，批判稿的最後就是判決詞。

我生活的小鎮在杭州灣畔，每一次的公判大會都是在縣中學的操場上進行。中學的操場擠滿了小鎮的居民，掛著大牌子的犯人們站在操場的主席台前沿，後面坐著縣革命委員會的成員，通常是由縣革命委員會指定的人站在麥克風前，大聲念著批判稿和最後的判決詞。如果有犯人被五花大綁，身後又有持槍的軍人，那麼這個犯人一定會被判處死刑。

我從童年開始就站在中學的操場上了，經歷了一次又一次的公判大會，聽著高音喇叭裡出來的激昂的聲音，很長的批判稿，前面的部分都是從《人民日報》上抄來的，後面才是這個犯人所犯下的罪行。最後的判決只有八個字：

判處死刑，立即執行！

文革時期的中國沒有法院，判刑後也沒有上訴，而且我們也沒有聽說過世界上還有一種職業叫律師。一個犯人被公判大會判處死刑以後，根本沒有上訴的時間，直接押赴刑場執行槍決。

當「判處死刑，立即執行」之後，台上五花大綁的犯人立刻被兩個持槍的軍人拖了下來，拖到一輛卡車上。卡車向著海邊行駛，後面是上千的小鎮居民蜂擁跟上，或騎車或奔跑，黑壓壓地湧向海邊。我從童年到少年，不知道目睹了多少個判處死刑的犯人，他們聽到對自己的判決那一刻，身體立刻癱軟下來，都是被軍人拖上卡車的。我曾經很近地看到一個死刑犯人被拖上卡車的情景，由於繩子綁得太緊了，犯人的兩隻手慘白無比，沒有一絲血色。

槍斃犯人是在海邊的兩個地方，我們稱之為北沙灘和南沙灘。我們這些小鎮上的孩子跟不上卡車，所以我們常常事先押寶，上次槍斃犯人是在北沙灘，這次就有可能在南沙灘了。當公判大會剛剛開始，我們這些孩子就向著海邊奔跑了，準備搶先占據有利位置，當我們跑到南沙灘，看到空無一人，就知道跑錯地方了，再往北沙灘跑已經來不及了。有幾次我們跑對了沙灘，近距離觀看了槍斃犯人。這是我童年時最為震顫的情景，我看到犯人跪在地上，一個軍人端著步槍，對準犯人的後腦開槍，一顆小小子彈的威力超過一把大鐵錘，一下子就將犯人砸倒在地。

潘卡吉・米什拉，我的朋友，接下來我應該告訴你那個漫長的夢了，也就是我親身經歷自己如何完蛋的夢。這個夢發生在一九八九年，夢中的我被繩子五花大綁，胸前掛著大牌子，站在我們縣中學操場的主席台前沿，台下的人群烏七八糟，我聽著高音喇叭裡響著一個批判的聲音，那個聲音在控訴我的種種罪行，最後是判決的八個字：判處死刑，立即執行。

話音剛落，一支步槍就對準了我的腦袋，「砰」的開槍了。夢中的我被擊倒在台上，奇怪的是我站了起來，我覺得自己的腦袋被子彈擊空了，可是我竟然向開槍的軍人大發雷霆，我衝著他喊叫：

「他媽的，還沒到沙灘呢！」

然後我從夢中驚醒，自然是大汗淋漓和心臟狂跳。可是與以前從噩夢中驚醒的情景不一樣，我不再慶幸自己只是做了一個夢，我開始被一個回來的記憶所糾纏。中學的操場，公判大會，死刑犯人慘白的雙手，沙灘上的槍決，可怕的情景一幕幕在我眼前重複展現。我自問為何總是在夜晚的夢中被人追殺？我意識到是白天寫下太多的血腥和暴力。那個深夜，也可能是凌晨了，我正式告訴自己：以後不要再寫血腥和暴力的故事了。

親愛的潘卡吉，我後來的寫作就像你說得那樣：血腥和暴力的趨勢減少了。現在差不多過去二十年了，回首往事，我心有餘悸。我相信二十年前的自己快要精神崩潰了，如果沒有這個經歷了自己完蛋的夢，沒有那個回來的記憶，我會仍然沉浸在血腥和暴力的寫作裡，直到精神失常。那麼此刻的我，就不會坐在北京的家中，理性地為你寫下這些文字；而是坐在某一個條件糟糕的精神病醫院的床上，在巨大的黑暗裡發呆。

有時候，人生和寫作其實很簡單，一個夢讓一個記憶回來了，然後一切都改變了。

二〇〇八年十二月十七日

韓文版自序

飽嘗了人生綿延不絕的禍福、恩怨和悲喜之後，風燭殘年的陸游寫下了這樣的詩句：「老去已忘天下事，夢中猶見牡丹花。」生活在西元前的賀拉斯說：「我們的財產，一件件被流逝的歲月搶走。」

人們通常的見解是，在人生的旅途上走得越是長久，得到的財富也將越多。陸游和賀拉斯卻暗示了我們反向的存在，那就是歲月搶走了我們一件件的財產，最後是兩手空空，已忘天下事，只能是「猶見」牡丹花，還不是「已見」，而且是在虛無的夢中。

古希臘人認為每個人的體內都有一種維持生機的氣質，這種氣質名叫「和諧」。當陸游淪陷在悲涼和無可奈何的晚年之中，時隱時現的牡丹花讓我們讀到了脫穎而出的喜悅，這似乎就是維持生機的「和諧」。

我想這應該就是記憶。當漫漫的人生長途走向尾聲的時候，財富榮耀也成身外之物，記憶卻顯得極為珍貴。一個偶然被喚醒的記憶，就像是小小的牡丹花一樣，可以覆蓋浩浩蕩蕩的天下事。

於是這個世界上出現了眾多表達記憶或者用記憶來表達的書籍。我雖然才力上捉襟見肘，也寫下過一本被記憶貫穿起來的書——《呼喊與細雨》。我要說明的是，這雖然不是一部自傳，裡面卻是雲集了我童年和少年時期的感受和理解，當然這樣的感受和理解是以記憶的方式得到了重溫。

馬塞爾．普魯斯特在他那部像人生一樣漫長的《追憶似水年華》裡，有一段精美的描述。當他深夜在床上躺下來的時候，他的臉放到了枕頭上，枕套的綢緞可能是穿越了絲綢之路，從中國運抵法國的。光滑的綢緞讓普魯斯特產生了清新和嬌嫩的感受，然後喚醒了他對自己童年臉龐的記憶。他說他睡在枕頭上時，彷彿是睡在自己童年的臉龐上。這樣的記憶就是古希臘人所說的「和諧」，當普魯斯特的呼吸因為肺病困擾變得斷斷續續時，對過去生活的記憶成為了維持他體內生機的氣質，讓他的生活在敘述裡變得流暢和奇妙無比。

我現在努力回想，十二年前寫作這部《呼喊與細雨》的時候，我是不是時常枕在自己童年和少年的臉龐上？遺憾的是我已經想不起來了，我倒是在記憶深處喚醒了很多幸福的感受，也喚醒了很多辛酸的感受。

二〇〇三年五月二十六日

呼喊與細雨

第一章

南門

一九六五年的時候，一個孩子開始了對黑夜不可名狀的恐懼。我回想起了那個細雨飄揚的夜晚，當時我已經睡了，我是那麼的小巧，就像玩具似的被放在床上。屋簷滴水所顯示的，是寂靜的存在，我的逐漸入睡，是對雨中水滴的逐漸遺忘。應該是在這時候，在我安全而又平靜地進入睡眠時，彷彿呈現了一條幽靜的道路，樹木和草叢依次閃開。一個女人哭泣般的呼喊聲從遠處傳來，嘶啞的聲音在當初寂靜無比的黑夜裡突然響起，使我此刻回想中的童年顫抖不已。

我看到了自己，一個受驚的孩子睜大恐懼的眼睛，他的臉型在黑暗裡模糊不清。那個女人的呼喊聲持續了很久，我是那麼急切和害怕地期待著另一個聲音的來到，一個出來回答女人的呼喊，能夠平息她哭泣的聲音。可是沒有出現。現在我能夠意識到當初自己驚恐的原因，那就是我一直沒有聽到一個出來回答的聲音。再也沒有比孤獨的無依無靠的呼喊聲更讓人戰慄了，在雨中空曠的黑夜裡。

緊隨而來的另一個記憶，是幾隻白色的羊羔從河邊青草上走過來。顯然這是對白晝的印象，是對前一個記憶造成的不安進行撫摸。只是我難以確定自己獲得這個印象時所處的位置。

可能是幾天以後，我似乎聽到了回答這個女人呼喊的聲音。那時候是傍晚，一場暴雨剛剛過去，天空裡的黑雲猶如滾滾濃煙。我坐在屋後的池塘旁，在潮濕的景色裡，一個陌生的男人向我走來。他穿著一身黑色的衣服，走來時黑衣在陰沉的天空下如旗幟一樣飄蕩著。正在接近的這個景象，使我心裡驀然重現了那個女人清晰的呼喊聲。陌生男人犀利的目光從遠處開始，到走近一直注視著我。就在我驚恐萬分的時候，他轉身走上了一條田埂，逐漸離我遠去。寬大的黑衣由於風的掀動，發出嘩嘩的聲響。我成年以後回顧往事時，總要長久地停留在這個地方，驚訝自己當初為何會將這嘩嘩的衣服聲響，理解成是對那個女人黑夜雨中呼喊的回答。

我記得這樣一個上午，一個清澈透明的上午，我跟在村裡幾個孩子後面奔跑，腳下是鬆軟的泥土和迎風起舞的青草。陽光那時候似乎更像是溫和的顏色塗抹在我們身上，還不是耀眼的光芒。我們奔跑著，像那些河邊的羊羔。似乎是跑了很長時間，我們來到了一座破舊的廟宇，我看到了幾個巨大的蜘蛛網。

應該是更早一些時候，村裡的一個孩子從遠處走過來。我至今記得他蒼白的臉色，他的嘴唇被風吹得哆哆嗦嗦，他對我們說：

「那邊有個死人。」

死人躺在蜘蛛網的下面，我看到了他，就是昨天傍晚向我走來的黑衣男人。雖然我現在努力回想自己當初的心情，可我沒有成功。回想中的往事已被抽去了當初的情緒，只剩下了外殼。此刻蘊含其中的情緒是我現在的情緒。陌生男人突然死去的事實，對於六歲的我只能是微微的驚訝，不會出現延伸的感嘆。他仰躺在潮濕的泥土上，雙目關閉，一副舒適安詳的神態。我注意到黑色的衣服上沾滿了泥跡，斑斑駁駁就像田埂上那些灰暗的無名之花。我第一次看到了死去的人，看上去他像是睡著了。這是我六歲時的真實感受，原來死去就是睡著了。

此後我是那麼的懼怕黑夜，我眼前出現了自己站在村口路上的情景，降臨的夜色猶如洪水滾滾而來，將我的眼睛吞沒了，也就吞沒了一切。很長一段時間裡，我躺在黑暗的床上不敢入睡，四周的寂靜使我的恐懼無限擴張。我一次次和睡眠搏鬥，它強有力的手使勁要把我拉進去，我拚命抵抗。我害怕像陌生男人那樣，一旦睡著了就永遠不再醒來。可是最後我總是疲憊不堪，無可奈何地掉入了睡眠的寧靜之中。當我翌日清晨醒來時，發現自己還活著，看著陽光從門縫裡照射進來，我的喜悅使我激動無比，我獲得了拯救。

我六歲時最後的記憶，是我在奔跑。記憶重現了城裡造船廠昔日的榮耀，他們製造的第一艘水泥船將來到南門的河上。我和哥哥跑向了河邊。過去的陽光是那麼的鮮豔，照耀著我年輕的母親，她藍方格的頭巾飄動在往昔的秋風裡，我弟弟坐在她的懷中，睜大著莫名其妙的眼睛。我那個笑聲響亮的父親，赤腳走上了田埂。為什麼要出現一個身穿軍裝的高大男人？就像一片樹葉飄入了樹林，他走到了我的家人中間。

河邊已經站滿了人，哥哥帶著我，從那些成年人的褲襠裡鑽過去，嘈雜的人聲覆蓋了我們。我們爬到了河邊，從兩個大人的褲襠裡伸出了腦袋，像兩隻烏龜一樣東張西望。激動人心的時刻是由喧天的鑼鼓聲送來的，在兩岸歡騰的人聲裡，我看到了駛來的水泥船，船上懸掛著幾根長長的麻繩，繩上結滿了五顏六色的紙片，那麼多鮮花在空中開放？十來個年輕的男人在船上敲鑼打鼓。

我向哥哥喊叫：

「哥哥，這船是用什麼做的？」

我的哥哥扭過頭來以同樣的喊叫回答我：

「石頭做的。」

「那它怎麼不沉下去呢？」

「笨蛋。」我哥哥說，「你沒看到上面有麻繩吊著？」

身穿軍裝的王立強，在這樣的情景裡突然出現，使我對南門的記憶被迫中斷了五年。這個高大的男人，拉著我的手離開了南門，坐上一艘突突直響的輪船，在一條漫長的河流裡接近了那個名叫孫蕩的城鎮。我不知道自己已被父母送給了別人，我以為前往的地方是一次有趣的遊玩。在那條小路上，疾病纏身的祖父與我擦肩相遇，面對他憂慮的目光，我得意洋洋地對他說：

「我現在沒工夫和你說話。」

五年以後，當我獨自回到南門時，又和祖父相逢在這條路上。

我回家後不久，一家姓蘇的城裡人搬到南門來居住了。一個夏天的早晨，蘇家的兩個男孩從屋內搬出了一張小圓桌，放在樹蔭下面吃起了早餐。

這是我十二歲看到的情景。兩個城裡孩子穿著商店裡買來的衣褲坐在那裡。我一個人坐在池塘旁，穿的是土布手工縫製的短褲。然後我看到十四歲的哥哥領著九歲的弟弟向蘇家的孩子走去。他們和我一樣，也都光著上身，在陽光下黑黝黝的像兩條泥鰍。

在此之前，我聽到哥哥在曬場那邊說：

「走，去看看城裡人吃什麼菜。」

曬場那邊眾多的孩子裡，願意跟哥哥走向兩個陌生人的，只有九歲的弟弟。我的哥哥昂首闊步走去時，顯得英勇無比。弟弟則小跑著緊隨其後。他們手上挎著的割草籃子在那條路上搖晃不止。

兩個城裡孩子放下了手中的碗筷，警惕地注視著我的兄弟。我的兄弟沒有停留，大模大樣地從小圓桌前走過，又從城裡人的屋後繞了回來。比起哥哥來，我弟弟的大模大樣就顯得有些虛張聲勢。

他們回到曬場後，我聽到哥哥說：

「城裡人也在吃鹹菜，和我們一樣。」

「沒有肉嗎？」

「屁也沒有。」

我弟弟這時出來糾正：

「他們的鹹菜裡有油，我們的鹹菜裡沒有油。」

哥哥可能推了弟弟一把：

「去、去、去，油有什麼了不起的，我們家也有。」

弟弟繼續說：「那是香油，我們家沒有。」

「你知道個屁。」

「我聞到的。」

我十二歲那年王立強死後，獨自一個人回到南門，彷彿又開始了被人領養的生活。那些日子裡，我經常有一些奇怪的感覺，似乎王立強和李秀英才是我的真正父母，而南門這個家對於我，只是一種施捨而已。這種疏遠和隔膜最初來自於那場大火。我和祖父意外相遇後一起回到南門恰好一場大火在我家的屋頂上飄揚。

這樣的巧合使父親在此後的日子裡，總是滿腹狐疑地看著我和祖父，彷彿這場災難是我們帶來的。有時我無意中和祖父站在一起，父親就會緊張地嗷嗷亂叫，似乎他剛蓋起來的茅屋又要著火了。

祖父在我回到南門的第二年就死去了。祖父的消失，使父親放棄了對我們的疑神疑鬼。但我在家中的處境並不因此得到改善。哥哥對我的討厭，是來自父親的影響。每當我出現在他身旁時，他就讓我立刻滾蛋。我離自己的兄弟越來越遠，村裡的孩子總和哥哥在一起，我同時也遠離了他們。

我只能長久地去懷念在王立強家中的生活，還有我在孫蕩的童年伙伴。我想起了無數歡欣的往事，同時也無法擺脫一些憂傷。我獨自坐在池塘旁，在過去的時間裡風塵僕僕。我獨自的微笑和眼淚汪汪，使村裡人萬分驚訝。在他們眼中，我也越來越像一個怪物。以致後來有人和父親吵架時，我成了他們手中的武器。說像我這樣的兒子只有壞種才生得出來。

我在南門的所有日子裡，哥哥唯一一次向我求饒，是他用鐮刀砍破了我的腦袋，我流了一臉的血。

這事發生在我家羊棚裡。當初我腦袋上挨了重重一下後並不清楚發生了什麼，只是看到哥哥的態度發生了突然的變化。然後我才感覺到血在臉上流淌。

哥哥堵在門口，一副驚慌失措的樣子，求我將血洗去。我硬是把他推開，向村口走去，走向父親的田間。

那時候村裡人都在蔬菜地裡澆糞，微風吹來，使我聞到了一股淡淡的糞味。我在走近蔬菜地時，聽到了幾個女人失聲驚叫，我模糊地看到母親向我跑來。母親跑到跟前問了一句什麼，我沒有回答，逕自走向父親。

我看到父親握著長長的糞杓，剛從糞桶裡舉起來，停留在空中，看著我走去。

我聽到自已說了一句：「是哥哥打的。」

父親將糞杓一扔，跳上田埂急步走回家去。

然而我並不知道，在我走後，哥哥強行用鐮刀在弟弟臉上劃出了一道口子。當弟弟張嘴準備放聲大哭時，哥哥向他做出了解釋，然後是求饒。哥哥的求饒對我不起作用，對弟弟就不一樣了。

當我走回家中時，所看到的並不是哥哥在接受懲罰，而是父親拿著草繩在那棵榆樹下等著我。

由於弟弟的誣告，事實已被竄改成是我先用鐮刀砍了弟弟，然後哥哥才使我滿臉是血。

父親將我綁在樹上，那一次毆打使我終生難忘。我在遭受毆打時，村裡的孩子興致勃勃地站在四周看著我，我的兩個兄弟神氣十足地在那裡維持秩序。

這次事情以後，我在語文作業簿的最後一頁上記下了大和小兩個標記。此後父親和哥哥對我的每一次毆打，我都記錄在案。

時隔多年以後，我依然保存著這本作業簿，可陳舊的作業簿所散發出來的霉味，讓我難以清晰地去感受當初立誓償還的心情，取而代之的是微微的驚訝。這驚訝的出現，使我回想起了南門的柳樹。我記得在一個初春的早晨，突然驚訝地發現枯乾的樹枝上布滿了嫩綠的新芽。這無疑是屬於美好的情景，多年後在記憶重現時，竟然和暗示昔日屈辱的語文作業簿緊密相連。也許是記憶吧，記憶超越了塵世的恩怨之後，獨自來到了。

我在家裡的處境越來越糟時，又發生了一件事，這事導致了我和家人永遠無法彌補的隔膜。使我不僅在家中，而且在村裡聲名狼藉。

村裡王家的自留地和我家的緊挨在一起。王家兩兄弟在村裡是最強壯的，那時候王家兄長已經結婚，最大的孩子和我弟弟一樣的年齡。為自留地爭吵在南門是常有的事，我已經記不清那次爭吵的具體原因，只記得那是傍晚的時刻，我坐在池塘旁，看著自己的父母和兄弟站在那裡，和王家六口人爭執不休。我家的人顯得勢單力薄，就是聲音都沒有人家響亮。尤其是我的弟弟，罵人時還沒有王家同齡的孩子口齒清楚。村裡的人幾乎都站在了那裡，有幾個人出來規勸，都被他們雙方擋了回去。後來我突然看到父親揮舞著拳頭衝了上去，卻讓王家弟弟王躍進一把抓住了手腕，接著一拳就將我父親打進了稻田。父親破口大罵，水淋淋地想爬上來，被王躍進一腳又踢回到稻田裡。父親幾次想爬上來，都被踢了回去。我看到母親嘶叫著撞向王躍進，他順手一推，母親也摔進了稻田。我的父母就像是兩隻被扔進水裡的雞一樣，狼狽不堪地掙扎著。兩人擠在一起的恥辱情景使我心酸地低下了頭。

後來，我的哥哥揮著菜刀衝了過去，我弟弟則提著鐮刀緊隨其後。哥哥手中的菜刀向王躍進的屁股上砍去。

接下去的情形出現了急遽的變化，剛才還十分強大的王家兩兄弟，在我哥哥菜刀的追趕下，倉皇地往家中逃去。我哥哥追到他們家門口時，兩兄弟各持一把魚叉對準了我哥哥。我的哥哥揮起菜刀就往魚叉上撲過去。在不要命的哥哥面前，王家兄弟扔了魚叉就逃。

弟弟在哥哥精神的鼓舞下，舉著鐮刀哇哇大叫，也顯得英勇無比。但他跑起來重心不穩，自己將自己絆倒了好幾次。

在這場爭端裡，由於我一直坐在池塘旁觀瞧，村裡不管是支持父親的人，還是反對父親的人，甚至是王家的人，都認為在這個世界上再也找不出像我這麼壞的人了。在家中，我的處境也就可想而知。我的哥哥則成了眾口皆碑的英雄。

有一段時間，我坐在池塘旁，或者割草的時候，喜歡偷偷觀察蘇家。兩個城裡的孩子出來的時候並不多，他們走得最遠的一次是來到村口的糞池旁，但馬上又回去了。一天上午，我看著他們從屋裡出來，站在屋前的兩棵樹中間，用手指指點點說著什麼。然後走到一棵樹下，哥哥將身體蹲下去，弟弟撲在了他背脊上。哥哥將弟弟背到了另一棵樹下，此後是弟弟背著哥哥回到了剛才那棵樹旁。兩個孩子輪流重複著這樣的動作，每當一個壓到另一個身上時，我就會聽到令人愉快的笑聲。兄弟兩人的笑聲十分相似。

後來從城裡來了三個泥瓦匠，拉來了兩板車紅磚。蘇家的屋前圍起了圍牆，那兩棵樹也被圍了進去。我就再也沒看到蘇家兄弟令我感動的遊戲，不過我經常聽到來自圍牆裡的笑聲，我知道他們的遊戲仍在進行。

他們的父親是城裡醫院的醫生。我經常看到這個皮膚白淨、嗓音溫和的醫生，下班後在那條小路上從容不迫地走來。只有一次，醫生沒有走著回家，而是騎著一輛醫院的自行車出現在那條路上。那時我正提著滿滿一籃青草往家中走去。身後的鈴聲驚動了我，我聽到醫生在車上大聲呼喊他的兩個兒子。

蘇家兄弟從屋裡出來後，為眼前出現的情景歡呼跳躍。他們歡快地奔向自行車，他們的母親站在圍牆前，微笑地看著自己的家人。

醫生帶著他的兩個兒子，騎上了田間小路。坐在車上的兩個城裡孩子發出了激動人心的喊叫，坐在前面的弟弟不停地按響車鈴。這情景讓村裡的孩子羨慕不已。

在我十六歲讀高中一年級時，我才第一次試圖去理解家庭這個詞。我對自己南門的家庭和在孫蕩的王立強家庭猶豫了很久，最後終於確定下來的理解，便是對這一幕情景的回憶。

我和醫生的第一次接觸，是發生在那次自留地風波之前的事。

那時候我回到南門才幾個月，我的祖父還沒有死去，他在我們家住滿一個月以後，去我叔叔家了。那次我持續高燒了兩天，口裂舌燥地躺在床上，腦袋昏昏沉沉的。剛好我們家的母羊要下崽了，一家人全在羊棚裡。我獨自一人躺在屋內，迷迷糊糊地聽著他們紛亂的聲音，我兄弟的尖嗓音時刻在中間響起。

後來是母親走到我床邊，嘴裡說了一句什麼又出去了。母親再次進來時，身旁有一個人，我認出是蘇家的醫生。醫生用手掌在我額上放了一會，我聽到他說：「有三十九度。」

他們出去以後，我感到羊棚那邊的聲音嘈雜起來。醫生的手掌剛才在我額上輕輕一放，我所經歷的卻是親切感人的撫摸。沒過多久，我聽到了蘇家兩個孩子在屋外說話的聲音，後來才知道他們是給我送藥來的。

病情好轉以後，我內心潛藏的孩子對成年人的依戀，開始躁動起來。我六歲離開南門以前，我和父母之間是那麼親切，後來在孫蕩的五年生活裡，王立強和李秀英也給予了我成年人的愛護。可是當我回到南門以後，我一下子變得無依無靠了。

最初的日子，我經常守候在醫生下班回家的路上，看著他從遠處走來，想像著他走到跟前對我說的那些親切的話語，並期待著他再次用寬大的手掌撫摸我的前額。

然而醫生從來就沒有注意我，現在想來是他根本就不會注意我是誰，為什麼總是站在那裡。他總是匆匆從我身邊走過，偶爾也會看我一眼，可他用的是一個陌生人看另一個陌生人的眼光。

醫生的兩個兒子，蘇宇和蘇杭，不久以後也加入到村裡的孩子中間。那時我的兄弟在田埂上割草，我看著蘇家的兩個孩子猶猶豫豫地走過去，他們邊走邊商量著什麼。我的哥哥當時感到自己可以指揮一切的哥哥，向他們揮著手中的鐮刀，叫道：

「喂，你們想割草嗎？」

蘇宇在南門很短的生活裡，只有一次走過來和我說話。我至今記得他當初靦腆的神情，他的笑容帶著明顯的怯意，他問我：

「你是孫光平的弟弟？」

蘇家在南門只住了兩年，我記得他們搬走的那天下午，天空有些陰沉。最後一車家具是由醫生拉著走的，兩個孩子在車的左右推著。他們的母親提著兩籃零碎的東西跟在最後。

蘇宇十九歲的時候，因腦血管破裂而死去。我得到他死訊時，已是第二天下午。那天我放學回家，路過以前是蘇家的房屋時，心中湧上的悲哀使我淚流而下。

在我記憶裡，哥哥進入高中以後，身上出現了顯著的變化。現在想來，我倒是十分懷念十四歲時的哥哥。那時的哥哥雖然霸道，身上的驕傲卻令人難忘。我的兄弟坐在田埂上，指揮著蘇家兄弟為他割草，這情景在很長一段時間一直代表著哥哥的形象。

我哥哥升入高中沒多久，開始結交城裡同學。與此同時，他對村中孩子的態度變得越來越冷漠。隨著哥哥的城裡同學陸續不斷地來到我家，我的父母覺得臉上光彩。甚至村裡的幾個老人也四處斷言，認為村中孩子裡最有出息的是我的哥哥。

那段時間裡，經常有兩個城裡的年輕人凌晨跑到村旁來大喊大叫。他們的喊聲坑坑凹凹高低不平，尤其是嗓子喊破的一瞬間，聽起來毛骨悚然，村裡人起初還以為是在鬧鬼。

這事給我哥哥留下了深刻的印象，有一次他神情黯然地說：

「當我們想成為城裡人時，城裡人卻在想成為歌唱家。」

哥哥顯然是村裡孩子中最早接受現實的提醒，他開始預感到自己一生都將不如城裡同學，這是他對內心自卑的最初感受。公正地說，我哥哥結交城裡同學是他一貫驕傲的延伸。城裡同學的來到無疑抬高了他在村中的價值。

我哥哥的第一次戀愛是升入高中二年級時出現的。他喜歡上一個粗壯的女同學，是城裡一個木匠的女兒。我幾次看到哥哥在學校的某個角落，從書包裡拿出一包瓜子偷偷塞給她。

她經常嗑著我們家的瓜子出現在操場上，她吐瓜子殼時的放肆勁，彷彿她已經兒女成群。有一次她吐出瓜子殼以後，我看到她嘴角長時間地掛著一條唾沫。

那時候我哥哥和他的同學開始談論女人了。我坐在屋後的池塘旁，聽著那些過去聞所未聞的話。關於乳房、大腿等一些赤裸裸的詞語從後窗飄出，我聽得心驚肉跳。後來他們開始談論自己，哥哥起先閉口不談，在他城裡同學慫恿下，他說出了自己和那個女同學的關係。他相信了他們絕不洩密的誓言，另一方面是他心血來潮。顯然我的哥哥誇張了和那個女同學的關係。

不久之後，那個女同學站在操場的中央，她身邊站著幾個同樣放肆的女生。她向我哥哥喊叫，要他過去。

我看到自己哥哥忐忑不安地走過去，他可能預感到將會發生什麼。這是我第一次看到他的恐懼。

她問：「你說我喜歡你？」

我的哥哥滿臉通紅。那時我已經走開了，我沒有看到一貫自信的哥哥在不知所措之後

她在身旁女同學助威的哄笑裡，將吃剩的瓜子扔向了我哥哥的臉。

這天放學以後，我哥哥很晚才回來，沒吃飯就躺到了床上。幾乎整整一夜，我在迷迷糊糊之中聽到他在床上翻來覆去的聲響。第二天他還是忍受住了恥辱，走上了上學之路。

哥哥知道是城裡同學出賣了他，他並不因此表現出一絲憤怒，甚至連責怪的意思都沒

有。他繼續著和他們的親密交往，我知道他這樣做是不願讓村裡人看到城裡同學一下子都不來了。然而哥哥的努力最終還是失敗了。當他們高中畢業以後，一個個陸續參加了工作，便不再像以前那麼遊手好閒，所以哥哥也到了被他們拋棄的時候了。

當哥哥的城裡的同學不再光顧我家，這天臨近傍晚的時候，蘇宇意外地來到了。自從搬走以後，蘇宇還是第一次來到南門。當時我和哥哥在菜地裡。正在做飯的母親看到蘇宇來到後，以為是來找我哥哥的。我母親站在村口激動無比呼喚著哥哥的情景，多年後回想時令我感慨萬分。

當哥哥跳上田埂回到家中時，蘇宇的第一句話卻是問他：

「孫光林呢？」

於是母親在驚愕中明白了蘇宇是來找我的。哥哥則是冷靜得多，他神態隨便地告訴蘇宇：

「他在菜地裡。」

蘇宇沒想到那時應該和他們說上幾句話，他沒有絲毫禮貌的表示就離開了他們，走向菜地裡的我。

蘇宇來找我，是為了告訴我他參加工作的事，他去的地方是化肥廠。我們兩人在田埂上坐了很久，在晚風裡共同望著那幢蘇家昔日的房屋。蘇宇問我：

「現在是誰在住？」

我搖搖頭。有一個小女孩經常從那裡走出來，她的父母也能經常看到。但我不知道他們是誰。

蘇宇是在天黑的時候回去的，我看著蘇宇躬著背消失在那條通往城裡的路上。不到一年，他就死去了。

我高中畢業時，高考已經恢復。當我考上大學後，卻無法像蘇宇參加工作時來告訴我那樣，去告訴蘇宇。我曾經在城裡的一條街道上看到過蘇杭，蘇杭騎著自行車和幾個朋友興高采烈地從我身旁急駛而過。

我參加高考並沒有和家裡人說，報名費也是向村裡一個同學借的。一個月後我有了錢去還給那位同學時，他說：

「你哥哥已經替你還了。」

這使我吃了一驚。我接到錄取通知後，哥哥為我準備了一些必需品。那時我的父親已經和斜對門的寡婦搭上了，父親常常在半夜裡鑽出寡婦的被窩，再鑽進我母親的被窩。他對家中的事已經無暇顧及。當哥哥將我的事告訴父親，父親聽後只是馬馬虎虎地大叫一聲：

「怎麼？還要讓那小子念書，太便宜他啦。」

當父親明白過來我將永久地從家裡滾蛋，他就顯得十分高興了。

我母親要比父親明白一些，在我臨走的那些日子，母親總是不安地看著我哥哥，她更為希望的是我哥哥去上大學。她知道一旦大學畢業就能夠成為城裡人了。

走時只有哥哥一人送我。他挑著我的鋪蓋走在前面，我緊跟其後。一路上兩人都一言不發。這些日子來哥哥的舉動讓我感動，我一直想尋找一個機會向他表達自己的感激，可是籠罩著我們的沉默使我難以啟齒。直到汽車啟動時，我才突然對他說：

「我還欠了你一元錢。」

哥哥不解地看著我。

我提醒他：「就是報考費。」

他明白了我的意思，我看到他眼睛裡流露出了悲哀的神色。

我繼續說：「我會還給你的。」

汽車駛去以後，我探出車窗去看哥哥。他站在車站外面的樹下，茫然若失地看著我乘坐的汽車遠去。

不久之後，南門的土地被縣裡徵用建起了棉紡廠，村裡的人一夜之間全變成了城鎮居民。雖然我遠在北京，依然可以想像出他們的興奮和激動。儘管有些人搬走前哭哭啼啼的，我想他們是樂極生悲了。管倉庫的羅老頭到處向人灌輸他的真理：

「工廠再好遲早也要倒閉，種田的永遠不會倒閉。」

然而多年後我回到家鄉，在城裡的一條胡同口見到羅老頭時，這個穿著又黑又髒棉衣的老頭得意洋洋地告訴我：

「我現在拿退休工資了。」

我遠離南門之後，做為故鄉的南門一直無法令我感到親切。長期以來，我固守著自己的想法。回首往事或者懷念故鄉，其實只是在現實裡不知所措以後的故作鎮靜，即便有某種抒情伴隨著出現，也不過是裝飾而已。有一次，一位年輕女子用套話詢問我的童年和故鄉時，我竟會勃然大怒：

「你憑什麼要我接受已經逃離了的現實。」

南門如果還有值得懷念的地方，顯然就是那口池塘。當我得知南門被徵用，最初的反應就是對池塘命運的關心。那個使我感到溫暖的地方，我覺得已被人們像埋葬蘇宇那樣埋葬掉了。

十多年後我重返故鄉，在一個夜晚獨自來到南門。那時成為工廠的南門，已使我無法聞到晚風裡那股淡淡的糞味了，我也聽不到莊稼輕微的搖晃。儘管一切都徹底改變，我還是準確地判斷出了過去的家址和池塘的方位。當我走到那裡時心不由一跳，月光讓我看到了過去的池塘依然存在。池塘的突然出現，使我面臨了另一種情感的襲擊。回憶中的池塘總是給我以溫暖，這一次真實的出現則喚醒了我過去的現實。看著水面上漂浮的髒物，我知道了池塘並不是為了安慰我而存在的，更確切地說，它是做為過去的一個標記。不僅沒有從我記憶裡消去，而且依然堅守在南門的土地上，為的是給予我永遠的提醒。

婚禮

我坐在池塘旁的那些歲月，馮玉青在村裡洋溢青春氣息的走動，曾給過我連續不斷的憧憬。這個年輕的女子經常是手提木桶走來，走到井台旁時，她的身體就會小心翼翼。她的謹慎便要引起我的擔憂，擔憂井旁的青苔會將她滑倒在地。她將木桶放入井中彎腰時，腦後的辮子就會掉落到胸前垂掛在那裡，我看到了多麼美妙的搖晃。

有一年夏天，也就是馮玉青在南門的最後一年。我在中午看到馮玉青走來時，突然產生了不同於以往的感覺。當時的馮玉青身穿碎花布衫，我看到了乳房在衣服裡的顫動，這情景使我頭皮一陣陣發麻。幾天以後，我上學路過馮玉青家門口時，這個豐滿的姑娘正站在門口，迎著朝陽的光芒梳理頭髮，她的脖子微微偏向左側，初升的陽光在她光潔的脖子上流淌，沿著優美的身姿曲折而下。高高抬起的雙臂，使她淺色的腋毛清晰地呈現在晨風裡。這兩幕情景的交替出現，我此後再看到馮玉青時，感到自己的目光畏縮不前了。我內心針對馮玉青的情感已不再那麼單純，來自生理的最初欲念已經置身其中。

令我吃驚的是哥哥孫光平不久之後夜晚的一個舉動，這個十五歲的男孩，顯然比我更早發現馮玉青身上散發出來的誘惑。那個月光明亮的夜晚，孫光平在井台打了水往回走去時，馮玉青迎面走來。兩人擦肩而過的一瞬間，孫光平的手突然伸向了馮玉青的胸脯，隨後迅速縮回。孫光平急步往家裡走去，馮玉青則被他的舉動弄得大吃一驚，她怔怔地站在那裡，直到看到我以後才恢復常態，走到井旁去打水。我注意到她打水時不停地將垂到胸前的辮子往後摔去。

開始的幾天裡，我一直覺得馮玉青會找上門來，起碼她的父母也會來到。那幾天孫光平的眼睛總是驚慌不安地向門外張望，他害怕的事一直沒有出現，才逐漸恢復了昔日的神氣。有那麼一次我看到孫光平和馮玉青迎面走到一起，孫光平露出討好的笑容，馮玉青卻鐵青著臉迅速走去。

我弟弟孫光明也注意到了馮玉青的誘惑。這個十歲的孩子在生理上還莫名其妙的時候，就會向走來的馮玉青喊道：

「大乳房。」

我髒乎乎的弟弟那時正坐在地上，手裡玩著一塊索然無味的破磚瓦。他向馮玉青發出傻笑時，嘴角流淌著愚蠢的口水。

馮玉青臉色通紅，低著頭往家中走去。她的嘴微微歪斜，顯然她是在努力控制自己的笑容。

就是這一年秋天，馮玉青的命運出現了根本的變化。我記得非常清楚，那天中午放學回家路過木橋時，我看到了與往常判若兩人的馮玉青，在眾多圍觀的人中間，緊緊抱住王躍進的腰。這一幕情形給予當時的我以沉重一擊，這個代表著我全部憧憬的姑娘，神情茫然地看著周圍的人，她的眼睛裡充斥著哀求和苦惱。而旁人看著她的目光卻缺乏應有的同情，他們更多的是好奇。被抱住的王躍進嬉笑地對圍觀的人說：

「你們看，她多下流。」

人們發出的笑聲絲毫沒有影響她，她的神態只是更為嚴肅和執著，有一會她閉上了眼睛。馮玉青閉上眼睛的那一刻，我心裡百感交集。她所緊緊抱住的是不屬於她的東西，那具身體的離去遲早總會實現。現在我眺望往事時，彷彿看到她所抱住的不是一個人，而只是空氣。馮玉青寧願喪失名譽，克服羞怯去抱住這空空蕩蕩。

王躍進軟硬兼施，一會兒辱罵，一會兒調笑，都無法使馮玉青鬆手。他擺出一副無可奈何的樣子說：

「還有這種女人。」

面對王躍進的連續侮辱，馮玉青始終沒有申辯。也許是發現無法求得旁人的同情，她將目光轉向流動的河水。

「你他娘的到底要幹什麼？」

王躍進響亮地喊叫了一聲，怒氣沖沖地去拉她捏在一起的雙手。我看到馮玉青轉過臉來咬緊牙齒。

王躍進的努力失敗後，嗓音開始低沉下去，他說：

「你說吧，你要我幹什麼？」

那時馮玉青才輕聲說：

「你陪我上醫院去檢查。」

馮玉青說這話時沒有一絲羞怯，她的聲音異常平靜，彷彿找到目標以後開始心安理得。這時候她看了我一眼，我感到她的目光和我的身體一起顫抖起來。

王躍進這時說：

「你得先鬆開手，要不我怎麼陪你去。」

馮玉青猶豫了一下後鬆開了手，解脫了的王躍進拔腿就跑，他跑去還回過頭來喊道：

「要去你自己去。」

馮玉青微皺著眉看著逃跑的王躍進，然後又看了圍觀的人，她第二次看到了我。她沒有去追趕王躍進，而是獨自一人向城裡醫院走去。村上幾個放學回家的孩子一直跟著她到醫院，我沒有去，我站在木橋上看著她走遠。馮玉青走去時剛才弄亂的辮子放開，我看到她用手指梳理起長長的黑髮，接著邊走邊結起了辮子。

這個往常羞羞答答的姑娘，那時候顯得十分鎮靜。她內心的不安只是通過蒼白的臉色略有顯露。馮玉青對一切都置之度外了，她在醫院掛號時，像一個結了婚的女人那樣平靜地要了婦科的號。當她在婦科裡坐下來後，依然平靜地回答了醫生的詢問，她說：

「檢查是不是懷孕。」

醫生注意到了病歷上註明未婚這一欄，問她：

「你還沒結婚？」

「是的。」她點點頭。

我同村的三個男孩看著她手拿一只茶色的玻璃小瓶走進女廁所，她出來時神情莊重。在等待尿液檢驗結果時，她像一個病人那樣坐在走廊的長凳上，兩眼望著化驗室的窗口出神。後來知道自己沒有懷孕，她才局部地喪失了鎮靜。她走到醫院外面一根水泥電線桿旁，身體靠上去後，雙手捂著臉哭泣起來。

她的父親，年輕時能夠一氣喝兩斤白酒、現在仍然能喝一斤多的老人，在那個夕陽西下的傍晚，站在王家的屋前，跺著腳破口大罵。他的叫罵聲在傍晚的風裡飄滿全村。然而對於村裡的孩子來說，他所有的咒罵都抵不上那句唯一的充滿委屈的訴說：

「我女兒都讓你睡過啦。」

直到半年以後，村裡的孩子嘴上就像掛著鼻涕一樣還掛著這句話。他們看到他時，會遠遠地齊聲喊叫：

「我女兒都讓你睡過啦。」

我在南門所目睹的幾次婚禮，王躍進的婚禮令我難忘。這個身材高大、曾經被孫光平拿著菜刀追趕得到處亂竄的年輕人，那天早晨穿上了全新的卡其布中山服，像一個城裡來的幹部似的臉色紅潤，準備過河去迎接他的新娘。那時候他們全家所有人都為他即將來到的婚禮上竄下跳，唯有他因為穿上了新衣服就顯得無所事事。我上學走過他家屋前時，他正在說服同村一個年輕人陪他去迎接新娘，他告訴這人：

「沒有別人了，就你還沒結婚。」

那人說：「我早不是童男子了。」

他的說服如同例行公事一樣馬馬虎虎，被說服的人也不是不願去，無非是因為無聊而做出的某種表示。

這次婚禮宰了兩頭豬和幾十條草魚，這一切都是在村裡曬場上進行的。豬血和魚鱗在曬場上盤據了一上午，直到我們放學回家時，曬場才被清理出來，擺上了二十張圓桌。那時候孫光明的臉上貼滿了魚鱗，一身腥臭地對走過去的孫光平說：

「你數數，我有多少眼睛？」

孫光平像是父親似的訓斥他：

「去洗掉。」

我看到孫光平一手抓住孫光明脖後的衣領，把他往池塘拉去。孫光明小小的自尊心頓時受到了損害，我弟弟扯著尖細的嗓音破口大罵：

「孫光平，我操你娘。」

迎親的隊伍是在上午出發的。一支目標一致、卻鬆鬆垮垮的隊伍在節奏混亂的鑼鼓聲裡，越過了那條後來取走孫光明生命的河流，走向了王躍進的床上伙伴。

來自鄰村的新娘是個長得很圓的姑娘，羞羞答答地走近村裡。她似乎認為村裡沒人知道她曾在黑夜裡來過多次，所以在表現羞怯時理直氣壯。

那次婚禮孫光明足足吃了一百五十來顆蠶豆，以致那天晚上在睡夢裡他依然臭屁滾滾。翌日上午孫光平向他指出這一點時，他嘻嘻傻笑了半天。他認為自己吃了五顆水果糖，至於蠶豆他就沒工夫去數了。孫光明在臨死的前一天，還坐在門檻上向孫光平打聽村裡誰快要結婚了，他發誓這次要吃十顆水果糖。他說這話時鼻涕都流進了嘴巴。

我經常想起這個過早死去的弟弟，在那個下午爭搶水果糖和蠶豆時的勇猛情形。王躍進的嫂子拿著一個竹籃出來時，孫光明並不是最早衝上去的，但他卻最先撲倒在地。那一籃蠶豆裡只夾雜著幾十顆水果糖。王家嫂子像餵雞一樣將籃中的食物倒向圍上去的孩子。我哥哥孫光平撲下去時，臉頰遭受另一孩子膝蓋的無意一擊。脾氣暴躁的哥哥當時只顧去揍那個孩子，從而一無所獲。孫光明就完全不一樣了，他撲下去搶水果糖和蠶豆時經受住了各種打擊。以致他後來滿嘴泥土在地上坐了半天，齜牙咧嘴地撫摸著腦袋和耳朵，同時告訴孫光平他的腿也傷痕累累。

孫光明搶到七顆水果糖和滿滿一把蠶豆，他坐在地上將它們和泥土碎石子小心翼翼地分開。孫光平站在一旁虎視眈眈地看著四周貪婪盯著弟弟的孩子，使他們誰也不敢上前去搶孫光明手中的食物。

然後孫光明分給了孫光平一小把蠶豆和一顆水果糖，孫光平接過去後十分不滿地說：

「就這麼一點。」

孫光明摸著自己被擰紅的耳朵猶豫地看著孫光平，然後似乎是有些感傷地拿出一顆水果糖和一撮蠶豆遞給哥哥。當哥哥仍沒有走開的意思時，他尖細的嗓子充滿威脅地叫起來：

「你再要，我就哭啦。」

新娘是中午時分走進村子的，這個圓臉圓屁股的姑娘雖然低著頭，可她對婚姻的自得和她的微笑一樣明顯。擁有同樣神態的新郎，顯然已經忘記了幾天前是如何被馮玉青緊緊抱住的，他神采飛揚地走來時，右手十分笨拙地向我們揮舞著。我這時候內心洋溢出寧靜的愉快，因為我心目中美好的馮玉青脫離了王躍進的玷污。然而當我往馮玉青家中望去時，一股難言的憂傷油然而生。我看到了自己憧憬的化身正無比關切地注視著這裡。馮玉青站在屋前，神情茫然地望著正在進行的與她無關的儀式。在所有人裡，只有馮玉青能夠體味到被排斥在外是什麼滋味。

然後他們坐到村裡曬場上吃喝起來。我父親孫廣才晚上睡覺時扭傷了脖子，此刻他光著半邊膀子像個綠林好漢一樣坐在那裡。站在身後的母親喝了一口喜慶的白酒，噴吐到父親的肩上，父親被母親的手推搓得搖搖晃晃，他哎唷叫喚時顯得脆弱可愛，但這一點也不影響他大口喝酒。父親的筷子夾著一大塊肉放進嘴裡時，讓站在一旁的孫光平和孫光明口水直流，孫廣才不停地扭過頭去驅趕自己的兒子：

「滾開。」

他們一直從中午吃到晚上天黑，婚禮的高潮是在下午來到的。那時馮玉青手提一根草繩意外地出現了，王躍進沒有看到她走來，當初他正和同村的一個年輕人碰杯。當有人拍他肩膀時，他才看到馮玉青已經站在身後了。這位春風得意的年輕人立刻臉色慘白，我記得雜聲四起的曬場在那一刻展現了聲響紛紛掉落的圖景，從而讓遠處的我清晰地聽到了馮玉青當時的聲音：

「你站起來。」她說。

王躍進重現了他在孫光平菜刀追趕下的慌亂，這個身材高大的年輕人像個動作遲緩的老人那樣站了起來。馮玉青拿走了他坐的凳子，來到曬場旁一棵樹下。在眾目睽睽之下，馮玉青站到了凳子上，她的身體在秋季的天空下顯得十分挺拔，我看到那微仰的身姿美麗動人。她將草繩繫在樹枝上。

這時羅老頭喊叫起來：

「要出人命啦。」

站在凳子上的馮玉青似乎是奇怪地望了他一眼，然後動作文靜地將草繩布置出一個能將腦袋伸進去的圓圈。接著她跳下了凳子，她當初下跳的姿態透露出了女孩的活潑。然後是莊重地離去。

鴉雀無聲的曬場在馮玉青離去後又雜聲四起，臉色蒼白的王躍進渾身哆嗦地開始大聲咒罵，他在表達自己氣憤時缺乏應有的理直氣壯。我原以為他會走過去扯下那根草繩，結果他卻坐在別人給他的凳子上再也沒有站起來。他那已經明白一切的新娘，在當時倒是相對要冷靜得多。新娘坐在那裡目光發直，她唯一的動作就是將一碗白酒一氣喝乾。她的新郎不時偷看那根草繩以及新娘的臉色。後來他的哥哥取下了草繩，他依然時刻朝那裡張望。這樣的情景一直持續了很久。草繩如同電影來到村裡一樣，熱鬧非凡地來到這個婚禮上，使這個婚禮還沒有結束就已經懸梁自盡。

沒過多久新娘就醉了，她發出了毛骨悚然的哭喊聲，同時搖搖晃晃地站起來宣告：

「我要上吊。」

她向那已經不存在的草繩傾斜著走去時，被王躍進的嫂子緊緊抱住。這個已經生過兩個孩子的女人向王躍進大叫：

「快把她扶到屋裡去。」

新娘被幾個人架進屋去時，仍然執著地喊叫：

「我要上吊。」

過了好一陣，王躍進他們幾個人才從屋裡出來。可他們剛出來，新娘又緊隨而出了。這次她手裡握著一把刀，架在脖子上。人們聽不清她是在哭還是在笑，只聽到她喊：

「你們看哪。」

那時馮玉青坐在屋前的台階上，遠遠地看著這一切。我忘不了她當初微斜著臉，右手托住下巴時的沉思模樣，風將她的頭髮在眼睛前吹來吹去。她對遠處雜亂的情景似乎視而不見，彷彿看著的是鏡中的自己。正是那一刻，馮玉青不再關心正在進行著的婚禮，她開始為自己的命運迷惑不解。

幾天以後，一個貨郎來到了村裡。這個四十來歲、穿著灰色衣服的男人，將貨郎擔子放在了馮玉青的屋前。他用外鄉人的口音向站在門口的馮玉青要了一碗水喝。

村裡的孩子在他身旁圍了一陣後又都散開了，貨郎來到這個離城太近的地方顯然是路過，可他在馮玉青屋前一直坐到天黑。

我幾次經過那裡，總是聽到貨郎暗啞的嗓音疲憊地訴說著走南闖北的艱難，貨郎微笑時神情苦澀。而馮玉青專心傾聽的眼神卻是變幻莫測，她坐在門檻上，依然是手托下巴的模樣。貨郎坐在石階上，兩人都看著同一個方向。貨郎只是偶爾幾次扭回頭去看看馮玉青。

貨郎是在夜晚月光明媚的時刻離開南門的，他離去後馮玉青也在南門消失了。

死去

我的弟弟，從哥哥臉上學會了驕傲的孫光明，在那個夏日中午走向河邊去摸螺螄。我重又看到了當初的情景，孫光明穿著一條短褲衩，從屋角拿起他的割草籃子走了出去。屋外的陽光照射在他赤裸的脊背上，黝黑的脊背看上去很油膩。

現在眼前經常會出現模糊的幻覺，我似乎能夠看到時間的流動。時間呈現為透明的灰暗，所有一切都包孕在這隱藏的灰暗之中。我們並不是生活在土地上，事實上我們生活在時間裡。田野、街道、河流、房屋是我們置身時間之中的伙伴。時間將我們推移向前或者向後，並且改變著我們的模樣。

我弟弟在那個失去生命的夏日走出房屋時，應該說是平淡無奇，他千百次這樣走出房屋。由於那次孫光明走出去後所出現的結局，我的記憶修改了當初的情景。當我的目光越過了漫長的回憶之路，重新看到孫光明時，他走出的已經不是房屋。我的弟弟不小心走出了時間。他一旦脫離時間便被固定下來，我們則在時間的推移下繼續前行。孫光明將會看著時間帶走了他周圍的人和周圍的景色。我看到了這樣的真實場景：生者將死者埋葬以後，死者便永遠躺在那裡，而生者繼續走動。這真實的場景是時間給予依然浪跡在現實裡的人的暗示。

村裡一個八歲的男孩，手提割草籃子在屋外等著我弟弟孫光明。我注意到了弟弟身上的微妙變化，孫光明已經不像過去那樣緊隨在我哥哥孫光平身後，他喜歡跑到幾個孫光平不屑一顧的七、八歲男孩中間，從而享受一下孫光平那種在村裡孩子中的權威。我坐在池塘旁時，經常看到孫光明在那幾個走起路來還磕磕絆絆的孩子簇擁下，像親王一樣耀武揚威地走來或者走去。

那天中午，我從後窗看著孫光明向河邊走去。他腳蹬父親寬大的草鞋，在泥路上拍打出一條瀰漫著的灰塵。弟弟尖細的屁股和瘦小的腦袋由父親的大鞋負載著向前。孫光明走到剛搬走的蘇家屋前，將籃子頂到了頭上。於是我弟弟一貫調皮的身體一下子變得僵直了。孫光明希望將其技藝維持到河邊，但籃子不與他合作，滾落到路旁稻田裡。孫光明只是略略回頭然後繼續前行。那個八歲的孩子爬進了稻田，替孫光明撿起了籃子。就這樣，我一直看著孫光明洋洋自得地走向未知之死，而後面那個還將長久活下去的孩子，則左右挎著兩個籃子，搖搖晃晃並且疲憊不堪地追趕著前面的將死之人。

死沒有直接來到孫光明身上，它是通過那個八歲的孩子找到我弟弟的。當孫光明沿著河邊摸螺螄時，八歲的孩子無法擺脫對水的迷戀，往深處開始了無知的移動，接著便是一腳踩空淹沒在河水裡。孩子在水中掙扎發出了呼喊聲，呼喊聲斷送了我的弟弟。

孫光明是為了救那個孩子才淹死的。將捨己救人用在我弟弟身上，顯然是誇大其詞。弟弟還沒有崇高願意以自己的死去換別人的生。他在那一刻的行為，來自於他對那幾個七、八歲孩子的權威。當死亡襲擊孫光明手下的孩子時，他粗心大意地以為自己可以輕而易舉地去拯救。

被救的孩子根本無法回憶起當初的情景，他只會瞠目結舌地看著詢問他的人。幾年以後，當有人再度提起這事時，那孩子一臉的將信將疑，彷彿這是別人編造的。若不是村裡有人親眼所見，孫光明很可能被認為是自己淹死的。

事情發生時，那人剛好走在木橋上。他看到孫光明推了那孩子一把，接下去的情形便是那孩子驚慌失措地逃向岸邊，和孫光明在水中的掙扎。我的弟弟最後一次從水裡掙扎著露出頭來時，睜大雙眼直視耀眼的太陽，持續了好幾秒鐘，直到他被最終淹沒。幾天以後的中午，弟弟被埋葬後，我坐在陽光燦爛的池塘旁，也試圖直視太陽，然而耀眼的光芒使我立刻垂下了眼睛。於是我找到了生與死之間的不同，活著的人是無法看清太陽的，只有臨死之人的眼睛才能穿越光芒看清太陽。

當那人喪魂落魄地奔跑過來時，我不知道發生了什麼。他的喊叫像破碎的玻璃片一樣紛紛揚揚。那時孫光平正用鐮刀削地瓜吃，我看到哥哥將鐮刀一扔，奔出屋去。孫光平邊跑邊呼喊父親，父親孫廣才從菜地裡跑了出來，父子倆急步奔向河邊。我的母親也在那條路上出現，她手裡捏著的頭巾在奔跑的路上上下舞動。我聽到了母親淒厲的哭聲，母親的哭聲在那一刻讓我感到，即便弟弟還活著也必將重新死去。

一直以來我都擔憂家中會再次出現什麼。我游離於家人之外的乖僻，已被村裡人習以為常。對我來說被人遺忘反而更好，可是家中一旦出事我就會突出起來，再度讓人注意。看著村裡人都向河邊跑去時，我感到了巨大的壓力。我完全可以遵循常理跑向河邊，可我擔心自己的行為會讓家人和村裡人認為是幸災樂禍。這樣的時刻我只能選擇遠遠離開，那天晚上我半夜才回到家中。天黑以後，我就來到了河邊，河水在月光下潺潺流動，一些來自陸地的東西在河面上隨波逐流，河水流淌的聲音與往常一樣清脆悅耳。剛剛吞沒了我弟弟的河流，絲毫沒有改變一如既往的平靜。我望著遠處村裡的燈火，隨風飄來嘈雜的人聲。母親嘶叫般的哭聲時斷時續，還有幾個女人為了陪伴母親所發出的哭聲。這就是哀悼一個生命離去的遙遠場景。剛剛吞沒了一個生命的河流卻顯得若無其事。我是在那個時候知道河流也是有生命的，它吞沒了我的弟弟，是因為它需要別的生命來補充自己的生命。在遠處哭喊的女人和悲痛的男人，同樣也需要別的生命來補充自己的生命。他們從菜地裡割下歡欣成長的蔬菜，或者將一頭豬宰殺。吞食了另外生命的人，也會像此刻的河水一樣若無其事。

孫光明是由孫廣才和孫光平跳入河水裡打撈上來的。他們在木橋下撈起了孫光明，孫光明被拖到岸上時，他的臉呈現了青草的顏色。已經疲憊不堪的孫廣才抓起孫光明的雙腳，將兒子的身體倒提起來，用脊背支撐著在那條路上奔跑。孫光明的身體在父親的脊背上劇烈晃動，他的腦袋節奏鮮明地拍打著父親的小腿。我的哥哥跑在後面。在那個夏日中午，三具濕淋淋的身體在塵土飛揚的路上奔跑時彷彿亂成一團。他們身後是依然手捏頭巾哭叫著的母親，還有亂糟糟的村民。

奔跑的孫廣才腦袋逐漸後仰，他氣喘吁吁腳步越來越慢，最後停了下來，嘴裡叫喚著孫光平。孫光平從父親背脊上接過弟弟，倒提著繼續跑。落在後面的孫廣才斷斷續續地叫著：

「跑——別停——跑——」

我父親看到孫光明倒垂的頭顱正往下滴水，那是我弟弟身體和頭髮裡的水。孫廣才以為孫光明是口中吐水，那時他還不知道孫光明已經一勞永逸地離去了。

跑出二十來米的孫光平開始搖搖擺擺，孫廣才依然叫著：

「跑——跑——」

我看到哥哥的身體終於倒下，孫光明被摔到了一邊。孫廣才再次提起兒子向前跑去。雖然孫廣才搖晃不止，他那時所跑出來的速度令人吃驚。

當母親和村裡人趕到我家門口時，我的父親已經知道兒子死去了。由於過度緊張和勞累，孫廣才跪在地上嘔吐不止。孫光明則四肢舒展地躺在榆樹下，樹葉為他遮擋著夏日猛烈的陽光。我哥哥孫光平是最後走來的，他看到嘔吐的父親後，也在不遠處跪了下來，面對著父親開始了他的嘔吐。

那個時候，只有母親表現出了正常人的悲哀。她在嘶叫和嗚咽之間，身體上下起伏。我的父兄終止了嘔吐，兩個渾身布滿塵土的人仍然跪在那裡，呆若木雞地看著眼前這個哭叫著的女人。

死去的弟弟被安放在桌子的中央，他的身下鋪著一張破舊的草席，上面由床單覆蓋。

我父親孫廣才和哥哥孫光平恢復常態後，第一樁事就是走到井邊打上來一桶水，兩人輪流著喝完。然後各提一只籃子進城去買豆腐了。走時父親臉色發青地讓旁人轉告那個被救孩子的家人：

「我回來再去找他們。」

那天晚上村裡人都預感要出事了。我的父兄從城裡回來，請人去吃悼念死者的豆腐飯時，村裡人幾乎都去了，只有被救孩子的家人遲遲沒有出現。

被救孩子的父親是晚上九點過後才獨自來到，他的幾個兄弟沒有來，看來他是準備自己承受一切。他嚴肅地走進了屋子，先是跪在死者身旁叩三個頭，然後站起來說：

「今天村裡人都在。」他看到了隊長，「隊長也在。孫光明是救我兒子死的，我很悲痛。我沒辦法讓孫光明再活過來，只能拿出一點錢。」他從口袋裡摸出錢，遞給孫廣才。「這是一百元。明天我再將家中值錢的東西賣掉，湊起錢給你。我們都是鄉親，你也知道我有多少錢，我只能有多少給多少。」

孫廣才站起來給他找了一把凳子，說：

「你先坐下。」

我父親像一個城裡幹部一樣，慷慨激昂地說起來：

「我兒子死了，沒辦法再活。你給我多少錢都抵不上我兒子一條命，我不要你的錢。我兒子是救人才死的，是英雄。」

後來的話被孫光平搶去了，他也同樣慷慨激昂地說：

「我弟弟是英雄，我們全家都感到驕傲。你給什麼我們都不要。我們只要你宣傳宣傳，我弟弟的英雄事蹟要讓別人也知道。」

父親最後說：

「你明天就去城裡，讓廣播給播一下。」

孫光明的葬禮第二天就進行了，他被埋葬在屋後不遠處兩棵柏樹的中間。葬禮的時候我一直站在遠處，長久的孤單和被冷落，使我在村裡似乎不再做為一個人而存在。母親嘶叫般的哭聲最後一次在燦爛的陽光下飄蕩起來，父親和哥哥的悲傷在遠處無法看清。孫光明一張草席包裹著被抬到了那裡，村裡人零碎地分布在村口到墳墓的路上。父親和哥哥將我弟弟放入墳坑之中，蓋上了泥土。於是弟弟正式結束了和人在一起的歲月。

那天晚上我坐在屋後的池塘旁，長久地看著弟弟的墳墓在月光下幽靜地隆起。雖然弟弟躺在遠處，可我感到此刻他正坐在我的身旁。弟弟終於也和我一樣遠離了父母兄長和村中百姓。走的不是一樣的路，最終卻是如此近似。只是弟弟的離去顯得更為果斷和輕鬆。

弟弟的死以及被埋葬，我都由於內心的障礙遠離當初的場景。為此我預感著在家中和村裡將遭受更為激烈的指責。然而許多日子過去以後，誰都沒有出現異乎往常的言行，這使我暗暗吃驚。也正是那一刻，我如釋重負地發現自己已被徹底遺忘。我被安排到了一個村裡人都知道我、同時也都否定我的位置上。

弟弟葬後的第三天，家中的有線廣播播送了孫光明捨己救人的英雄事蹟。這是我父親最為得意的時刻，三天來只要是廣播出聲的時刻，孫廣才總是搬著一把小凳子坐在下面。我父親的期待在那一刻得到實現後，激動使他像一隻歡樂的鴨子似的到處走動。那個農閒的下午，我父親嘹亮的嗓門在村裡人的家中竄進竄出：

「聽到了嗎？」

我哥哥當時站在門前的榆樹下，兩眼閃閃發光地望著他的父親。

我的父親和哥哥開始了他們短暫的紅光滿面的生涯。他們一廂情願地感到政府馬上就會派人來找他們了。他們的幻想從縣裡開始，直達北京。最為輝煌的時刻是在這年國慶節，做為英雄的親屬，他們將收到上天安門城樓的邀請。我的哥哥那時表現得遠比父親精明，他的腦袋裡除了塞滿這些空洞的幻想，還有一個較為切合實際的想法。他提醒父親，弟弟的死去有可能使他們在縣裡混上一官半職。雖然他還在念書，但做為培養對象已是無可非議了。哥哥的話使父親令人目眩的空洞幻想裡增加了實在的成分。孫廣才那時搓著雙手，竟然不知該如何表達內心的激動了。

孫家父子以無法抑止的興奮，將他們極不可靠的設想向村裡人分階段灌輸。於是有關孫家即將搬走的消息，在村裡紛紛揚揚了，最為嚇人的說法是他們有可能搬到北京去居住。這樣的說法來到我家時，讓我在某個下午聽到父親激動無比地對哥哥說：

「無風不起浪，村裡人都這麼說了，看來政府的人馬上就要來了。」

就這樣，我的父兄先把自己的幻想灌輸給村裡的人，然後再用村裡人因此而起的流言來鞏固自己的幻想。

孫廣才在期待英雄之父美名來臨時，決定要對這個家庭進行一番整容。他感到如此亂七八糟的家庭會妨礙政府來人對我們的正確看法。整容是從服裝開始，我父親借了錢給家中每人做了一身新衣服。於是我開始引起家庭的重視，如何處理我，成了孫廣才頭疼的事，我幾次聽到父親對哥哥說：

「要是沒有這小子就好了。」

家庭在無視我很久以後，對我存在的確認是發現我是個要命的累贅。儘管如此，一個清晨母親還是拿了一身新衣服走到我面前，要我穿上。全家人矯揉造作地穿上了一樣顏色的衣服。習慣破舊衣服的我，被迫穿上那身僵硬的新衣服整日忐忑不安。逐漸在村裡人和同學眼中消隱的我，由此再度受人注意。當蘇宇說：

「你穿了新衣服。」

我是那麼的慌亂。雖然蘇宇的話平靜得讓我感到什麼都沒有發生。

兩天以後，我父親突然發現自己的做法有些不妙，孫廣才覺得應該向政府來人顯示家庭的樸素與艱苦。家中最為破爛的衣服全都重見了天日，我的母親在油燈下坐了整整一夜。翌日清晨，全家都換上了補丁遍體的衣服，彷彿魚的鱗片一樣，我們像是四條可笑的魚，迎著旭日游出了家門。當看到哥哥猶猶豫豫地走上上學之路時，我第一次感到哥哥也有和我一樣心情的時候。

孫光平缺乏孫廣才那種期待好運來臨時的堅定不移。孫光平穿著破爛衣服在學校飽受譏笑後，即便能做皇帝他也不願繼續穿著那身破爛了。為此我哥哥尋找到了一條最為有力的理由，他告訴父親：穿這種舊社會才有的衣服，是對共產黨新社會的誣蔑。

這話讓孫廣才幾天坐立不安，那幾天裡我父親不停地向村裡人解釋，我們一家人穿上破爛衣服不是為了別的，而是憶苦思甜：

「想想舊社會的苦，更加感到我們新社會的甜哪。」

我父兄日夜思念的政府來人，一個多月後依然沒在村中出現。於是村裡的輿論掉轉了方向，直奔我父兄的傷疤而來。在那農閒的日子裡，他們有足夠的時間追根尋源，其結果是發現一切傳言都出自於我家。我的父兄便轉化成了滑稽的言詞，被他們的嘴盡情娛樂。誰都可以擠眉弄眼地問孫廣才或者孫光平：

「政府的人來了嗎？」

一直籠罩著我家的幻想開始殘缺不全了。這是因為孫光平首先從這幻想裡撤了出來，他以年輕人的急功近利比父親先感到一切都不再可能。

在幻想破滅的最初日子裡，我看到孫光平顯得沉悶憂鬱，經常一個人懶洋洋地躺在床上。由於那時父親依然堅守在幻想裡，他們之間的關係也就變得越來越冷漠。父親已經養成了坐在廣播下面的習慣，他一臉呆相地坐在那裡，口水從半開的嘴裡流淌而出。孫光平顯然不願意看到父親的蠢相，有一次他終於很不耐煩的說：

「別想那事了。」

這話竟然使父親勃然大怒，我看到他跳起來唾沫橫飛地大罵：

「你他娘的滾開。」

我哥哥毫不示弱，他的反擊更為有力：

「這話你對王家兄弟去說。」

父親那時竟像孩子一樣尖叫著撲向孫光平，他沒說我揍死你，而是：

「我和你拚啦。」

如果不是母親，母親瘦小的身體和她瘦小的哭聲抵擋住了兩個像狗一樣叫嚣的男人，那麼我那本來就破舊不堪的家很可能成為廢墟。

孫光平臉色鐵青地走出家門時，剛好看到了我，他對我說：

「這老頭想進棺材了。」

事實上我父親已經品嘗了很久的孤獨。他和哥哥之間完全喪失了弟弟剛死時的情投意合，兩個人不可能再在一起興致勃勃地描繪美妙的前景。哥哥的首先退出，使父親一人在幻想裡頗受冷落，而且他還將獨自抵抗政府來人不會出現的要命想法。因此當哥哥看著父親越來越不順眼時，父親也正在尋找和哥哥吵架的機會。那次爭吵以後很長時間裡，兩人不是怒目而視就是冷眼相對。

我父親孫廣才異常注意村口那條小路，他望眼欲穿地期待著穿中山服的政府代表來到。父親內心的祕密讓村裡的孩子都發現了，於是經常有幾個孩子跑到我家門前來喊叫：

「孫廣才，穿中山服的人來了。」

最初的時候每次都讓他驚慌失措，我的父親在表達激動時，像個逃犯一樣身心不安。我看著他臉色蒼白地奔向村口，回來時則是一副喪魂落魄的樣子。孫廣才最後一次上當是在冬天臨近的時候，一個九歲的男孩獨自跑過來喊叫：

「孫廣才，來了好幾個穿中山服的。」

孫廣才提起一把掃帚就衝出去：

「我宰了你這小子。」

孩子轉身就跑，跑到遠處站住後繼續喊：

「我要是騙你，就狗娘生的，狗爹養的。」

孩子對自己父母極不負責的誓言，讓孫廣才回到屋中後坐立不安，他搓著手來回走動，自言自語：

「要是真的來了怎麼辦？一點準備都沒有。」

由於內心的不安，孫廣才還是跑到了村口，他看到了空空蕩蕩的田野和那些寂寞的樹木。那時候我就坐在不遠處的池塘旁，看著父親呆立在村口。冷風吹來使他抱緊胸前的衣服，後來他蹲了下去，也許是膝蓋受涼，我父親雙手不停地撫摸著膝蓋。在冬天來臨的傍晚，孫廣才哆嗦地蹲在村口，長時間地望著從遠處延伸過來的小路。

父親固守自己的幻想，直到春節臨近才不得不沉痛放棄。那時村裡家家戶戶都傳來打年糕的聲響，由於四分五裂，我家沒有絲毫過節的氣氛。後來母親鼓起勇氣問父親：

「這年怎麼過呵？」

父親那時神情頹唐地坐在廣播下面，沉思了良久才說：

「看來穿中山服的人不會來了。」

我開始注意到父親總是偷偷地望著哥哥，顯然父親是想和哥哥和解。在大年三十的夜晚，父親終於首先和哥哥說話了。那時孫光平吃完飯正準備出去，孫廣才叫住了他：

「我有事和你商量。」

兩人走入屋裡，開始了他們的竊竊私語，出來後兩人臉上的神色展現了一樣的嚴峻。第二天一早，也就是大年初一，孫家父子一起出門，去找被救孩子的家人。

眼看已經沒有希望成為英雄之父的孫廣才，重新體會到了金錢的魅力。他要那家人賠償孫光明的死，一開口就要價五百元。他們被這要價嚇了一跳，告訴孫家父子不可能有那麼多錢。然後提醒今天是大年初一，希望改日再來談這事。

孫家父子則一定要他們馬上付錢，否則砸爛所有的家具。孫廣才說：

「沒要利息就夠便宜你們了。」

那時候我雖在遠處，傳來的爭吵聲卻十分響亮，使我明白了正在發生的事。後來我聽到了父親和哥哥砸他們家具的聲響。

兩天以後，有三個穿警察制服的人來到了村裡。當時我們正在吃飯，幾個孩子跑到門口來喊：

「孫廣才，穿中山服的人來了。」

孫廣才提著掃帚跑出去時，看到了正在走來的三個警察。他明白了一切，他對警察吼叫起來：

「你們想來抓人？」

那是我父親最為威風凜凜的時刻，他向警察喊道：

「看你們敢抓誰？」他拍拍自己的胸膛說。「我是英雄的爹。」接著指指孫光平。「這是英雄的哥哥。」然後指著我母親。「這是英雄的娘。」父親也看了看站在一旁的我，但什麼都沒說。「我們你們敢抓誰？」

警察對父親的話沒有絲毫興趣，只是冷冷地問：

「誰是孫廣才？」

父親喊道：「我就是。」

警察告訴他：「你跟我們走。」

父親一直期待著穿中山服的人來到，最後來到的卻是穿警察制服的人。父親被帶走後，隊長帶著被砸那家人來到我家，隊長告訴我哥哥和我母親，要我們賠償損失。我走到屋後的池塘旁，看著家裡的物件被人搬走。經歷了一場大火後，多麼艱難添加起來的物件，如今又成為了他人所有。

半個月以後，父親從拘留所裡出來，像是從子宮裡出來的嬰兒一樣白白淨淨的。昔日十分粗糙的父親，向我們走來時，如同一個城裡幹部似的細皮嫩肉。他到處揚言要去北京告狀，當別人問他什麼時候走時，他回答三個月以後有了路費再走。然而三個月後，父親並沒有上北京，而是爬進了斜對門寡婦的被窩。

留在我記憶裡的寡婦形象，是一個粗壯的、嗓門寬大、赤腳在田埂上快速走動的四十來歲的女人。她最為突出的標記是她總將襯衣塞在褲子裡，從而使她肥大的臀部毫無保留地散發著蓬勃的肉感。在那個時代裡，寡婦這種裝束顯得異常突出和奇特。那時即便是妙齡少女也不敢如此展現自己的腰肢和臀部。已經沒有腰肢可言的寡婦，她的肥臀搖擺時帶動了全身的擺動。她的胸部並沒有出現相應的碩果，倒是展現了城裡水泥街道般的平坦。我記得羅老頭說她胸口的肉全長到屁股上去了。羅老頭還有一句話：

「這樣反倒省事，捏她屁股時連奶子也一同捏上了。」

小時候，在傍晚收工的時候，我經常聽到寡婦對村裡年輕人的熱情招呼：

「晚上到我家來吧。」

被招呼的年輕人總是這樣回答：

「誰他娘的和你睡，那東西鬆鬆垮垮的。」

當時我並不明白他們之間對話的含意，在我逐漸長大之後，才開始知道寡婦在村中快樂的皮肉生涯。那時候我經常聽到這樣的笑話：當有人在夜晚越窗摸到寡婦床前時，在一片急促的喘氣聲裡和樂極呻吟中，寡婦含糊不清地說：

「不行啦，有人啦。」

遲到的人離開時還能聽到她的忠告：

「明晚早點來。」

這個笑話其實展示了一個真實的狀況，黑夜來臨之後寡婦的床很少沒有客滿的時候。即便是最為炎熱的夏夜，寡婦的呻吟聲依然越窗而出，飄到村裡人乘涼的曬場上，使得羅老頭感慨萬分：

「這麼熱的天，真是勞動模範啊。」

高大結實的寡婦喜歡和年輕人睡覺，我記憶裡至今迴響著她站在田頭時的寬大嗓門，那一次她面對村裡的女人說：

「年輕人有力氣，乾淨，嘴也不臭。」

然而當五十多歲後來得肺病死去的前任隊長來到她床前時，她仍然興致勃勃地接納了。她有時候也要陪權力睡覺。到後來寡婦開始年老色衰，於是對中年人也由衷地歡迎了。

我父親孫廣才就是在這個時候，像一個慈善家似的爬上了寡婦逐漸寂寞起來的大床。那是春天最初來到時的一個下午，我父親背著十斤大米走入了寡婦的房屋。當時寡婦正坐在長凳上納鞋底，她斜眼瞧著孫廣才走進來。

我父親嘻皮笑臉地把大米往她腳跟前一放，就要去摟她的脖子。

寡婦伸手一擋：

「慢著。」

寡婦說：「我可不是那種見錢眼開的人。」說著手伸向我父親的胯間摸索了幾下。

「怎麼樣？」父親嘻笑地問。

「還行。」寡婦回答。

父親經歷了一段漫長的循規蹈矩生活後，幻想的破滅以及現實對他的捉弄，使他茅塞頓開。此後的孫廣才經常去開導村裡的年輕人，以過來人自鳴得意的口氣說：

「趁你們年輕，還不趕緊多睡幾個女人，別的全是假的。」

父親大模大樣地爬上了寡婦那雕花的老式木床，孫光平全都看在眼裡。父親目中無人地出入寡婦的家門，讓我哥哥感到十分難堪。這一天當父親吃飽喝足，離家準備上寡婦那裡去消化時，哥哥說話了：

「你該差不多了吧。」

父親一臉的滿不在乎，他回答：

「這種事哪會有差不多的時候。」

當孫廣才精神飽滿地走入寡婦家中、又疲憊不堪出來的那些日子裡，我懷著陰暗的心理偷偷窺視著母親。手腳總是不停地幹著什麼、說話不多的母親，在忍氣吞聲的日子裡表現得若無其事。每次孫廣才離開寡婦的被窩，在黑夜裡爬到母親床上時，母親會怎麼想。我的思維長久地停留在這個地方，我惡毒地同時又帶著憐憫的心情猜測母親的想法。

後來發生的事讓我感到母親的若無其事隱藏著激烈的憤恨。母親對寡婦的仇恨，讓我看到了女人的狹隘。我多少次在心裡告誡母親，你恨的應該是父親而不是寡婦，當父親從寡婦的床上下來，來到你身邊時你應該拒絕他。然而母親不管怎樣都不會拒絕父親，而且還將一如既往地向他敞開一切。

母親的憤怒終於爆發出來，是在菜地裡澆糞的時候。那時寡婦神氣十足地從田埂上走過來，寡婦的神態使母親突然渾身顫抖起來。積壓已久的仇恨指揮著母親手中的糞勺揮向寡婦的方向，糞水隨風濺到了寡婦春風得意的身體上，寡婦的嗓門在那時如銅號般響起來：

「你瞎眼啦。」

激怒無比的母親聲音顫抖地喊：

「你到城裡去吧，睡到操場上，讓男人排隊操你。」

「唷——」寡婦毫不示弱，「你有什麼資格說這話。回家去洗洗吧，你男人說你那地方臭氣沖天。」

兩個嗓音響亮的女人用不堪入耳的髒話互相攻擊，如同兩隻嗷嗷亂叫的鴨子，使中午的村莊變得驚慌失措般嘈雜起來。我的母親，那個瘦弱的女人後來勇敢地一頭撞向田埂上的寡婦。

那時孫廣才剛好從城裡回來，手提一瓶白酒背在身後搖晃著走來。他先是看到遠處菜地裡兩個女人披頭散髮地撕打在一起，這情景使他興奮不已。走近幾步一旦看清是誰以後，我父親慌亂地走上了一條田埂，準備逃之夭夭。可村裡一個人擋住了他，說：

「你快去勸勸吧。」

「不行，不行。」我父親連連搖頭，說道：「一個是老婆，一個是姘頭，哪個我都得罪不起啊。」

此刻瘦弱的母親已被打翻在地，寡婦的大屁股就坐在我母親身上。我在遠處看到這一情形時，心裡湧上一股悲哀。母親忍受了長時間的屈辱之後，終於爆發所得到的依然是屈辱。

村裡幾個女人也許是實在看不下去，跑過去將寡婦拉開。寡婦離開時儼然是一個勝利者，她昂著頭往家中走去，邊走邊說：

「想在太歲頭上動土。」

我母親在菜地裡嚎啕大哭起來，母親哭喊著：

「要是孫光明還活著，他饒不了你。」

自留地風波時揮舞著菜刀勇往直前的哥哥，那時卻無影無蹤。孫光平將自己關在屋子裡，他知道外面所發生的一切，但他不願加入到這種在他看來是無聊的爭鬥中去。母親的哭喊，只能增加他對這個家庭的羞恥感，卻無法喚醒他為母親而起的憤怒。

被打敗的母親只能寄希望於死去的弟弟，那是母親在絕望時唯一能夠抓住的一根稻草。

哥哥當初的無動於衷，我最初理解成是他不願在這使家醜遠揚的場合裡拋頭露面。哥哥畢竟不是自留地風波時的孫光平了。我已能夠感受到哥哥內心盤據不散的惆悵，他對家庭的不滿越來越溢於言表。雖然我和哥哥的對立依然存在，然而由於共同不滿自己的家庭，我們之間有時也出現了一些微妙的默契。

不久之後，在我即將離開南門的一個深夜，我看到一個人影從寡婦家的後窗翻越而出，潛入我家。我立刻認出了是孫光平。於是我才知道了當初哥哥在母親與寡婦爭吵時，為何無動於衷的另一個原因。

哥哥挑著鋪蓋送我去車站時，母親送我們到村口。在晨風裡，母親不知所措地望著我們走去，彷彿不明白命運在那時所顯示的一切。當我最後一眼去看母親時，發現她的頭髮已經花白了。我對母親說：

「我走了。」

母親沒有絲毫反應，她含糊不清的眼神似乎是在看著別的什麼。那一刻我心裡湧上一股溫情。母親的形象使我一陣心酸。她的命運在我前去的空中化作微風，正在無形地消散。我那時感到自己是一去不回。然而比起父親和哥哥來，我對母親的拋棄像弟弟那樣並不殘忍。殘忍的是父親和哥哥，他們拋棄母親是爬上她一生最為仇恨寡婦的床。毫無知覺的母親仍在竭盡全力地維持著這個家。

我離去以後，父親孫廣才越加賣力地將自己培養成一個徹頭徹尾的無賴，同時他還開始履行起一個搬運工的職責，將家中的一些物件拿出去獻給粗壯的寡婦，從而使他們之間的關係得以細水長流。孫廣才的忠心收到了相應的成效。那段日子裡，寡婦變得清心寡欲從而檢點起來。這個接近五十歲的女人看來是難以煥發昔日所向披靡的情欲了。

孫光平那時已經喪失了十四歲時的勇敢，他也學會了母親那種忍氣吞聲，他默默無語地看著父親所幹的一切，有時母親憂心忡忡地告訴他，又被拿走了一件什麼東西時，他總是安慰母親：

「以後再買吧。」

事實上孫光平直到後來都沒有仇恨過寡婦，而且始終在心裡對她保存著感激。那些他從寡婦家後窗進出的夜晚，使他後來很長時間都坐立不安。這也是只能看著父親胡作非為而不加干涉的主要原因。寡婦一直沒對任何人說出他的事，也許寡婦根本不知道那些日子裡經常偷偷來到的年輕人是誰。寡婦一向不習慣對光臨她肉體的男人盤根問底，除非像孫廣才那樣在陽光燦爛的時刻爬上她的床，使她可以一目了然地看清來者是誰。

孫光平高中畢業回家務農以後，臉上的自信就一掃而光了。剛開始的日子裡，我經常看到哥哥躺在床上睜著眼睛，那恍惚的眼神使我理解了哥哥。我用自己的心情洞察到哥哥最大的願望，那就是離開南門，過上一種全新的生活。我幾次看到孫光平站在田頭，呆呆地望著滿臉皺紋滿身泥土的疲憊老人，從田裡走上來。我看到了哥哥眼睛裡流露出來的空虛和悲哀。孫光平觸景生情地想到了自己命運的最後那部分。

孫光平在心裡默認了現實對他的安排以後，開始強烈地感受到自己對女人含糊不清的渴望。此時他對女人的需要已不同當初對寡婦的需要。他需要一個時刻維護自己、侍候自己的女人，同時又能將他那些煩躁不安的夜晚轉化為別無所求的平靜。於是他訂了婚。

那個姑娘容貌平常，居住在鄰村一幢二層的樓房裡，她家後窗下流淌著吞沒我弟弟生命的那條河流。由於是附近農村第一家蓋起了樓房，她家富名遠揚。孫光平不是看中她家的富裕，我哥哥知道蓋屋後才一年仍欠著債的她家，已不會拿出值得炫耀的嫁妝。這是村裡那個裹著小腳、走路時像跳蚤一般活潑的媒婆送上門來的禮物。媒婆在那天下午笑咪咪走過來時，孫光平就知道將會發生什麼了，同時知道自己什麼都會答應。

孫光平婚事的整個過程，父親都被排斥在外，將這消息告訴父親的不是母親，而是寡婦。我父親得知這一消息後立刻感到自己有責任去偵察一下：

「陪我兒子睡覺的姑娘長得怎樣？」

孫廣才那天上午雙手背在身後，躬著身子嘻皮笑臉地走去了。他還在遠處的時候就看到了姑娘家氣派的樓房，因此他見到對方父親說的第一句話就是：

「孫光平這小子真有福氣呵。」

我父親坐在姑娘的家中，如同坐在寡婦的床上一樣逍遙自在。他和對方父親說話時髒字亂飛。姑娘的哥哥提著酒瓶出去，又打滿了酒提回來。姑娘的母親走入了廚房，來自廚房的響聲使我父親必須先嚥下口水。那時我父親早已忘記此行是來看看我那未過門的嫂子，倒是對方想到了這事。姑娘的父親仰起臉，叫出了一個孫廣才聽後馬上又忘記的名字。

差一點成為我嫂子的那位姑娘在樓上答應了幾聲，可就是不願意下來。姑娘的哥哥跑上樓去，片刻後下來時笑容可愛，他告訴孫廣才：

「她不肯下來。」

那時候孫廣才表現出了應有的大度，連連說：

「沒關係，沒關係，她不下來，我上去。」

孫廣才朝廚房窺探一眼後，上樓去看那姑娘了。我敢肯定父親那一眼是多麼戀戀不捨。孫廣才上樓後不久，讓姑娘在樓下的家人聽到了一聲毛骨悚然的喊叫。樓下父子瞠目結舌地坐在那裡，廚房裡那個女人則是驚恐萬分地竄了出來。當他們共同費解那一聲喊叫為何而起時，孫廣才笑咪咪地走下樓來，嘴裡連連說道：

「不錯，不錯。」

樓上傳來了沉悶的哭聲，哭聲彷彿是被布捂住了難以突圍似的。

我父親卻神態自然地在桌旁坐下來，當姑娘的哥哥跑上樓去時，孫廣才告訴對方父親：

「你女兒真結實呵。」

對方聽了不知所措地點點頭，同時疑慮重重地望著孫廣才，孫廣才繼續說：

「孫光平真他娘的有福氣。」

那時姑娘的哥哥快速地從樓梯上衝下來，一拳將孫廣才連同椅子一起打翻了過去。

那天下午，孫廣才鼻青眼腫地回到村裡，見到孫光平第一句話就是：

「你的親事被我退掉啦。」

我父親怒氣沖沖地大聲喊叫：

「哪有這樣不講理的，我不就是替我兒子摸摸她身子骨結實不結實，就把我打成這樣了。」

從鄰村傳來的消息，則是另一種說法。我父親孫廣才送給未過門兒媳婦的第一件禮物，就是伸手去摸人家的乳房。

哥哥的婚事因此完結以後，我母親坐在廚房的灶頭，用圍裙偷偷擦了一天的眼淚。在這件事上，孫光平並沒有像村裡人猜測的那樣，與孫廣才大打出手。他最為激烈的表示就是連續幾天沒和村裡任何人講話。

我哥哥在此後的兩年裡，再沒看到村裡媒婆笑咪咪向他走來。那些日子，只有在夜晚床上時，他才會咬牙切齒地想到孫廣才。白晝來臨以後，他有時候會想到遠在北京的弟弟。那時我經常收到哥哥的來信，他在信上什麼都沒說，信上空洞的內容讓我感受到了哥哥空洞的內心。

孫光平二十四歲時，和同村的一個姑娘結婚了。這個名叫英花的姑娘，家中只有一個癱瘓在床的父親。他們之間的結合是從那口池塘開始的。在一個陰沉的傍晚，孫光平從家中後窗看到了正在洗衣服的英花。身穿補丁衣服的英花，由於生活的艱難在那一刻不停地擦著眼淚。英花當初的背影在冬天的寒風裡瑟瑟抖動，這情景喚醒了孫光平針對自己而起的悲哀。後來這兩個村裡媒婆都不願光顧的人自己走到了一起。

孫光平唯一的這次婚姻，是他和英花池塘經歷之後第二年來到的。那次婚禮的窮酸勁，讓村裡上了年紀的人輕而易舉地回憶起舊社會地主家長工的結婚。英花做為新娘，大腹便便走動的情形，倒是給那貧窮的婚禮帶來了一些幽默。翌日清晨，太陽還沒有升起的時候，孫光平就借了一輛板車，將英花送到了城裡醫院的產台上。對於新婚的男女，洞房的清晨正是如膠似漆，互相偷盜對方體溫取暖的美妙時光。然而這一對夫妻必須頂著凜冽的寒風，趕在太陽升起之前敲響城裡醫院產科的玻璃門窗。當天下午兩點鐘，一個後來被取名為孫曉明的男孩，在怒氣沖沖的嚎啕大哭裡來到了人間。

孫光平的婚姻，是一次自願的作繭自縛。他結婚後，便義不容辭地贍養起了癱瘓在床的岳父。那時孫廣才還未結束他搬運工的生涯，使人欣慰的是孫廣才總算知趣了一些，他不再像過去那樣大模大樣地將家中的財物往寡婦那裡輸送。孫廣才那時候表現出了他身上另一部分才華，即偷盜。孫光平內外交困的生活一直持續了好幾年，直到後來他岳父也許是過意不去了，在一個夜晚閉上眼睛之後沒再打開。對於孫光平來說，最為艱難的並不是岳父癱瘓在床和父親的偷盜，而是孫曉明出生的那些日子。那時的孫光平如同機器一樣轉個不停，從田裡到英花家再到自己家，人們很少看到他在村裡有走路的時候，他像一隻兔子似的在這三個地方竄來竄去。

岳父的死使孫光平如釋重負，然而真正平靜的生活還沒有來到。不久之後我父親孫廣才舊病復發，從而讓英花痛哭流涕了整整三天。

那是我姪兒孫曉明三歲時的夏日，我父親坐在門檻上看著英花去井旁打水。孫廣才看到了英花短褲上的大紅花案在那豐滿的屁股上繃緊然後又鬆懈，下面的大腿在陽光下黑黝黝地閃亮。我父親在歲月和寡婦的雙重折騰下，已經像藥渣一樣毫無生氣。英花健壯的身體卻讓我父親令人吃驚地回憶起了自己昔日旺盛的精力。孫廣才不是用大腦去進行回憶，而是動用了他枯樹般的身體，回憶使我父親再現了過去一往無前的情欲。當英花提著水桶走去時，我父親滿臉通紅，發出了響亮的咳嗽聲，這個癆病鬼在那個時刻，村裡有人在不遠處走動的時刻，他的手捏住了英花短褲上的大紅花案，以及裡面的皮肉。我姪兒孫曉明聽到他母親發出了驚恐的喊叫。

孫光平這天有事去城裡，回來後看到母親老淚縱橫地坐在門檻上，嘴裡喃喃自語：

「作孽呵。」

然後是英花披頭散髮坐在床沿上抽泣的情景。

明白了一切的孫光平臉色蒼白地走進廚房，然後提著一把鋥亮的斧子走出來，他走到哭泣的英花身旁說：

「你要照顧好兒子和娘。」

明白過來的英花開始了她的嚎啕大哭，她拉扯住丈夫的衣服連連說：

「你——別——別這樣。」

我的母親那時已經跪在門口，張開雙臂攔住孫光平，母親沙啞的嗓音在那個下午顫抖不已，她雖然淚眼模糊卻神態莊重地告訴孫光平：

「你殺了他，吃虧的還是你。」

母親的神情使我哥哥淚流而出，他向母親喊道：

「你站起來，我不殺他我就沒法在村裡活啦。」

我的母親堅定不移地跪在那裡，她聲嘶力竭地說：

「看看你三歲的兒子吧，你犯不著和他去拚命。」

我哥哥苦笑了一下，對母親說：

「我實在沒別的辦法了。」

英花的受辱，使孫光平感到必須和孫廣才清算一切。幾年來，他一直忍受著父親給他帶來的恥辱，孫廣才的進一步行為，在我哥哥看來是把他們兩人都逼上了死路。孫光平在激憤之中清晰地意識到，若再不表明自己的態度，就難以在村裡立足。

那天下午，村裡所有人都站到了屋外，孫光平在耀眼的陽光裡和同樣耀眼的目光裡，重現了他十四歲手握菜刀的神態。我哥哥提著斧子走向了我的父親。

那時孫廣才就站在寡婦屋前的一棵樹下，他疑慮重重地望著走來的孫光平。我哥哥聽到孫廣才對寡婦說：

「這小子難道還想殺我。」

然後孫廣才向孫光平喊道：

「兒子，我是你爹。」

孫光平一聲不吭，他走去時神態固執。在他越走越近時，孫廣才的喊聲開始驚慌起來：

「你只有一個爹，殺了我就沒啦。」

我父親喊完這一句，孫光平已經走到了近前，孫廣才慌張地嘟囔一聲：

「真要殺我了。」

說完孫廣才轉身就跑，同時連聲喊叫：

「要出人命啦。」

那個下午顯得寂靜無聲，我父親年逾六十以後，開始了他驚慌失措的逃命。他在那條通往城裡的小路上，跑得疲憊不堪。我哥哥孫光平手提斧子緊追其後。孫廣才呼喊救命的聲音接連傳來，那時他已經喪失了往常的聲調，以致站在村口的羅老頭詢問身旁眺望孫廣才的人：

「這是孫廣才在喊嗎？」

我父親一大把年紀如此奔跑，實在難為他了。孫廣才跑到那座橋上時摔倒在地，於是他就坐在那裡哇哇大哭起來，他的哭聲像嬰兒一樣響亮。

我哥哥追到橋上後，他看到了父親不堪入目的形象。混濁的眼淚使我父親的臉像一隻蝴蝶一樣花裡胡哨，青黃的鼻涕掛在嘴唇上，不停地抖動。父親的形象使哥哥突然感到割下他的腦袋顯得不可思議了。一直堅定不移的孫光平，在那時表現出了猶豫不決。可是他看到村裡湧來的人群時，知道自己已經別無選擇。我不知道哥哥當初是怎麼看中父親左邊的耳朵，在那陽光燦爛的時刻，孫光平扯住了孫廣才的耳朵，用斧子像裁剪一塊布一樣割下了父親的耳朵。父親暗紅的血暢流而出，頃刻之間就如一塊紅紗巾圍住了父親的脖子。那時的孫廣才被自己響亮的哭聲團團圍住，他對正在發生的事毫無知覺。直到他對自己的眼淚過多感到吃驚時，伸手一摸使我父親看到了自己的鮮血。孫廣才嗷嗷叫了幾聲後昏迷了過去。

我哥哥那天下午朝家中走去時渾身顫抖，在那炎熱的夏日，孫光平緊抱雙臂一副被凍壞的模樣。他在湧來的村裡人中間穿過去時，讓他們清晰地聽到了他牙齒打著寒戰的聲響。我母親和英花臉色慘白地看著孫光平走來，這兩個女人那時共同感到眼前出現無數黑點，猶如蝗蟲鋪天蓋地而來。孫光平向她們露出了慘淡的一笑，就走入屋中。然後他開始翻箱倒櫃，尋找自己的棉衣。當我母親和英花走進去後，孫光平已經穿上了棉衣，坐在床上汗流滿面，身體卻依然哆嗦不止。

半個月以後，頭上纏滿繃帶的孫廣才，讓城裡一個開書信鋪子的人，給遠在北京的我寫了一封信。信上充滿甜言蜜語，並大談其養育之恩，信的末尾是要我去中南海替父親告狀。父親的想入非非給我留下了深刻的印象。

事實上在父親給我寫信的時候，哥哥已經被捕。哥哥被帶走的時候，我母親拉著英花在路上攔住了穿制服的警察。這個年老的女人失聲痛哭，她向警察高喊：

「把我們帶走吧，我們兩人換他一個，你們還不便宜？」

哥哥在監獄裡待了兩年，他出來時母親已經病魔纏身。釋放的那天，母親帶著五歲的孫曉明站在村口，當她看到孫光平由英花陪伴著走來時，突然口吐鮮血摔倒在地。

此後母親的病情越來越重，走路時都開始步履不穩。哥哥要帶她去醫院治病，母親執意不肯，她說：

「死都要死了，不花那錢。」

當哥哥硬將她背在身上向城裡走去時，母親氣得眼淚直流，她捶打著哥哥的脊背說：

「我會恨你到死的。」

然而走過那座木橋以後，母親就安靜下來。她趴在哥哥背脊上，臉上開始出現少女般甜蜜的羞澀。

母親是這年春節來臨前死去的，那個冬天的晚上她吐血不止。起初母親感到自己有一口血已經吐到了口腔裡，她沒有往地上吐去，怕弄髒了房屋，免得孫光平花力氣打掃。已經臥床不起的母親，在那個晚上竟然能夠下床在黑暗中找到一只臉盆放在床前。

第二天早晨，哥哥來到母親房中時，看到母親的頭吊在床沿下，臉盆裡積了一層暗紅的血，卻沒有弄髒床單。哥哥來信告訴我說那天窗外雪花飛舞。母親氣息奄奄地在寒冷裡度過她生命的最後一個白晝。英花始終守在母親身旁，母親彌留之際的神態顯得安詳和沉著。到了晚上，這個一生沉默寡語的女人開始大喊大叫，聲音驚人的響亮。所有的喊叫都針對孫廣才而去，儘管當初孫廣才將家中的財物往寡婦那裡輸送時，她一聲不吭，可臨終的喊叫證明她一直耿耿於懷。我的母親死前反覆叫道：

「不要把便桶拿走，我還要用。」

還有：

「腳盆還給我……」

母親的喊叫羅列了所有被孫廣才拿走的物件。

母親的葬禮比我弟弟孫光明的要闊氣一些，她是被安放在棺材裡埋葬的。葬禮的整個過程，父親孫廣才被安排到了我從前的位置上，他也游離到了家人之外。就像過去別人指責我一樣，孫廣才由於遠離葬禮同樣遭受指責，雖然他和寡婦的關係已被人們在內心確認。我父親看著安放母親的棺材抬出村口時，他神情慌亂地問一個村裡人：

「這老太婆死啦？」

後來整個下午，村裡人看到孫廣才在寡婦家中若無其事地喝酒。然而這天半夜村裡人都聽到了來自村外毛骨悚然的哭聲。我哥哥聽出了那是父親在母親墳前的痛哭。我父親在寡婦睡著以後偷偷來到墳前，悲痛使他忘記了自己是在響亮地哭喊。不久之後，我哥哥就聽到了寡婦的訓斥聲和簡潔明瞭的命令：

「回去。」

父親嗚咽著走回寡婦家中，他的腳步聲聽起來像一個迷路的孩子一樣猶猶豫豫。

寡婦昔日蓬勃的情欲隨風消散以後，正式接納了孫廣才。孫廣才在他生命的最後一年裡，表現出了對酒的無限熱愛。他每天下午風雨無阻進城去打酒，回到家中時酒瓶已經空空蕩蕩。我可以設想父親在路上喝酒時的浪漫，這個躬著背的老人在那條塵土飛揚或者雨水泥濘的路上走來時，由於酒的鼓勵，我父親像一個少年看到戀人飄散的頭髮一樣神采飛揚。

孫廣才是由他無限熱愛的酒帶入墳墓的。那天他改變了長期以來路上喝酒的習慣，而在城裡一家小酒店裡度過了他心醉神迷的時刻。當他醉醺醺回家時，在月光下步入了村口的糞坑。他掉下去時並沒有發出驚恐的喊叫，只是嘟囔了一聲：

「別推我。」

翌日清晨被人發現時，他俯身漂浮在糞水之上，身上爬滿了白色的小蟲。他葬身於最為骯髒的地方，可他死去時並不知道這些，他就完全有理由在壽終正寢時顯得心安理得。

孫廣才那天晚上掉落糞坑之後，另一個酒鬼羅老頭隨後醉意朦朧地走到那裡。他的眼睛在月光下迷糊不清地看到孫廣才時，並不知道漂浮在糞水之上的是一個死人。他蹲在糞坑邊研究了半晌，迷惑不解地問自己：

「是誰家的豬？」

隨後他站起來喊叫：

「誰家的豬掉到……」

羅老頭沒喊完就用手捂住自己的嘴，然後小心翼翼地對自己說：

「別叫喚，我偷偷把牠撈上來。」

完全被酒控制的羅老頭，輕飄飄地竄回家中，取了一根晾衣服的竹竿和一根麻繩後又輕飄飄地回到原處。他先用竹竿將孫廣才抵到對面坑邊，然後拿著麻繩繞到那裡，撲在糞坑邊，將繩子繫住孫廣才的脖子。他自言自語：

「誰家的豬這麼瘦，脖子和人差不多。」

接著他站起來，將繩子勒在肩膀上往前拉著走去。他嘿嘿一笑，說道：

「摸起來瘦，拖起來倒是很肥的。」

羅老頭是將孫廣才拖上來以後，俯下身去解繩子時才看清是孫廣才，孫廣才咧著嘴面對著羅老頭。羅老頭先是嚇一跳，接著氣得連連捶打孫廣才的臉，他破口大罵：

「孫廣才呵孫廣才，你這條老狗，死了還裝豬相來騙我。」

隨後羅老頭一腳將孫廣才蹬回到糞坑裡去，孫廣才掉落後激起的糞水濺了羅老頭一臉。羅老頭抹了抹臉說：

「他娘的，還要捉弄我。」

出生

一九五八年秋天，年輕的孫廣才與後來出任商業局長的鄭玉達相遇在去南門的路上。鄭玉達在晚年時，向他的兒子鄭亮講敘了當初的情景。風燭殘年的鄭玉達那時正受肺癌之苦，他的講敘裡充滿肺部的呼呼聲。儘管如此，鄭玉達還是為當初情景的重現而笑聲朗朗。

做為農村工作組的成員，鄭玉達到南門是去檢查工作。年輕的鄭玉達身穿灰色中山服，腳蹬一雙解放牌球鞋，中分的頭髮在田野的風裡微微後飄。我父親則穿著對襟的衣服，腳上的布鞋是母親在油燈下製作出來的。

我父親孫廣才在半個月以前，將一船蔬菜運到鄰縣去賣。賣完後孫廣才突發奇想，決定享受一下坐汽車的滋味，就一人先回來。空船則由村裡另外兩人搖著櫓送回來。

臉色通紅的孫廣才在接近南門的時候，看到了穿中山服的鄭玉達。於是這位城裡幹部便和農民孫廣才交談起來。

那時田野上展現了亂七八糟的繁榮，一些青磚堆起的小高爐置身於大片的水稻秧苗之中。

鄭玉達問：「人民公社好不好？」

「好。」孫廣才說，「吃飯不要錢。」

鄭玉達皺了皺眉：「怎麼能這樣說。」

然後是孫廣才問鄭玉達：

「你有老婆嗎？」

「有呵。」

「昨晚還和老婆一起睡吧?」

鄭玉達很不習慣這樣的詢問,他沉著臉嚴肅地說:

「不要胡說八道。」

孫廣才對鄭玉達的態度毫不在意,他告訴鄭玉達:

「我已經有半個月沒和老婆睡覺。」他指指自己的褲襠,「這裡發大脾氣啦。」

鄭玉達扭過臉去,不看孫廣才。

我父親和鄭玉達是在村口分手的。鄭玉達往村裡走去,我父親跑向了村邊的蔬菜地。母親和村裡幾個女人正在菜地裡鋤草,我年輕的母親臉蛋像紅蘋果一樣活潑和健康,那藍方格的頭巾一塵不染,母親清脆悅耳的笑聲隨風飄到父親心急火燎的耳中。孫廣才看到了妻子鋤草時微微抖動的背影,向她發出了飢渴的喊叫:

「喂。」

我母親轉過了身去,看到了站在小路上生機勃勃的父親。她發出了相應的叫聲:

「哎。」

「你過來。」我父親繼續喊。

母親臉色紅潤地取下頭巾,拍打著衣服上的泥土走來。母親的漫不經心使父親大為惱火，他向她吼叫：

「我都要憋死啦，你還不快跑。」

在那幾個女人的哄笑聲裡，母親身體抖動著跑向父親。

父親當初的耐心無法將他維持到家中，一到村口羅老頭家敞開的屋門前，父親就朝裡面喊道：

「有人嗎？」

確定裡面沒人以後，父親立刻竄了進去。母親仍然站在屋外，父親焦急萬分地說：

「進來呀。」

母親猶豫不決：「這可是人家屋裡。」

「你進來嘛。」

母親走進去後，父親迅速把門闔上，將牆角一把長凳拖到屋子中央。然後命令母親：

「快，快脫。」

我的母親低下了頭，撩起衣服解起了褲帶。可是半分鐘後，她充滿歉意地告訴父親：

「褲帶打了個死結，解不開。」

父親急得直跺腳：

「你這不是害我嗎。」

母親低下頭繼續解褲帶，一副知錯的模樣。

「行啦，行啦，我來。」

父親蹲下去，使勁一扯褲帶。褲帶綳斷後父親的脖子也扭傷了。我父親在他情欲沸騰的時候，竟然還能抽出時間來捂住脖子嗷嗷亂叫。我母親急忙用手去推搓父親的脖子，父親勃然大怒地喊道：

「還不躺下。」

我母親溫順地躺倒，將一條腿拔出來擱在秋天的空氣裡。她的眼睛依然不安地看著他的脖子。我父親用手捂住脖子爬上了母親的身體，在長凳上履行起了欲望的使命。羅老頭家的幾隻雞喔喔叫著滿懷熱情地也想加入其中，牠們似乎是不滿意孫廣才獨吞一切，聚集到了他的腳旁，用嘴啄起了他的腳。這應該是全神貫注的時刻，我父親卻被迫時刻費力地揮動他的腳，去驅趕那幾隻缺乏禮貌的雞。雞被趕開後又迅速聚攏到他的腳旁，繼續啄他的腳。父親的腳徒勞地揮動著，當最後的時刻來到時，父親沉悶地喊叫一聲：

「不管啦。」

然後是令人毛髮悚然的呻吟聲，父親的樂極呻吟只進行了一半，由於雞啄腳引起全身發癢，父親在此後發出了格格格格，聽了讓人頭重腳輕的笑聲。

一切都結束以後，父親離開羅老頭家，去找鄭玉達。母親則提著褲子回到家中，她需要一根新的褲帶。

父親找到鄭玉達時，鄭玉達正坐在隊委會的屋子裡聽取彙報。父親神祕地向鄭玉達招了招手。鄭玉達出來以後，父親問他：

「快不快？」

鄭玉達不解，反問他：「什麼快不快？」

父親說：「我和老婆幹完那事啦。」

共產黨幹部鄭玉達臉色立刻嚴峻起來，他低聲訓斥：

「走開。」

鄭玉達在晚年重提此事時，才發現裡面隱藏著不少樂趣，於是對我父親當初的行為，他表達了寬容和諒解。他告訴鄭亮：

「農民嘛，都是這樣。」

我父親和母親那次長凳之交，是我此後漫長人生的最初開端。

我是在割稻子的農忙時刻來到人世的。我出生時，正值父親孫廣才因為飢餓難忍在稻田裡大發雷霆。父親對當初難忍的飢餓早已遺忘，但對當初怒氣沖沖的情景卻還依稀記得。我第一次對自己出生情形的了解，就是從父親酒氣濃烈的嘴上得到的。我六歲時的一個夏日傍晚，父親滿不在乎地將當初的情形說了出來，他指著不遠處走動的一隻母雞說：

「你娘像牠下蛋一樣把你下出來啦。」

由於母親已經懷胎九個多月，在那些起早摸黑的農忙日子裡，母親不再下地割稻子。正如母親後來所說的，那時——

「倒不是沒力氣，是腰彎不下去。」

母親承擔起了給父親送午飯的職責。於是在令人目眩的陽光下，母親大腹便便地挎著一只籃子，頭上包一塊藍方格頭巾，與中午一起來到父親的田間。母親微笑著艱難地走向父親的情景，在我後來的想像裡顯得十分動人。

我出生的那天中午，父親孫廣才幾十次疲憊不堪地直起腰來眺望那條小路，我那挺胸凸肚的母親卻始終沒有出現。眼看著四周的村民都吃完飯繼續割起了稻子，遭受飢餓折磨的孫廣才，站在田頭怒氣沖沖地喊爹罵娘。

母親是下午兩點過後才出現在那條小路上，她的頭上依然包著那塊方格頭巾，臉色嚇人的蒼白，走來時身體因為籃子的重量出現了明顯的傾斜。

已經頭暈目眩的父親，看到蹣跚的母親，似乎感到她的模樣出現了變化，但他顧不上這些了，他衝著走近的母親吼叫起來：

「你想餓死我。」

「不是的。」母親的回答輕聲細氣，她說：「我生了。」
於是父親才發現她滾圓飽滿的肚子已經癟了下去。
母親那時能夠彎下腰了，雖然這麼一來使她虛弱地面臨了劇烈的疼痛，可她依然面帶笑容從籃內為父親取出飯菜，同時細聲告訴他：
「剪刀離得遠，拿起來不方便。孩子生下來還得給他洗洗。本來早就給你送飯來了，沒出家門就疼了。我知道要生了，想去拿剪刀，疼得走不過去……」
父親很不耐煩地打斷她的嘮叨：
「是男的？還是女的？」
母親回答：「是男的。」

第二章

友情

蘇家從南門搬走以後，我就很少能夠見到蘇宇和蘇杭，直到升入中學，我們才開始經常相見。我驚訝地發現，這對在南門時情如手足的兄弟，在學校裡顯露出來的關係，竟有點像我和孫光平那樣淡漠，而且他們是那樣的不同。

那時的蘇宇除了單薄外，已經很像一個成年人了。蘇宇當時穿著一身藍色的卡其布衣服，衣服在他身體迅速成長後，顯得又短又緊。有一次蘇宇沒穿襪子，褲管因為短而高高吊起，讓我清楚地看到了他暴露在外的腳脖子。蘇宇進入高中以後，便和其他男同學一樣，不再背著書包上學，而是將這天所學的課本夾在腋下。他和別的同學不一樣的，是他從不大搖大擺地走在路的中央，他總是低著頭小心翼翼地走在路的最邊沿。

最初的時候，蘇宇並沒有引起我的關注，倒是蘇杭，頭髮梳得十分光滑的蘇杭，雙手插在褲袋裡向女同學吹口哨時，他的風流倜儻簡直讓我入迷。我的這位同班同學拿著一本發黃的書，輕聲細氣地向我們唸著書上的話：

「黃花姑娘要嗎?價格非常便宜。」

他給我們這些在生理上還一知半解的同學,帶來了社會青年的派頭。我當時異常害怕孤單,我不願意課間休息時一個人獨自站在角落裡。當看到蘇杭在眾多同學簇擁下,站在操場中央高聲大笑時,我,一個來自農村的孩子,膽怯地走向了操場。那時我多希望蘇杭衝著我響亮地喊叫:

「我們早就認識了。」

我走到了他的身旁,他沒有去回憶南門的經歷,但他沒有讓我走開,於是我仍然歡欣地理解成他接納了我。

他確實接納了我,他讓我和他們一起,站在操場上高聲喊叫和歡聲大笑。而在夜晚的時候,在昏暗的街道上,他會將自己嘴上叼著的香菸輪流地傳到我手中。我們一群同學跟著他,在街上無休止地走動,當有年輕的姑娘出現時,我們就和他一起發出彷彿痛苦其實歡樂的呻吟般叫聲:

「姊姊呵,你為什麼不理我。」

我戰慄地和他們一起喊叫,一方面驚恐地感到罪感正在來臨,另一方面我又體驗到無與倫比的激動和歡快。

蘇杭讓我們明白了晚飯之後走出家門,比待在屋中更有意思,哪怕回去後會遭受怎樣嚴厲的懲罰。同時他也教會了我們應該愛慕什麼樣的女孩，他反覆教導我們不能用學習成績的優劣去衡量女孩，而應該從胸部的發展情況和臀部的大小去選擇自己的愛慕。

他灌輸給我們衡量女孩的全新標準，自己卻喜歡上了一個班上最為瘦小的女同學。那是一個長著圓圓臉蛋的女孩，紮著兩根往上微微翹起的小辮子。她除了那雙黑亮的眼睛外，別的我們實在看不出還有什麼動人之處。蘇杭迷上這樣的女孩實在讓我們吃驚，當我們中間有人問他：

「胸部？她的胸部在哪裡？屁股又是那麼小。」

蘇杭的回答是一個成熟男子的回答，他說：

「你要用發展的眼光去看，不出一年這女孩的胸部和屁股都會大起來。那時她就是全校最漂亮的了。」

蘇杭追求的方式直截了當，他寫了一張充滿甜言蜜語的紙條塞在女孩的英語課本裡。於是在那個上午的英語課上，這位女中學生突然發出了讓我們發抖的喊叫，然後嗚嗚地像風琴一樣哭了起來。在我眼中應該是勇敢無畏的蘇杭，那時候臉色如同死人一樣灰白。

然而一旦離開教室，他就迅速地恢復了以往的風流姿態。那個上午放學的時候，他竟然吹著口哨，走到了那個瘦小女孩的身旁，和她一起走去，還時時回過頭來向我們做鬼臉。於是那個可憐的女孩又開始哭哭啼啼了，她身旁一個豐滿的女同學這時候出來主持正義，她挺著胸脯插到他們中間，同時因為氣憤而低聲罵了一句：

「流氓。」

我們看到蘇杭一下子轉過身來攔住這個豐滿的女同學，他當時的臉色與其說是惱怒還不如說是興奮，他終於獲得了一個表現自己勇敢的機會，我們聽到他虛張聲勢地喊道：

「你再說一遍。」

那個女同學毫不示弱，她說：

「你就是流氓。」

我們誰都沒有想到蘇杭揮起的拳頭，竟會真的打向那個女同學豐滿的胸脯。那個女同學先是失聲驚叫，隨後捂著臉哇哇哭著跑開了。

我們走到蘇杭身旁時，他一臉驚喜地摸弄著右手的食指和中指，告訴我們剛才那一拳打上去，這兩個手指感覺軟綿綿的。另三個手指沒有得到那種美妙感受，所以他對它們就不屑一顧。然後他感嘆道：

「意外收穫，真是意外收穫。」

我最初對女人的生理有所了解，完全依賴於蘇杭的啟蒙。我記得一個春天來臨的夜晚，我們一群同學跟著他走在街道上。他告訴我們，他父母有一本很大的精裝書籍，書上有一張女人陰部的彩色圖片。

他對我們說：「女人有三個洞。」

那晚上蘇杭神祕的口氣和街上寥寥無幾的腳步聲，讓我的呼吸急促緊張。一種陌生的知識恫嚇著我，同時又誘惑著我。

幾天以後，蘇杭將那本精裝書籍帶到學校裡來時，我面臨了困難的選擇。顯然我和其他孩子一樣激動得滿臉通紅，可是放學以後蘇杭準備打開那本書時，我徹底害怕了。在陽光還是那麼明亮的時刻，我沒有膽量投入到這在我看來是冒險的行為中去。所以蘇杭說應該有一個人在門口站崗時，我立刻自告奮勇地承擔了下來。我做為一個哨兵站在教室門外時，體會到的是內心欲望的強烈衝擊，尤其是聽到裡面傳來長短不一的驚訝聲，我心裡一片塵土飛揚。

我失去了這一次機會，就很難得到第二次。雖然後來蘇杭常常將那本書帶到學校裡來，可他從沒有想起應該讓我也看一看。我知道自己在他眼中是無足輕重的，我只是眾多圍繞著他的同學中的一個，而且是最微不足道的一個。另一方面也是我總克服不了內心的羞怯，沒有主動向他提出這樣的要求。直到半年以後，是蘇宇向我展示了那張彩色圖片。

蘇杭有時候的大膽令人吃驚。那張彩色圖片只向男同學出示，使他漸漸感到膩味了。有那麼一天，他竟然拿著那本書向一個女同學走了過去，於是讓我們看到了那個女同學在操場上慌亂地奔跑，跑到圍牆下面後她嗚嗚地哭了起來。蘇杭則是哈哈大笑地回到了我們中間，當我們膽戰心驚地提醒他，那個女同學可能會去告狀時，他一點也不慌亂，還反過來安慰我們：

「不會的。她怎麼說呢？她說蘇杭給我看了那個東西，這話她說得出口嗎？不會的，你們放心吧。」

後來無聲無息的事實證實了蘇杭的話是正確的。蘇杭在這件事上冒險獲得成功，導致了他後來在暑假期間更為大膽的舉動。在那農忙時節的中午，蘇杭和一個名叫林文的同學在炎熱的陽光下，遊手好閒地走在一條鄉間的小路上。我可以想到他們一定是在用最下流的髒話，來表達各自對某位女同學的喜愛。林文在那段時間裡之所以成為蘇杭最好的朋友，是因為他曾經拿一面小鏡子在廁所裡窺視女同學。可是林文的大膽行為並沒讓他看到什麼，倒是讓他明白了一個道理。當蘇杭也想試試鏡子的作用時，林文以過來者的老練勸阻了他，對他說：

「在廁所裡照鏡子，只有女的才看得清楚男的，男的根本看不清女的。」

就是這樣兩個人走到了鄉間，他們在進入一個村莊時，只聽到一片蟬鳴沒聽到別的任何聲響，那時能夠下地幹活的人全在田裡割稻子。他們走在樹葉下面，所進行的話題使他們的身體比那個夏天更加熱氣騰騰。當初金光燦爛的陽光無邊無際地鋪展開去，彷彿是欲望氾濫成災以後的情景。兩個躁動不安的少年來到一處飄出炊煙的房屋前，蘇杭走到那屋子的窗前，朝裡張望了一下，隨後林文就看到了他神祕的招手。林文的興致勃勃並沒有持續多久，他湊到窗前所看到的情形使他大失所望。一個七十來歲的老太太正坐在灶前燒火。但他立刻發現蘇杭的呼吸變得雜亂無章了，他聽到蘇杭緊張地問：

「你想看看真的東西嗎？」

林文明白了蘇杭打算幹什麼，他指指那個燒火的老太太，驚訝地問：

「你想看她的？」

蘇杭的笑容有些尷尬，他發出了激動的邀請：「我們一起上。」

能將鏡子的用途延伸到廁所裡的林文，在那時卻遲疑不決了，他說：

「這麼老的女人？」

蘇杭臉色通紅地低聲喊叫：

「可那是真的。」

林文無法說服自己與蘇杭一起行動，可蘇杭因為激動流露出來的緊張不安，讓林文感受到了心驚肉跳般的興奮，他說：

「你上，我替你站崗。」

當蘇杭越窗進屋前回過頭來朝他不知所措一笑時，他就知道自己所處的位置比蘇杭更有意思。

林文沒有站在窗前，蘇杭撲到那位老太太身上去的情景，他可以在想像中輕而易舉地完成。做為一個哨兵，他認真履行了自己的職責。他離開窗口幾步，從而能夠更清楚地看到是否有人朝這裡走來。

接著他聽到了一種來自於身體倒地的聲響，彷彿還滾動了一下，接著是幾聲驚慌的嗯嗯聲。雖然這位年屆七十的女人還不知道發生了什麼。老太太明白過來以後，讓林文聽到了一聲蒼老和發怒的聲音：

「畜生，我都可以做你奶奶。」

這話使林文失聲而笑，他知道蘇杭的冒險已經成功了一半。接下去他聽到老人彷彿懺悔般地喊叫：

「作孽呵。」

她無法抵抗蘇杭的猛烈進攻，她的氣憤因為年老力衰只能轉化成對自己的憐憫。就在這時，林文過早地看到了一個成年男子朝這裡走來，這個赤裸著上身，手提一把鐮刀走來的男人，讓林文心驚膽戰，他趕緊跑到窗口，於是看到了跪在地上，拚命扯著老太太褲子的蘇杭，而那個垂暮女人則撫摸著自己可能扭傷的肩膀，口齒不清地嘟囔著什麼。得到林文的警告後，蘇杭那一刻像一頭得了瘟疫的狗一樣，從窗口翻身出來。然後兩人拚命地向河邊跑去。蘇杭不停地回頭張望，他始終看到一個手握鐮刀的男人遠遠追來。林文在逃命的路上，耳邊一直響著蘇杭絕望的聲音：

「完了，這下完了。」

那個中午，他們兩人將那條通向城裡的道路弄得塵土滾滾，他們把肺都跑疼了。他們滿嘴臭氣渾身泥土地跑回到了城裡。

中學老師裡，舉止優雅的音樂老師給我留下最為深刻的印象。他是所有老師裡唯一用普通話講課的，當他在風琴前坐下來教我們唱歌時，他的神態和歌聲令我入迷。很長時間裡，我都用喜悅的目光去注視他，他與眾不同的文雅成為我心目中成年以後的榜樣。而且他也是老師中最不勢利的，他以同樣的微笑對待所有的同學。我至今記得他第一次來給我們上課時的情景，他身穿白色襯衣和藏青的長褲，夾著歌譜走進了教室，用廣播裡那種聲調莊重地說：

「音樂是從語言消失的地方開始的。」

習慣了那些土里土氣的老師用土語講課的同學，那時哄堂大笑了。

第二年春天，也就是蘇杭向我們展示彩色圖片的日子裡，在音樂課上，使所有老師深感頭疼的蘇杭，以自己的粗俗嘲弄了音樂老師的優雅。蘇杭脫下了他的球鞋放在窗台上，雙腳架在了課桌上，他尼龍襪子裡散發出來的腳臭飄滿了全屋。面對如此粗俗的挑戰，我們的音樂老師依然引吭高歌，他圓潤的歌聲和蘇杭的腳臭雙雙來到，讓我們同時接受美與醜的衝擊。直到一曲終了，音樂老師才離開風琴，站起來對蘇杭說：

「請你把鞋子穿上。」

不料這話使蘇杭哈哈大笑，他在椅子裡全身抖動地回過頭來，對我們說：

「他還說『請』呢。」

音樂老師依然文雅地說：

「請你不要放肆。」

這下蘇杭笑得更瘋狂了，他連連咳嗽，拍著胸口說：

「他又說『請』啦，笑死我啦，真笑死我啦。」

音樂老師氣得臉色發青，他走到蘇杭課桌前，拿起窗台上的球鞋就扔了出去。當他剛轉身，蘇杭就赤腳搶先跑到風琴前，拿起歌譜也從窗口扔了出去。音樂老師顯然沒有料到這一招，他目瞪口呆地看著蘇杭從窗口爬出去，又提著鞋子爬進來。蘇杭仍然將鞋子放在窗台上，雙腳架上了課桌，然後一副嚴陣以待的樣子看著音樂老師。

音樂老師令我崇拜的文雅，在蘇杭的粗野面前實在是不堪一擊。我們的老師站在講台旁微仰著臉，長時間不說一句話。他當初的神態猶如得到噩耗似的淒涼，過了良久他才對我們說：

「哪位同學去把歌譜撿回來？」

下課以後，很多同學向蘇杭圍上去歡呼他的勝利時，我沒有像往常那樣也圍上去。當時我內心湧上一股難言的悲涼，做為我成年以後的榜樣，就那麼輕而易舉地被蘇杭侮辱了。

沒過多久，我就和蘇杭分道揚鑣了。事實上我和蘇杭的決裂，只是我一個人的內心體驗。我在他眼中從來是可有可無的，當我不再走到操場中央，不再像別的同學那樣圍繞著他時，時刻意識到這一點的恰恰是我自己，蘇杭似乎根本沒有覺察整日簇擁著他的同學裡，已經少了一個我。他依然是那樣的興高采烈，而我則陷入到獨自一人的孤單裡，但我驚訝地發現往昔我站在蘇杭身旁時，所體會到的心情竟和後來的孤單十分一致。於是我知道了自己只是為了故作鎮靜和虛張聲勢，才走到蘇杭身旁的。後來當我心裡指責哥哥孫光平巴結城裡同學時，有時我會羞愧地想到自己不也有過這樣的經歷嗎？

現在回想起來，我十分感激蘇杭那天下午用柳枝對我的抽打。當時我是那麼的吃驚，我根本沒有想到蘇杭會突然揮起柳枝，向我抽打過來。那時有一群女同學走到了我們身旁，其中有三個是蘇杭當初竭力愛慕的。我能夠理解蘇杭那時的心情，可他炫耀自己的方式我則難以接受。最初的時候我還以為他是在開玩笑，他像吆喝牲口一樣抽打起了我，我強作笑臉竭力躲避著。可他竟然窮追不捨，而且用柳枝猛抽我的臉，疼痛使我萬分吃驚。當我看到那些女同學站住腳驚訝地看著我們時，內心的屈辱油然而升。得意洋洋的蘇杭不停地回過頭去向她們吹口哨，同時大聲喊叫著命令我趴到地上去。我是那時明白他為什麼要抽打我，我既沒有趴下，也沒有奪過柳枝，而是轉身向教室的方向走去，我的同學們在後面歡叫，蘇杭追上來繼續抽打著我，我依然沒有回擊他，只是不停地往前走。我遭受恥辱的眼淚在那個下午模糊了我的眼睛。

其實正是這一次遭受了屈辱，才使我半年以後和蘇宇建立了親密的友情。我不再裝模作樣地擁有很多朋友，而是回到了孤單之中，以真正的我開始了獨自的生活。有時我也會因為寂寞而難以忍受空虛的折磨，但我寧願以這樣的方式來維護自己的自尊，也不願以恥辱為代價去換取那種表面的朋友。我是那時候注意起了蘇宇，蘇宇走在路邊的孤單神態讓我感到十分親切。還是少年的蘇宇，已經顯露出了成年人才有的心事重重的模樣。那時的蘇宇還沒有擺脫南門時父親和寡婦那事所帶來的陰影。我暗中注意蘇宇時，蘇宇也在悄悄注意著我。事後我才知道，當初自己表現出來的與任何同學都不交往的神態，曾經感動過蘇宇。

蘇宇對我的注意，我很早就觀察到了。蘇宇經常抬起頭來看著同樣走在路邊的我，那時中間走著我們的同學，他們都是三五成群，一夥一夥的邊走邊高聲說話，只有我們兩個人獨自行走。可是蘇宇在南門時的幸福生活留給我難以磨滅的印象，阻止了我產生和蘇宇交往的任何想法。另一方面沒有朋友的事實，讓我很難設想一個比自己高兩級的同學會走上前來表示友好。

直到這學期快要結束的時候，蘇宇才突然和我說話。當時我們走在路的兩端，當我向蘇宇望去時，沒料到他會站住腳，並向我流露了微笑。我無法忘記蘇宇當時滿面通紅的情形，這位容易害羞的朋友就這樣叫住了我：

「孫光林。」

我站在了那裡。現在我已經無法還原當初的情感，我知道自己一直看著蘇宇。很多同學在我們中間走去，直到顯出很大一個空檔時，蘇宇才走過來問我：

「你還記得我嗎？」

我最初向蘇杭走去時，所期待蘇杭的正是盼望他說類似這樣的話。這話後來卻由蘇宇主動說出。我當時眼淚差點奪眶而出，我點點頭，說道：

「你是蘇宇。」

這次交往以後，放學回家時我們在學校裡一旦相遇，就會自然地走到一起。我經常看到蘇杭在不遠處疑惑不解地望著我們。這樣的關係持續了一段時間後，我們兩人對走到校門口就要分手的事實都開始感到不安了。蘇宇開始送我回家，他總是送到那座通往南門的木橋為止。蘇宇站在那裡朝走去的我揮揮手，然後轉過身去慢慢地走遠。

幾年前我回到家鄉重返南門時，那座老式的木橋已被水泥的新橋所代替。我站在冬天的傍晚裡，回想著那些發生在夏季的往事。於是我懷舊的目光逐漸抹殺了做為工廠的南門，石頭砌成的河岸，以及我站立其上的水泥橋。我重又看到了南門的田野，長滿青草的泥土河岸，腳下的水泥橋面轉換成了昔日的木板，我從木板的縫隙裡看著河水的流動。

我在冬天凜冽的寒風裡，回想起了這樣的情景。有一次我和蘇宇在木橋上站了很久，那是夏季最初來到的一個傍晚，蘇宇羞怯地望著南門的目光在晚霞裡微微泛紅。他用和那個傍晚同樣寧靜的聲音，回憶著一個平靜的經歷。他在南門的一個夏日夜晚，因為太熱不想放下蚊帳，他母親就坐在床邊替他搧風和驅趕蚊蟲，等他睡著後她才放下蚊帳。

當初蘇宇有關他母親的這段話，讓我聽了有些傷感。那時我已經很難得到來自家庭的溫暖。

蘇宇接下去告訴我，就是那晚上他作了一個噩夢。「我好像殺人了，警察到處抓我，我就跑回家中，想在家裡躲起來。結果父母下班回來後發現了我，就用繩子把我綁在門前的樹上，要把我交給警察。我拚命地哭，求他們別這樣。他們則是拚命地罵我。」

蘇宇在睡夢中的哭聲驚醒了他母親，母親叫醒他時，他一身冷汗，心臟都跳疼了。母親訓斥他：

「哭什麼，神經病。」

母親的聲音像是很厭惡，使蘇宇當時深感絕望。

少年的蘇宇對少年的我講敘這些時，我們兩人恐怕都難以明白這揭示著什麼。後來，蘇宇死後十多年，我站在這座通往南門的橋上，獨自回想這些時，我才逐漸看到敏感的蘇宇，從童年起就被幸福和絕望這兩個事實糾纏不清了。

戰慄

我十四歲的時候，在黑夜裡發現了一個神祕的舉動，從而讓我獲得了奇妙的感受。那一瞬間激烈無比的快樂出現時，當初的顫抖使我十分驚訝。這是我最初發現自己的身體竟然用恐懼的方式來表達歡樂。此後接觸到戰慄這個詞時，我的理解顯然和同齡的人不太一樣了，而開始接近歌德的意圖。這位已經死去的德國老人曾經說過：

——恐懼與顫抖是人的至善。

當我最初在那些黑夜越過激動不安的山峰，進入一無所有的空虛之後，發現自己的內褲有一塊已經濕潤時，不禁驚慌失措。最早來到的驚慌還沒有引起我對自己行為的指責，只是純粹地對於生理的恐懼。最開始我將那一塊濕潤理解為尿的流出，無知的我所感到羞愧的，還不是那種舉動的不可見人，我為自己這個年齡竟還遺尿而忐忑不安，同時也有懷疑疾病來到的慌亂。儘管如此，出於對那一瞬間身體激動不安的渴望，我一次次不由自主地重複了這歡樂的顫抖。

我在十四歲那個夏天的中午走出家門，走向城裡的學校時，燦爛的陽光卻使我臉色蒼白。就是在那樣的時刻，我將要進行一個羞恥的行為，我要解開黑夜流出物之謎。我那時的年齡，已經無法讓所有一切都按照被認為是正確的準則行事，內心的欲望開始悄悄地主持了我一部分言行。已經有一些日子了，我渴望知道那流出的究竟是什麼。這樣的行為無法在家中完成，我所能選擇的只能是中午時刻學校的廁所，那時廁所將會空無一人。那個破舊不堪的廁所在我此後的回想裡使我渾身發抖，以致很長一段時間裡，我都被迫指責自己在最醜陋的地方完成了最醜陋的行為。現在我已經拒絕了這樣的自我指責，我當初對廁所的選擇讓我看到了自己無處藏身的少年。這樣的選擇是現實強加於我，而非出於自願。

我不願意描述當時令人難以忍受的環境，就是想起蒼蠅胡亂飛舞時的嗡嗡聲和外面嘈雜響亮的蟬鳴，就足以使我緊張不安了。我記得自己離開廁所，走過陽光下的操場時，感到四肢無力，最新的發現所帶給我的，是迷茫之後的不知所措。我走入了對面的教室樓，我希望自己能在空無一人的教室裡躺下來。然而我卻驚慌地看到一個女同學在教室裡做作業，女同學安寧的神態驀然讓我感到自己深重的罪惡。我不敢走入教室，站在了走廊的窗口無限悲哀，我不知道自己接下去該幹什麼，彷彿末日已經來臨。隨後我看到一個上了年紀的清潔女工，挑著木桶走入了我剛才離開的廁所。這情形使我全身發抖。

後來隨著對身體顫抖的逐漸習慣，我在黑夜來臨以後不再那麼懼怕罪惡。我越來越清楚自己幹些什麼時，對自己的指責在生理的誘惑面前開始顯得力不從心。黑夜的寧靜總是給予我寬容和安慰。我疲憊不堪即將入睡的那一刻，眼前出現的景象，往往是某件色彩鮮豔的上衣在淺灰的空氣中緩緩飄過。那個莊嚴地審判著自己的聲音開始離我遠去。

然而清晨我一旦踏上上學之路，沉重的枷鎖也就同時來到。我走近學校時，看到那些衣著整潔的女同學不由面紅耳赤。她們的歡聲笑語在陽光下所展示的健康生活，在那時讓我感到前所未有的美好，自身的骯髒激起了我對自己的憤恨。最使我難受的是她們目光裡的笑意偶爾掠過我的眼睛，我除了膽戰心驚，已經無權享受被女孩目光照耀時的幸福與激動。這種時候我總是下定決心改變自己，而黑夜來臨之後我又重蹈覆轍。那些日子裡，我對自己的仇恨表現為軟弱的走開，在下課的間隙裡走到一個無人的地方呆呆站著。我避開了內心越來越依戀的朋友蘇宇，我認為自己不應該有這麼美好的朋友，當看著一無所知的蘇宇向我友好走來時，我傷心地走向了另一端。

我的生命在白晝和黑夜展開了兩個部分。白天我對自己無情的折磨顯得那麼正直勇敢，可黑夜一旦來到我的意志就不堪一擊了。我投入欲望懷抱的迅速連我自己都大吃一驚。那些日子裡我的心靈飽嘗動盪，我時常明顯地感到自己被撕成了兩半，我的兩個部分如同一對敵人一樣怒目相視。

欲望在黑夜裡一往無前，那一刻我越來越需要女人形象的援助。我絕對不是想玷污誰而實在是沒辦法。我選中了那個名叫曹麗的女同學。這個在夏天裡穿著西式短褲來到學校的漂亮女孩，讓那些在生理上快速走向成熟的男同學神魂顛倒，他們對她暴露在陽光下的大腿讚不絕口，聽到他們的竊竊私語，對女性肉體還缺乏真正敏感的我驚訝不已。我十分不解的是他們為何不讚美她的臉，她的臉在我當初看來有著無與倫比的美麗，只有她的笑容才能讓我感到甜蜜無比。她成了我黑夜時不可缺少的想像伙伴。儘管我對她身體的注意遠不如其他男孩那麼實際，我也同樣注意到了她的大腿，腿上散發出來的明亮光澤使我微微顫抖。但我最為熱愛的依然是她的臉。她說話時的聲音在任何地方傳來都將使我激動不安。

就這樣黑夜降臨後，美麗的曹麗便會在想像中來到我的身旁。我從沒有打過她肉體的壞主意，我們兩人總是在一條無人的河邊走呵走呵。我偽造著她說的話，以及她望著我的眼神，最為大膽的時候我還能偽造她身上散發出來的氣息，那種近似於清晨草地的氣息。唯一一次出格的想像是我撫摸了她迎風飄起的頭髮。後來當我準備摸她臉時，我突然害怕了，我警告自己：不能這樣。

雖然我有效地阻止了自己對曹麗那張甜蜜臉蛋的撫摸，白晝來到後我還是感到自己極為下流地傷害了她，使我一跨進學校就變得提心吊膽。我的目光不敢注視她，我的聽覺卻無法做到這一點，她的聲音隨時都會突然而至，讓我既感幸福又痛苦不堪。有一次她將一個紙團摔向一個女同學時，無意裡擊中了我。她不知所措地站在了那裡，然後在男女同學的哄笑裡滿臉通紅地坐下去，低頭整理自己的書包。她當初不安的神態深深震動了我，一個微不足道的紙團會使她如此羞怯，我夜晚對她的想像就不能不算骯髒了。可是沒過多久，她就完全變了。

我多次發誓要放棄對曹麗的暗中傷害，我試著在想像裡和另外一個姑娘交往，然而總是沒過多久曹麗的形象迅速取而代之。我所有的努力都使我無法擺脫曹麗，那些日子我能給予自己安慰的，是我雖然一次次在想像裡傷害她，可她依然那麼美麗，她的身體在操場上跑動時依然那麼活潑動人。

我在自我放縱同時又是自我折磨中越陷越深時，比我大兩歲的蘇宇注意到了我臉上的憔悴、和躲避著他的古怪行為。那時候不僅見到曹麗是對自己巨大的折磨，就是見到蘇宇，我也會羞愧不已。蘇宇在鋪滿陽光的操場上走動時文靜的姿態，顯露了純潔和一無所求的安寧。我的骯髒使我沒有權利和他交往下去。下課時，我不再像往常那樣走到高中年級的教室去看望蘇宇，而是獨自走到校旁的池塘邊，默默忍受自己造成的這一切。

蘇宇到池塘邊來過幾次，第一次的時候他非常關心地問我究竟出了什麼事，蘇宇關切的聲音使我當初差點落淚。我什麼都沒說，一直看著水面的波紋。此後蘇宇來到後不再說什麼，我們站在一起默默無語地等待上課鈴響，然後一起離開。

蘇宇無法知道我當初內心所遭受的折磨，我的神態使蘇宇產生了懷疑，懷疑我是不是開始厭煩他了。此後蘇宇變得小心謹慎，他不再到池塘旁來看望我。我們之間一度親密的友情從那時產生了隔膜，同時迅速疏遠了。有時在學校路上相遇，我們各自都顯得有些緊張和不安。我是在那個時候注意到鄭亮的，這個全校最高大的學生開始出現在蘇宇身旁。鄭亮發出宏亮的笑聲和舉止文雅的蘇宇站在操場一邊親熱地交談。我哀怨的目光看到了鄭亮站在應該是我的位置上。

我品嘗起了失去友情的滋味，蘇宇這麼快就和鄭亮交往上使我深感不滿。但和蘇宇相遇時，蘇宇眼中流露出的疑惑和憂傷神色還是深深打動了我，燃起了我和蘇宇繼續昔日友情的強烈願望。可是在黑夜的罪惡裡越陷越深的我，一旦要這樣做時卻困難重重。那些日子白晝讓我萬分恐懼，陽光燦爛的時刻我對自己總是仇恨無比。這種仇恨因為蘇宇的離去而越加強烈。於是那個上午我決定將自己的骯髒和醜惡去告訴蘇宇。這樣做一方面是為了給予自己真正的懲罰，另一方面也是要向蘇宇表明自己的忠誠。我可以想像蘇宇聽我說完後的驚恐表情，蘇宇顯然無法想到我竟如此醜惡。

可是那天上午當我勇敢地把蘇宇叫到池塘邊，並且將這勇敢保持到把話說完，蘇宇臉上沒有絲毫驚恐，而是認真地告訴我：

「這是手淫。」

蘇宇的神態使我大吃一驚。我看到了他羞怯的笑容，他平靜地說：

「我也和你一樣。」

那時候我感到眼淚奪眶而出，我聽到自己怨聲說道：

「你為什麼不早告訴我。」

我永遠難忘和蘇宇站在池塘旁的這個上午，因為蘇宇的話，白晝重新變得那麼美好，不遠處的草地和樹木在陽光下鬱鬱蔥蔥，幾個男同學在那裡發出輕鬆的哈哈大笑，蘇宇指著他們告訴我：

「他們在晚上也會的。」

不久之後的一個晚上，那是冬天剛剛過去的晚上，我和蘇宇還有鄭亮三個人，沿著一條寂靜的街道往前走。這是我第一次晚上和蘇宇在一起，我記得自己雙手插在褲袋裡，我還沒有從冬天的寒冷裡反應過來，直到發現褲袋裡的手開始出現熱汗，我才驚訝地問蘇宇：

「是不是春天來了？」

那時我十五歲了，與兩個比我高得多的朋友走在一起，對我來說是難以忘記的時刻。當時蘇宇走在我的右邊，他的手一直搭在我肩上。鄭亮走在左側，鄭亮是第一次與我交往。當蘇宇親熱地將我介紹給鄭亮時，鄭亮並沒有因為我的矮小而冷落我，他顯得很高興地對蘇宇說：

「他還用介紹嗎？」

那個晚上鄭亮給我留下了深刻的印象，鄭亮高大的身影在月光裡給人以信心十足的感覺，他在往前走去時常常將手臂揮舞起來。就是在這樣的時刻，我們三個人悄悄談論起手淫。話題是由蘇宇引起的，一向沉默寡言的蘇宇突然用一種平靜的聲音說起來，使我暗暗吃驚。多年之後我重新回想這一幕時，我才明白蘇宇的真正用意。那時我還沒有完全擺脫由此帶來的心靈重壓，蘇宇這樣做是為了幫助我。事實上也是從那時以後，我才徹底輕鬆起來。當初三個人說話時的神祕聲調，直到現在依然讓我感到親切和甜蜜。

鄭亮的態度落落大方，這個高個的同學這樣告訴我們：

「晚上睡不著覺的時候，這麼來一下很靈。」

鄭亮的神態讓我想到自己幾天以前還在進行著的自我折磨，從而使我望著他的目光充滿了羨慕。

儘管那個晚上給予我輕鬆自在，可後來鄭亮無意中的一句話，卻給我帶來了新的負擔。鄭亮說那話時，並不知道自己是在表達一種無知，他說：

「那種東西，在人身上就和暖瓶裡的水一樣，只有這麼多。用得勤快的人到了三十多歲就沒了，節省的人到了八十歲還有。」

鄭亮的話使我陷於對生理的極度恐怖和緊張之中。由於前一段時間過於揮霍，我在黑夜裡時刻感到體內的那種液體已經消耗完了。這種恐怖使我在進行未來生活憧憬時顯得憂心忡忡。尤其是對愛情的嚮往，因為心理的障礙，我不僅無法恢復昔日的甜蜜想像，反而對自己日後的孤獨越來越確信無疑。有一個晚上，當我想到自己成為一個步履蹣跚的老人，在冬天的雪地裡獨自行走時，我為自己的淒慘悲傷不已。

後來的許多黑夜，我在夜晚的舉動不再是獵取生理上的快感，而逐漸成為生理上的證明。每一次試驗成功後，賦予自己的安慰總是十分短暫，接踵而至的仍然是恐慌。我深知自己每一次證明所擔的風險，我總是感到體內最後的液體已在剛才流出。那時我對自己剛剛完成的證明就會痛恨和後悔。可是沒出三天，對體內空虛的擔憂，又使我投入到證明之中。我身體的成長始終在臉色蒼白裡進行著，我經常站在南門的池塘旁，看自己在水中的形象。我看到了瘦削的下巴和神情疲憊的眼睛在水裡無力地漂動，微微的波浪讓我看到自己彷彿滿臉皺紋。尤其是天空陰沉的時刻，會讓我清晰地目睹到一張陰鬱和過早衰老的臉。

直到二十歲時，我才知道正確答案。那時我正在北京念大學，我認識了一位當時名聲顯赫的詩人。這是我認識的第一位名人，他隨便和神經質的風度，使我經常坐車兩個小時到城市的另一端，為了只是和他交談幾分鐘。運氣好的時候，我可以和他談上一小時。儘管我去了三次後他仍然沒有記住我的名字，可他那親切的態度和對同行尖刻的嘲弄，讓我並不因此感到難受。他在高談闊論的同時，也可以凝神細聽我冗長的發言，而且不時在他認為是錯誤的地方出來加以糾正。

在這位年屆四十的單身詩人那裡，我經常會遇上一些神態各異的女子，體現了這位詩人趣味的廣闊。隨著我們之間交往的不斷深入，有一次我小心翼翼地提醒他是不是該結婚了。我對他隱私的侵犯並沒讓他惱怒，他只是隨便地說：

「幹麼要結婚？」

那時我侷促不安，我完全是出於對自己崇敬的人的關心才繼續說：

「你不要把那東西過早地用完。」

我羞羞答答說出來的話，使他大吃一驚，他問：

「你怎麼會有這樣的想法？」

於是我將幾年前那個夜晚鄭亮的話複述給了他。他聽後發出震耳欲聾的大笑，我無法忘記他當時坐在沙發裡縮成一團時的愉快情景。後來他第一次留我吃了晚飯，晚飯是他下樓去買了兩袋方便麵組成的。

這位詩人在四十五歲時終於結婚了，妻子是一位三十多歲的漂亮女子，她身上的凶狠和容貌一樣出眾。這位此前過著瀟灑放任生活的詩人，嘗到了命運對他的挖苦。他就像是遇到後娘的孩子一樣，出門時口袋裡的錢只夠往返的車費。對錢的控制只是她手段之一。他還經常鼻青眼腫地跑到我這裡來躲避幾天，原因只是有位女士給他打過電話。幾天以後，還得在我護送下才敢返回家中去賠禮道歉，我對他說：

「你不要垂頭喪氣，你要理直氣壯，你根本就沒有錯。」

他卻嘻皮笑臉地說：

「還是認錯好。」

我記得這個漂亮女人坐在沙發裡對剛進門的丈夫說：

「去把垃圾倒掉。」

我們的詩人端起那滿滿一簸箕垃圾時，顯得喜氣洋洋。他誤以為勞動能使自己平安無事，可他回來後那女人就毫不客氣地對我說：

「你回去吧。」

然後就關上了門。我聽到裡面響起了大人訓小孩的聲音。這個身為妻子的女人，當然明白被自己訓斥的人是一個很有才華的詩人。於是我聽到了讓我瞠目結舌的訓詞，訓詞裡充斥著唐詩宋詞現代政治術語流行歌詞等等不計其數。其間穿插著丈夫虔誠的話語：

「說得好。」

或者：

「我茅塞頓開。」

女人的聲音越來越慷慨激昂，事實上那時候她已不是為了訓斥她的丈夫，純粹是為了訓斥本身。她的聲音向我顯示了她正陶醉在滔滔不絕之中。

在這種女人長裙籠罩下的生活真是不堪設想。即便能夠忍受鼻青眼腫，那也無法忍受她的滔滔不絕。

這個女人最為嚴厲的表現是，將她丈夫寫下的懺悔書、保證書、檢討書像裝飾品一樣在屋牆上布置起來，讓丈夫朋友來到時先去一飽眼福。最初的時候，我的朋友在那時總是臉色鐵青，時間一久他也就能裝得若無其事了。他告訴我們：

「死豬不怕開水燙。」

他曾經說：

「她不僅在肉體上，還在精神上無情地摧殘我。」

我問他：「你當初為何要和她結婚？」

「我當初怎麼知道她是個潑婦？」

我和其他朋友勸告他離婚的話，到頭來他都會向妻子全盤托出。他對我們的出賣，使我們每人都接到一個女人充滿威脅的電話，我得到的詛咒是，在我二十五歲生日那天，我將暴死街頭。

十五歲那年春天，有一天中午洗澡後換衣服時，我發現自己的身體出現了奇怪的變化。

我看到下腹出現了幾根長長的汗毛，使我還在承受那個黑夜舉動帶來的心理重壓時，又增加了一層新的恐慌。那幾根纖細的東西，如同不速之客突然來到我光滑的身體上。我當初目瞪口呆地看著它們很久，我找不到合適的態度來對待它們，只是害怕地感到自己的身體已經失去過去的無憂無慮。

當我穿越陽光走向學校時，四周的一切都展示著過去的模樣，唯有我的身體變了。一種醜陋的東西那時隱藏在我的短褲裡，讓我走去時感到腳步沉重不堪。雖然我討厭它們，可必須為它們保守祕密，因為我無法否認它們是我身體的一部分。

隨後不久，我腿上的汗毛也迅速生長。我是在夏天脫下長褲時發現這一點的，當我穿著短褲去上學，腿上明顯的汗毛因為無處躲藏，讓我感到自己狼狽不堪。只要有女同學的目光向這裡望來，我就會坐立不安。儘管第二天我就將腿上明顯起來的汗毛全部拔去，可我總是擔心曹麗已經看到它們了。

那時班上有位個子最高的同學，他腿上的汗毛已經黑乎乎了，可他依然暴露著它們若無其事地走來走去。有一段時間我常常為這位同學擔憂，當我偶爾發現女同學的目光注視著他腿上的汗毛時，這種擔憂就變成了針對自己的忐忑不安。

在暑假即將來到的一個中午，我很早就來到學校。那時教室裡幾個女同學的高聲說笑，使我缺乏足夠的膽量走進去。直到現在，當一個屋裡全是女性或者陌生人時，讓我獨自進去依然是一件可怕的事。那麼多目光同時注視著我，我將驚慌失措。當時我是打算立刻走開的，可我聽到了曹麗的聲音，她的笑聲緊緊攥住了我。然後我聽到她們問曹麗喜歡哪個男同學，她們的大膽使我吃了一驚。更使我吃驚的是曹麗並不因此害羞，她回答的聲音流露出明顯的喜悅，她要她們猜一猜。

我當初的緊張使我的呼吸變得斷斷續續。她們說出了一串人名，有蘇杭也有林文，這些名字都和我無關，她們對我的遺忘引起了我的憂傷。與此同時，曹麗的全都否認給予了我短暫的希望。很快當一個聲音說出那位擁有黑乎乎大腿的同學時，曹麗立刻承認了。我聽到她們共同發出的放聲大笑，在笑聲裡一個聲音說：

「我知道你喜歡他什麼。」

「喜歡什麼？」

「他腿上的汗毛。」

曹麗的申辯使我後來很長時間裡都對這個世界迷惑不解。她說他是男同學中最像成年人的。

我默默離開教室，我在獨自走去時，曹麗放肆的笑聲總是追蹤著我。剛才的情景與其說讓我悲哀，不如說是讓我震驚。正是那一刻，生活第一次向我顯示了和想像完全不一樣的容貌。那位高個的同學，對自己腿上汗毛毫不在乎的同學。寫作文時錯字滿篇，任何老師都不會放過對他的譏諷，就是這樣一位同學，卻得到了曹麗的青睞。恰恰是我認為醜陋的，在曹麗那裡則充滿魅力。我一直走到校旁的池塘邊，獨自站立很久，看著水面漂浮的陽光和樹葉，將對曹麗的深深失望，慢慢轉化成對自己的憐憫。這是我一生裡第一次美好嚮往的破滅。

第二次的破滅是蘇宇帶給我的，那就是關於女人身體的祕密。當時我對女性的憧憬由來已久，可對其生理一無所知。我將自己身上最純潔的部分全部貢獻出來，在一片虛空中建立了女性的形象。這個形象在黑夜裡通過曹麗的臉出現，然而離性的實際給終十分遙遠。那時的夜晚，我常常能看到美麗無比的女性形體在黑暗的空中飛舞。

這是從那本擺在蘇宇父親書架上的精裝書籍開始的。對蘇宇來說精裝書籍他十分熟悉，可他對這本書的真正發現還是通過了蘇杭。他們離開南門以後一直住在醫院的宿舍樓裡，蘇宇和蘇杭住樓下，他們父母住在樓上。父母給這對兄弟每天必須完成的任務是，用拖把打掃地板。最初的幾年蘇杭負責打掃樓下，他不願意提著拖把上樓，這無疑會增加工作的難度。後來蘇杭突然告訴蘇宇以後樓上歸他打掃。蘇杭沒有陳述任何理由，他已經習慣了對哥哥發號施令。蘇宇默默無語地接受了蘇杭的建議，這個小小的變動沒有引起他的注意。蘇杭負責樓上以後，每天都有兩、三個同學來到家中，幫助蘇杭在樓上拖地板。於是在樓下的蘇宇，便經常聽到他們在樓上竊竊私語，以及長吁短嘆的怪聲。有一次蘇宇偶爾闖進去後，才了解到精裝書籍的祕密。

此後蘇宇和我相見時常常神色憂鬱，他和我一樣，對女人的憧憬過於虛幻，實際的東西一下子來到時，使他措手不及。我記得那個晚上我們在街上安靜地走動，後來站在了剛剛竣工的水泥橋上，蘇宇心事重重地望著水面上交織在一起的月光和燈光，然後有些不安地告訴我：

「有件事你應該知道。」

那個晚上我的身體在月光裡微微顫抖，我知道自己即將看到什麼了。蘇杭對我的忽視，使我對那張彩色圖片的了解一直推延至今。很長一段時間裡，我都對自己那次選擇站崗而後悔莫及。

第二天上午，我坐在蘇家樓上的椅子裡，那是一把破舊的籐椅，看著蘇宇從書架上抽出那本精裝書籍。他向我展示了那張彩色圖片。

我當初第一個感覺就是張牙舞爪。通過想像積累起來的最為美好的女性形象，在那張彩色圖片面前迅速崩潰。我沒有看到事先預料的美，看到的是奇醜無比的畫面，張牙舞爪的畫面上明顯地透露著凶狠。蘇宇臉色蒼白地站在那裡，我也同樣臉色蒼白。蘇宇闔上了精裝書籍，他說：

「我不應該給你看。」

彩色圖片將我從虛幻的美好推入到實際的赤裸中去，蘇宇也得到了同樣的遭遇。雖然我將自己美麗的憧憬仍然繼續了一段時間，可我常常感到憧憬時已經力不從心了。

當我再度想像女性時，已經喪失了最初的純潔，彩色圖片把我帶入了實際的生理之中。我開始了對女性的各種想像。雖然我極其害怕地感到墮落正在迅速來到，可純粹的生理欲望又使我無法抗拒。隨著年齡的增長，我看女性的目光發生了急促的變化，我開始注意起她們的臀部和胸部，不再像過去那樣只為漂亮的神情和目光感動。

我十六歲那年秋天的時候，城裡的電影放映隊時隔半年後又來到了南門。那時鄉村夜晚的電影是盛大的節日，鄰村的人都在天黑前搬著凳子趕來。許多年來，隊長的座位始終盤踞在曬場的中央，多年不變。我一直記得天黑時隊長拿著一根晾衣服的竹竿，耀武揚威地來到曬場的神態。他坐下後，長長的竹竿就斜靠在肩上。只要前面一有人擋住他的視線，也不管那人是誰，他就將竹竿伸過去在那人腦袋上敲打一下。隊長用竹竿維護他視野的寬敞。

孩子們一般是坐到銀幕反面，看著電影裡的人物用左手開槍，用左手寫字。我小時候就是銀幕反面的觀眾。我十六歲這年沒再到反面去觀看電影。那一次鄰村一個二十來歲姑娘站在了我的前面，我至今都不知道這姑娘是誰。當時的擁擠使我來到了她的身後，我的目光就是擦過她的頭髮抵達銀幕的。剛開始我很平靜，是她頭髮上散發出來的氣味使我逐漸不安起來，那種暖烘烘帶著肉體氣息的氣味一陣陣襲擊著我。接著一次人群的擠動，我的手觸到了她的臀部，那一次短暫的接觸使我神魂顛倒。誘惑一旦出現就難以擺脫，儘管我害怕不已，還是將手輕輕碰了上去。姑娘沒有反應，這無疑增加了我的勇氣。我將手掌翻過來，幾乎是托住了她的臀部。那一刻只要她的身體稍一擺動，我就會立刻逃之夭夭。她的身體僵直如木頭般紋絲未動，我的手感受到了她的體溫，從而讓我手上接觸到的部分越來越燙。我輕輕移動了幾下，姑娘仍然沒有反應。我當時扭回頭去看看，看到了自己身後站著一個高出一頭的男人。接下去我以出奇的膽量在姑娘臀部上捏了一把，姑娘這時格格笑了起來。她的笑聲在電影最為枯燥的時候驀然響起，顯得異常突出。正是這笑聲使我逐漸遞增的膽量頃刻完蛋。我當初擠出人群後，起先還裝得漫不經心沒走幾步我就堅持不下去了，我拚命地往家中跑去，慌張使我躺到床上後依然心臟亂跳。那一刻只要一有腳步聲接近家門，我就會渾身發抖，彷彿她帶著人來捉拿我了。電影結束後，紛亂走來的腳步更讓我膽戰心驚。當父母和哥哥都躺到床上去後，我仍在擔心著那位姑娘會找上門來。直到睡眠來到後，我才拯救了自己。

我在面對自身欲望無所適從時，蘇宇也陷入同樣的困境。與我不同的是，蘇宇因此解脫了南門生活帶來的心靈重壓。現在我眺望昔日的時光時，在池塘旁所看到的蘇宇快樂幸福的童年生活，其實如當時從水面上吹過的風一樣不可靠。當時我已經隱約知道一點蘇宇父親和寡婦之間的糾纏，卻不知道這事給蘇宇帶來的真正打擊。事實上當我與家庭的對立日趨明顯時，蘇宇則因為父親的舉動而開始了對家庭的驚慌。

蘇家搬來時，寡婦尚未衰老，這位四十歲的女人毫不掩飾她對蘇醫生的強烈興趣。她在自己蓬勃的情欲行將過去之前，犯了那種喜新厭舊的在男人那裡隨便可以找到的毛病。此前從她床上下來的都是腿上有泥的農民，蘇醫生的出現使她耳目一新。這個戴著眼鏡、身上總是散發著酒精氣息的文雅男人，讓寡婦恍然大悟地意識到，雖然有無數男人光臨過她的雕花木床，可那些男人都是一種類型的。醫生的來到，讓寡婦按捺不住內心的激動，她逢人就說：

「知識分子就是招人喜愛。」

公正地說，在那些迷戀醫生的日子裡，她起碼保持了有兩個星期的貞操，她不再來者不拒。她知道醫生都是講究衛生的，她不願意委屈醫生。勾引是從裝病開始的，當醫生得知寡婦生病向她家走去時，並不知道自己是在走向陷阱。甚至走到寡婦床前，寡婦用癡呆的眼睛看著他時，他仍然沒有引起足夠的警惕。醫生用一貫平靜的聲調問她哪兒不舒服，寡婦回答說是肚子疼，醫生請她把被子拉開一角，準備檢查。寡婦拉開的不是被子的一角，而是手腳並用將被子掀到一旁，向醫生展覽了她赤裸的全身。這突如其來的一切，讓醫生驚慌失措。他看到了與妻子完全不一樣的身體，強壯無比的女人身體。他結結巴巴地說：

「不用，不用全拉開。」
寡婦則向他發出命令：
「你上來。」
那時醫生並不是拔腿就跑，而是緩慢地轉過身去，並且同樣緩慢地往外走。寡婦的強壯身體，使他有些欲罷不能。
於是寡婦從床上跳起來，她的力氣使她輕而易舉地把醫生抱到了床上。後來的整個過程裡，寡婦始終聽到醫生喃喃自語：
「我對不起妻子，我對不起孩子。」
醫生不間斷的懺悔並未阻止他的行為，一切還是照常發生了。事後寡婦告訴別人：
「你不知道他有多害羞，真是個好人。」
後來他們之間沒再發生什麼，不過很長一段時間裡，村裡人常能看到壯實的寡婦把自己打扮成一個新疆姑娘似的，紮了無數小辮子在醫生家附近走來走去，賣弄風騷。醫生的妻子有時會走出來看看她，接著又走進去，什麼也沒發生。有幾次醫生被她在那條路上堵住，在寡婦情意綿綿的微笑裡，村裡人所看到的是醫生狼狽不堪的逃跑。
我升入初二的一個晚上，蘇宇神色安詳地向我敘述了另一個晚上發生的事。蘇宇父親和寡婦之間的短暫糾纏，在家裡沒有引起軒然大波，只是出現這樣的事。他記得有一天父母回家特別晚，天黑後才看到母親回來，當他和蘇杭迎上去時，母親沒有理睬他們，而是從箱子裡找出幾件衣服放入包中，隨後提著包出去了。母親走後不久，父親也回來了。父親問他們，母親是否回來過，得到肯定的答覆後父親也走了出去。他們忍受著飢餓一直等到半夜，父母仍然沒有回來，他們就上床睡覺了。翌日清晨醒來時，父母已在廚房裡準備早餐，和往常沒有什麼兩樣。

蘇宇那晚上的聲調有著明顯的不安。敏感脆弱的蘇宇，在父親出事後的日子裡，即便看到一個男人和一個女人在一起親密地說話，他都會突然慌亂起來。父親的行為儘管被他父母極好地掩飾了，可他還是逐漸明白了一切。他看到同學無憂無慮的神態時，對他們的羨慕裡充滿了對他們父母的感激。他從不懷疑同學的父母也會有不乾淨的地方，他始終認為只有自己的家庭才會出現這樣的醜事。他曾經也向我表達了這樣的羨慕，雖然他知道我在家中的糟糕處境。他羨慕地望著我的時候，他不知道我父親孫廣才正肩背著我祖母生前使用的腳盆，嘻嘻笑著走入寡婦家中。面對蘇宇友好的羨慕，我只能面紅耳赤。

高中的最後一年，蘇宇生理上趨向成熟以後，他開始難以抵擋欲望的猛烈衝擊，其激烈程度與後來升入高中的我不相上下。他對女性的渴望，使他在一個夏天中午，走向了在我們當初看來是可怕的身敗名裂。那個中午他在一條僻靜的胡同裡，看到一個豐滿的少婦走來時，竟然渾身顫抖不已。那一刻欲望使他失去了控制自己的能力，他昏頭昏腦走向那位少婦時，根本不知道自己會抱住她，直到她發出驚恐的喊叫，掙脫以後拚命奔跑，他才漸漸意識到自己剛才幹了什麼。

蘇宇為此付出了慘重的代價，他被送去勞動教養一年。送走的前一天，他被押到了學校操場的主席台上，胸前掛著一塊木牌，上面寫著——

流氓犯蘇宇

我看到幾個熟悉的男女同學，手裡拿著稿紙走上台去，對蘇宇進行義正詞嚴的批判。

我是很晚才知道這些的。那天上午課間休息，我像往常那樣朝蘇宇的教室走去時，幾個高年級的同學向我喊道：

「你什麼時候去探監？」

當時我並不知道這話的意思，我走到蘇宇坐的那個窗口，看到鄭亮在裡面神色嚴峻地向我招招手。鄭亮出來後告訴我：

「蘇宇出事了。」

然後我才知道全部的事實，鄭亮試探地問我：

「你恨蘇宇嗎？」

那時我眼淚奪眶而出，我為蘇宇遭受的一切而傷心，我回答鄭亮：

「我永遠不會恨他。」

我感到鄭亮的手搭在了我的肩上，我就隨鄭亮走去。剛才向我喊叫的幾個人那時又喊了起來：

「你們什麼時候去探監？」

我聽到鄭亮低聲說：

「別理他們。」

後來我看到蘇杭站在操場的西端，正和林文一起，向我的那些同學灌輸急功近利的人生觀。蘇杭絲毫沒有因為哥哥出事而顯露些許不安，他嗓音響亮地說：

「我們他娘的全白活了，我哥哥一聲不吭地把女人都摸了一遍。明天我也去抱個女人。」

林文則說：「蘇宇已經做過人了，我們都還不能算是做人。」

半個月以後，蘇宇被推光了頭髮站在台上，那身又緊又短的灰色衣服包著他瘦弱的身體，在陰沉的天空下顯得弱不禁風。蘇宇突然被推入這樣的境地，即便早已知道，我依然感到萬分吃驚。他低著頭的模樣使我心裡百感交集。我的目光時刻穿越眾多的頭顱去尋找鄭亮的眼睛，我看到鄭亮也常常回過頭來望著我。那一刻只有鄭亮的心情和我是一樣的，我們的眼睛都在尋求對方的支援。批鬥會結束後，鄭亮向我打了個手勢，我立刻跑了過去。鄭亮說：

「走。」

那時蘇宇已被押下台，他要到街上去遊走一圈。很多同學都跟在後面，他們嘻嘻哈哈顯得興奮不已。我注意到了蘇杭，不久前對哥哥的出事還滿不在乎，那時他卻獨自一人垂頭喪氣地走向另一端，顯然批鬥會的現實給了他沉重打擊。遊鬥的隊伍來到大街上時，我和鄭亮擠了上去。鄭亮叫了一聲：

「蘇宇。」

蘇宇像是沒有聽到似的低著頭往前走去，我看到鄭亮臉色脹紅，一副緊張不安的樣子。我也叫了一聲：

「蘇宇。」

叫完後我立刻感到血往上湧，尤其是眾多的目光向我望來，我一陣發虛。這一次蘇宇回過頭來，向我們輕鬆地笑了笑。

蘇宇當初的笑容讓我們大吃一驚，直到後來我才明白他為何微笑。那時的蘇宇看上去處境艱難，可他卻因此解脫了心靈重壓。他後來告訴我：

「我知道了父親當時為什麼會幹出那種事。」

我和鄭亮在蘇宇出事後的表現，尤其是最後向蘇宇道別的喊叫，受到了老師的無情指責，並懲罰我們每人寫一份檢查。在他們看來，我們對蘇宇的流氓行為不僅不氣憤，反而給予同情的表現，證明了我們是沒有犯罪行為的流氓。有一次放學回家時，我聽到了幾個女同學在後面對我的評價：

「他比蘇宇更壞。」

我們堅持不寫檢查，無論老師如何威脅，當我們見面時，都自豪地告訴對方：

「寧死不寫。」

不久後鄭亮就顯露了沮喪的神情，鄭亮當時鼻青眼腫的模樣使我吃了一驚，他告訴我：

「是我父親打的。」

隨後鄭亮說：

「我寫了檢查。」

我聽了這話十分難受，告訴鄭亮：

「你這樣對不起蘇宇。」

鄭亮回答：「我也是沒辦法。」

我轉身就走，同時說：「我永遠不會寫。」

現在想來，我當初的勇敢在於我沒有家庭壓力。孫廣才那時正熱中於在寡婦的雕花木床裡爬上爬下，我的母親在默默無語裡積累著對寡婦的仇恨。只有孫光平知道我正面臨著什麼，那時的孫光平已經寡言少語，就在蘇宇出事的那天，我哥哥的臉遭受了那個木匠女兒瓜子的打擊。當我遭到高年級同學取笑時，我看到遠處的哥哥心事重重地望著我。

我不知道那些日子為何會仇恨滿腔，蘇宇的離去，使我感到周圍的一切都變得那麼邪惡和令人憤怒。有時候坐在教室裡望著窗玻璃時，我會突然咬牙切齒地盼著玻璃立刻粉碎。當一個高年級的同學帶著挑釁的神態叫住我：

「喂，你怎麼還不去探監？」

他當時的笑容在我眼中是那樣的張牙舞爪，我渾身發抖地揮起拳頭，猛擊他的笑容。我看到他的身體搖晃了一下，隨後我的臉就遭受了重重一擊，我跌坐在地，當我準備爬起來時，他一腳蹬在我胸口，一股沉悶的疼痛使我直想嘔吐。這時我看到一個人向他猛撲過去，可隨即這人也被打翻在地，我認出了是蘇杭。蘇杭在這種時候挺身而出，使我不由一怔。從地上爬起來的蘇杭又撲了過去，這次蘇杭抱住了他的腰，兩人滾倒在地。蘇杭的加入鼓舞了我的鬥志，我也迅速撲了上去，拚命按住他亂蹬的腿，蘇杭則按住他的兩條胳膊。我在他腿上咬了一口後，蘇杭又在他肩膀上咬了一口，疼得他嗷嗷亂叫。然後我和蘇杭互相看了一眼，也許是因為激動，我們兩人都哭了起來。在那個下午，我和蘇杭響亮地哭泣著，用頭顱捶打這個高年級同學被按住的身體。

因為蘇宇的緣故，我和蘇杭開始了短暫的友誼。蘇杭手握一把打開的小刀，和我一起殺氣騰騰地在學校裡走來走去。他向我發誓：誰要再敢說一句蘇宇的壞話，他就立刻宰了那個人。

也許是時過境遷，沒人會長久地去記著蘇宇，我們沒再受到挑釁，從而也沒再得到鞏固我們友誼的機會。總之當我們凶狠地對待這個世界時，這個世界突然變得溫文爾雅了。是仇恨把我和蘇杭聯結在一起，仇恨一旦淡漠下去，我和蘇杭的友誼也就逐漸散失。

不久之後，曹麗和音樂老師的私情也被揭發出來。曹麗對成熟男子的喜愛，使她投入了音樂老師的懷抱。我當初得到這一消息時簡直目瞪口呆，我不能否認自己埋藏很深的不安，儘管自卑早已讓我接受這樣的事實，即我根本配不上曹麗，可她畢竟是我曾經愛慕並且依然喜愛著的女性。

曹麗為此寫下了一份很厚的交代材料，當初數學老師看完後，在樓梯上笑容古怪地交給了語文老師。正在抽菸的語文老師顯得迫不及待，他在樓上就打開看了起來，他看得兩眼發直，連香菸燒到手指上都全然不覺，只是哆嗦了一下將菸扔到了地上。然而當蘇杭從後面悄悄湊過去時，他竟然還能發現蘇杭，他嘴裡哎哎嗯嗯地發出一串亂七八糟的聲音，去驅趕蘇杭。

蘇杭只看到了一句話，可使他整個下午都興致勃勃。他油腔滑調地將那句話告訴所有他遇上的人，他也告訴了我，他說：

「我坐不起來了。」隨後他眉飛色舞地向我解釋，「這是曹麗寫的。你知道是什麼意思嗎？曹麗那東西開封啦。」

整整兩天，「我坐不起來了」這句話在眾多的男同學嘴裡飄揚著，而那些女同學則以由衷的笑聲去迎接這句話。與此同時，在教師辦公室裡，化學老師做為一位女性，對曹麗寫下如此詳細的材料，表達了毫不含糊的氣憤，她將那一疊材料抖得沙沙直響，惱怒地說：

「她這不是在放毒嗎？」

而那些男老師，已經仔細了解了曹麗和音樂老師的床上生涯，一個個正襟危坐，以嚴肅的目光一聲不吭地望著化學老師。

那天放學的時候，接受老師審查以後的曹麗，向校門走去時鎮靜自若。我注意到她脖子上圍了一塊黑色的紗巾，紗巾和她的頭髮一起迎風起舞，她微微仰起的臉被寒風吹得紅潤透明。

那時候以蘇杭為首，一大群男同學都聚集在校門口等待著她，當她走近以後，他們就齊聲喊叫：

「我坐不起來了。」

當時我就站在不遠處，我看著曹麗走入了他們的哄笑，然後我看到了她鋒利的個性。她在他們中間站住，微微扭過頭來厲聲說道：

「一群流氓。」

我的那群同學當時竟鴉雀無聲了，顯然他們誰都沒有料到曹麗會給予這樣的回擊。直到她遠遠走去了，蘇杭才第一個反應過來，他朝曹麗的背影破口大罵：

「你他娘的才是流氓，你是流氓加潑婦。」

接著我看到蘇杭一臉驚訝地對同伴們說：

「她還說我們是流氓。」

音樂老師被送進了監獄，五年後才獲得自由，但他被發配到了一所農村中學。曹麗和別的女同學一樣，後來嫁人生了孩子。音樂老師至今獨自一人，住在一間破舊的房子裡，踩著泥濘的道路去教那些鄉下孩子唱歌跳舞。

幾年前我返回家鄉，汽車在一個鄉間小站停靠時，我突然看到了他。昔日風流倜儻的音樂老師已經衰老了，花白的頭髮在寒風裡胡亂飄起。他穿著一件陳舊的黑色棉大衣，大衣上有斑斑泥跡，他和一群鄉下人站在一起，唯有那塊圍巾顯示了他過去的風度，從而使他與眾不同。那時他正站在一家熱氣騰騰的包子鋪前，十分文雅地排著隊。事實上只有他一個人在排隊，所有的人都在往前擠，他則挺著身體站在那裡，我聽到他嗓音圓潤地說：

「請你們排隊。」

蘇宇勞動教養回來後，我見到他的機會就少了。那時鄭亮高中已經畢業，蘇宇經常和鄭亮在一起。我只有在晚上進城才能見到蘇宇，我們在一起時依然和過去一樣很少說話，可我漸漸感到蘇宇對我的疏遠。他說話的聲調還是有些羞怯，但他對話題的選擇已不像過去那麼謹慎。他會直截了當地告訴我，他當時抱住那個少婦時的感受，蘇宇說這些時臉上流露出了明顯的失望，那一瞬間他突然發現，實際的女性身體與他想像中的相去甚遠，他告訴我：

「和我平常抱住鄭亮肩膀時差不多。」

蘇宇當初目光犀利地望著我，而我則是慌亂地扭過臉去。我不能否認蘇宇這話刺傷了我，正是蘇宇這句話，使我對鄭亮產生了嫉妒。

後來我才明白過來，當初的責任在於我。蘇宇回來以後，我從不向他打聽那裡的生活，擔心這樣會傷害蘇宇。恰恰是我的謹慎引起了他的猜疑。他幾次有意將話題引到那上面，我總是慌忙地躲避掉。直到有一個晚上，我們沿著河邊走了很久以後，蘇宇突然站住腳問我：

「你為什麼從來不問我勞教時的生活？」

蘇宇的臉色在月光裡十分嚴峻，他看著我讓我措手不及。然後他有些淒楚地笑了笑，說道：

「我一回來，鄭亮馬上就向我打聽了，可你一直沒問。」

我不安地說：「我沒想到要問。」

他尖銳地說：「你心裡看不起我。」

雖然我立刻申辯，蘇宇還是毅然地轉過身去，他說：

「我走了。」

看著蘇宇躬著背在河邊月光裡走去時，我悲哀地感到蘇宇是要結束我們之間的友情。這對我來說是無法接受的，我走了上去，告訴他我在村裡曬場上看電影時，捏一個姑娘的事。我對蘇宇說：

「我一直想把這事告訴你，可我一直不敢說。」

蘇宇的手如我期待的那樣放到了我的肩上，我聽到他的聲音極其柔順地來到耳中：

「我勞教時，總擔心你會看不起我。」

後來我們在河邊的石階上坐下來，河水在我們腳旁潺潺流淌。我們沒有聲音地坐了很久，蘇宇說：

「有句話我要告訴你。」

我在月光下看著蘇宇，他沒有立刻往下說，而是仰起了臉，我也抬起頭來。我看到了斑斕的夜空，月亮正向一片雲彩緩緩地飄去，我們寧靜地看著月亮在幽深的空中飄浮，接近雲彩時，那塊黑暗的邊緣閃閃發亮了，月亮進入了雲彩。蘇宇繼續說：

「就是前幾天告訴你的，我抱住女人時的感受——」

蘇宇的臉在黑暗裡模糊不清，但他的聲音十分明朗。當月亮鑽出雲彩時，月光的來到使蘇宇的臉驀然清晰，他立刻止住話題，又仰起臉看起了夜空。

月亮向另一片雲彩靠近過去，再度鑽入雲層後，蘇宇說道：

「其實不是抱住鄭亮的肩膀，是抱住你的肩膀，我當時就這樣想。」

我看到蘇宇的臉一下子明亮起來，月光的再次來到讓我看清了蘇宇生動的微笑。蘇宇的微笑和他羞怯的聲音，在那個月光時隱時現的夜晚，給予了我長久的溫暖。

蘇宇之死

一貫早起的蘇宇，在那個上午因為腦血管破裂陷入了昏迷。殘留的神智使他微微睜開眼睛，以極其軟弱的目光向這個世界發出最後的求救。

我的朋友用他生命最後的光亮，注視著他居住多年的房間，世界最後向他呈現的面貌是那麼狹窄。他依稀感受到蘇杭在床上沉睡的模樣，猶如一塊巨大的石頭，封住了他的出口。他正沉下無底的深淵，似乎有一些亮光模糊不清地扯住了他，減慢了他的下沉。那時候外面燦爛的陽光，被藏藍的窗簾吸收了，使它自己閃閃發亮。

蘇宇的母親起床後，沿著樓梯咚咚走下來。母親的腳步聲，使蘇宇垂危的生命出現了短暫的追求健康的搏動。母親發現蘇宇沒有像往常那樣去茶館打來開水，她提起空空的熱水瓶時，嘴上立刻表達了對兒子的不滿：

「真不像話。」

她看都沒看我在苦難中掙扎的朋友。

第二個起床的是蘇宇的父親，他還沒有洗臉刷牙，就接到妻子讓他去打水的命令。於是他大聲喊叫：

「蘇宇，蘇宇。」

蘇宇聽到了一個強有力的聲音從遙遠處傳來，他下沉的身體迅速上升了，似乎有一股微風托著他升起。可他對這拯救生命的聲音，無法予以呼應。父親走到床邊看了看兒子，他看到蘇宇微睜的眼睛，就訓斥他：

「還不快起床去打水。」

蘇宇沒有能力回答，只是無聲地看著父親。醫生一向不喜歡蘇宇的沉默寡言，蘇宇當時的神態讓他惱火。他走入廚房提起熱水瓶時怒氣沖沖地說：

「這孩子像誰呵。」

「還不是像你。」

一切都消失了，蘇宇的身體復又下沉，猶如一顆在空氣裡跌落下去的石子。突然一股強烈的光芒蜂擁而來，立刻扯住了他，可光芒頃刻消失，蘇宇感到自己被扔了出去。父親提著水瓶出去以後，屋內彷彿大霧瀰漫。母親在廚房發出的聲響像是遠處的船帆，蘇宇覺得自己的身體漂浮在水樣的東西之上。

那時的蘇宇顯然難以分清廚房的聲響是什麼，他的父親回來時，他的身體因為屋外陽光的短暫照射，獲得了片刻的上升。父母的對話和碗筷的碰撞聲，使他滯留在一片灰暗之中。我的朋友躺在一勞永逸之前的寧靜裡。

蘇宇的父母吃完早餐以後，前後從蘇宇床前走過，他們去上班時都沒有回過頭去看一眼自己的兒子。他們打開屋門時，我的朋友又被光芒幸福地提了起來，可他們立刻關上了。

蘇宇在灰暗之中長久地躺著，感受著自己的身體緩慢地下沉，那是生命疲憊不堪地接近終點。他的弟弟蘇杭一直睡到十點鐘才起床，蘇杭走到他床前，奇怪地問：

「你今天也睡懶覺啦？」

蘇宇的目光已經趨向暗淡，他的神態讓蘇杭覺得不可思議，他說：

「你這是什麼意思？」

說完蘇杭轉身走入廚房，開始了他慢吞吞地刷牙和洗臉，然後吃完了早餐。蘇杭像父母那樣向屋門走去，他沒有去看哥哥，打開了屋門。

那是最後一片光明的湧入，使蘇宇的生命出現迴光返照，他向弟弟發出內心的呼喊，回答他的是門的關上。

蘇宇的身體終於進入了不可阻擋的下沉，速度越來越快，並且開始旋轉。在經歷了冗長的窒息以後，突然獲得了消失般的寧靜，彷彿一股微風極其舒暢地吹散了他的身體，他感到自己化作了無數水滴，清脆悅耳地消失在空氣之中。

我是在蘇宇死去以後來到這裡的，我看到蘇家的門窗緊閉，我站在外面喊叫了幾聲：

「蘇宇，蘇宇。」

裡面沒有任何動靜，我想蘇宇可能出去了，於是我有些惆悵地離去。

年幼的朋友

我在家鄉的最後一年，有一天下午我從學校走回南門時，在一家點心店門口，看到了打架的三個孩子。一個流著鼻血的小男孩，雙手緊緊抱住一個大男孩的腰。被抱住的孩子使勁拉他的手腕，另一個在一旁威脅：

「你鬆不鬆手？」

這個叫魯魯的孩子眼睛望到了我，那烏黑的眼睛沒有絲毫求援的意思，似乎只是在表示對剛才的威脅滿不在乎。

被抱住的男孩對他的同伴說：

「快把他拉開。」

「拉不開，你還是轉圈吧。」

那個孩子的身體便轉起來，想把魯魯摔出去。魯魯的身體脫離了地面，雙手依然緊緊抱住對方的身體。他閉上了眼睛，這樣可以減去頭暈。那個孩子轉了幾圈後，沒有摔開魯魯，倒是自己累得氣喘吁吁，他朝同伴喊：

「你——拉開——他。」

「怎麼拉呢？」他的同伴發出同樣束手無策的喊叫。

這時點心店裡出來一個中年女人，她朝三個孩子喊道：

「你們還在打？」

她看到了我，對我說：

「都打了有兩個小時了，有這樣的孩子。」

被抱住的孩子向她申辯：

「他不鬆開手。」

「你們兩個人欺負一個年小的。」她開始指責他們。

站在旁邊的孩子說：

「是他先打我們。」

「別來騙人，我看得清清楚楚，是你們先欺負他。」

「反正是他先打我們。」

魯魯這時又用烏黑的眼睛看著我了。他根本就沒有想到也要去申辯，彷彿對他們說些什麼沒有一點興趣。他只是看著我。

中年女人開始推他們：

「別在我店門口打架，都給我走開。」

被抱住的男孩開始艱難地往前走去，魯魯將身體吊在他身上，兩隻腳在地上滑過去。另一個男孩提著兩只書包跟在後面。那時魯魯不再看我，而是竭力扭回頭去，他是去看自己的書包。他的書包躺在點心店門口。他們走出了大約十多米遠，被抱住的男孩站住腳，伸手去擦額上的汗，然後氣沖沖地對同伴說：

「你還不把他拉開。」

「拉不開。你咬他的手。」

被抱住的男孩低下頭去咬魯魯的手。那雙烏黑的眼睛閉上了，我知道他正疼痛難忍，因為他將頭緊緊貼在對方後背上。

過了一會，被抱住的男孩抬起頭，繼續無力威脅：

「你鬆不鬆手？」

魯魯的眼睛重新睜開，他扭回頭去看自己的書包。

「他娘的，還有這種人。」站在一旁的男孩抬起腳狠狠地踢了一下魯魯的屁股。

被抱住的男孩說：

「你捏他的睪丸，看他鬆不鬆手。」

他的同伴朝四周看看，看到了我，輕聲說道：
「有人在看我們。」
魯魯的頭一直往後扭著，一個男人向點心店走去時，他喊叫起來：
「別踩著我的書包。」
這是我第一次聽到魯魯的聲音，那種清脆的，能讓我聯想到少女頭上鮮豔的蝴蝶結的聲音。
被抱住的男孩對同伴說：
「把他的書包扔到河裡去。」
那個男孩就走到點心店門口，撿起書包穿過街道，走到了河邊的水泥欄杆旁。魯魯一直緊張地看著他，他將書包放在欄杆上說：
「你鬆不鬆手？不鬆我就扔下去啦。」
魯魯鬆開手，站在那裡有些不知所措地望著自己的書包。解脫了的男孩從地上拿起他們的書包，對站在河邊的同伴說：
「還給他吧。」
河邊的男孩把書包狠狠地扔在地上，又走上去踢一腳，然後才跑向同伴。
魯魯站在那裡向他們喊道：

「我要去告訴哥哥，我哥哥會來找你們算帳的。」

喊完以後，魯魯走向自己的書包。我看到的是一個十分清秀的男孩，流出的鼻血使他身上的白汗衫出現一條點點滴滴的血跡。孩子在書包旁蹲下來，將裡面的課本和鉛筆盒拿出來重新整理了一遍。這個孩子蹲在黃昏的時刻裡，他的身體因為弱小而讓人疼愛。整理完後，他站起來將書包抱在胸前，用衣角擦去上面的塵土。我聽到他自言自語：

「我哥哥會來找你們算帳的。」

我看到他抬起手臂去擦眼淚，他無聲地哭泣著往前走去。

蘇宇死後，我重新孤單一人。有時遇到鄭亮時，我們會站在一起說上幾句話。但我知道鄭亮和我之間唯一的聯結——蘇宇，已經消失。所以我和鄭亮的關係也就可有可無了。當看到鄭亮興高采烈地和新近結交的工廠朋友走在一起時，我的想法得到了明確的證實。

我時刻回憶起蘇宇站在河邊等待我時的低頭沉思。蘇宇的死，使友情不再成為即將來到的美好期待，它已經置身在過去之中了。我是在那時候背脊躬起來的，我躬著背獨自行走在河邊，就像生前的蘇宇。我開始喜歡行走，這是蘇宇遺留給我的愛好。行走時思維的不斷延伸，總能使我輕而易舉地抵達過去，和昔日的蘇宇相視而笑。

這就是我在家鄉最後一年，也就是我即將成年時的內心生活。這一年我認識了魯魯。

我知道這孩子的名字，是那次打架後三天。那時我行走在城裡的街道上，我看著這個孩子抱著書包急匆匆地走過去，有五、六個同齡的男孩從後面追上去，齊聲喊：

魯魯，魯魯，

頑固不化。

魯魯轉過身來向他們喊道：

「我瞧不起你們。」

隨後魯魯不再理睬他們的喊叫，怒氣沖沖地往前走去。孩子內心的怒火比他的身體還大，身體彷彿承受不了似的搖搖晃晃。他的小屁股一扭一扭走到了幾個成年人中間。

事實上那時我並沒有想到魯魯和我之間會出現一段親密的友誼，儘管這個孩子已經給我留下了深刻的印象。直到我再次看到魯魯和別人鬥毆的情景。那次魯魯和七、八個同齡的男孩打架，那群孩子如同蒼蠅似的嗡嗡叫著向魯魯發起攻擊。最後的結果依然是魯魯的失敗，然而他卻以勝利者的姿態向他們喊叫：

「小心我哥哥來揍你們。」

這個孩子臉上洋溢出來和所有人對抗的神色，以及他總是孤立無援，讓我觸景生情地想到了自己。正是從那一刻起，我開始真正關注他了。看著這個小男孩在走路時都透露出來的幼稚，我體內經常有一股溫情在流淌。我看到的似乎是自己的童年在行走。

有一天，魯魯從校門走出來，沿著人行道往家中走去時，我在後面不由喊了一聲：

「魯魯。」

孩子站住了腳，轉回身來十分仔細地看了我一陣，隨後問：

「是你叫我嗎？」

我在微笑裡向他點了點頭。

孩子問：「你是誰？」

這突然的發問，竟使我驚慌失措。面對這個幼小的孩子，我年齡的優勢蕩然無存。孩子轉身走去，我聽到他嘟囔著說：

「不認識我，還叫我。」

這次嘗試的失敗，我的勇氣遭受了挫折。此後再看著魯魯從校門走出來，我的目光開始小心謹慎。同時我喜悅地感到自己已經引起他的注意，他在往前走去時常常回過頭來朝我張望。

我和魯魯的友情來到之前的這一段對峙，讓我感到是兩年前和蘇宇在放學回家路上情形的重複。我們都在偷偷地關注著對方，可是誰都沒有開口說話。直到一天下午，魯魯徑直向我走來，烏黑的眼睛閃爍著可愛的光亮，他叫了我一聲：

「叔叔。」

孩子的突然喊叫讓我驚愕不已，接下去他問：

「你有小孩吃的東西嗎？」

就在剛才，我們之間的深入交往還是那麼困難，魯魯的聲音使這一切輕而易舉地成為了現實。應該說是飢餓開始了我們之間的友情。可我卻羞愧不安了，雖然我已接近十八歲，在魯魯眼中做為叔叔的我，卻是身無分文。我只能用手去撫摸孩子的頭髮，問他：

「你沒吃午飯？」

「沒有。」

孩子顯然明白了我無法幫助他克服飢餓，他低下了頭，輕聲說：

我繼續問：「為什麼沒吃？」

「我媽不讓我吃。」

魯魯說這話時沒有絲毫責備母親的意思，他只是平靜地陳述一個事實。

在不知不覺裡，我們開始往前走去，我的手搭在孩子的肩上。我想起了遙遠的蘇宇，他經常用手搭著我的肩開始我們親密的行走。現在我像蘇宇當初對待我一樣，對待著魯魯。我們兩個人和那些對我們不屑一顧的別人走在一起。

後來魯魯抬起頭來問我：

「你上哪兒去？」

「你呢？」我反問。

「我要回家了。」

我說：「我送你回去。」

孩子沒有表示反對，這時我的眼睛開始模糊起來。我看到了蘇宇的幻象，他站在通往南門的木橋上向我揮手道別。我那時所體會到的就是蘇宇生前送我回家時的心情。

我們走進一條狹長的胡同，走到一幢破舊的樓房前，魯魯的肩膀脫離了我的手，他沿著樓梯全身擺動地走上去，走到一半時他回過頭來，像個成年人似的對我揮揮手，說道：

「你回去吧。」

我向他招招手，看著他走上樓梯。他的身體消失以後沒多久，我就聽到了一個女人的斥罵聲嘹亮地響了起來，接下去是什麼東西摔倒的聲響。隨後魯魯又出現在樓梯口，這次他是往下跑。我看到一個怒氣沖沖的女人從裡面追出來，手裡的鞋子向逃跑的魯魯扔去。鞋子沒有擊中魯魯，滾到了我的腳旁。這時女人看到了我，她理了理因為激動而有些散亂的頭髮，一扭身走了進去。

我看到這女人時大吃一驚，因為我認出來她是誰，雖然她的形象已被歲月無情地篡改了，但她還是馮玉青。當年那個羞羞答答的姑娘，已是一個無所顧忌的母親了。

剛剛逃離母親追打的魯魯，竟然走過來撿起母親的鞋子，又往樓上走去。他要將母親的鞋子送回去。他像抱著他的書包那樣抱著鞋子，扭動著瘦小的身體走向對自己的懲罰。馮玉青的喊聲再度出現：

「滾出去。」

我看到孩子低垂著頭，充滿委屈地走下來。我走上去撫摸他的頭髮，他立刻轉身逃脫我的友誼。這個眼淚汪汪的孩子向一片竹林走去。

我和魯魯的友情迅速成長，兩年前我在年長的蘇宇那裡體會友情的溫暖，兩年後我和年幼的魯魯在一起時，常常感到自己成為了蘇宇，正注視著過去的我。

我喜歡和魯魯說話，雖然我說的很多話他都似懂非懂，可他全神貫注的神態，尤其是那烏黑的眼睛閃閃發亮，充滿喜悅和崇拜地望著我。我感到自己處於被另一個人徹底的、無條件的信任之中。當我說完以後向孩子發出微笑時，魯魯立刻張開他門牙脫落的嘴，以同樣笑容報答我。儘管他沒有聽懂我的話。

後來我才知道魯魯其實沒有哥哥，但我對這個事實一直保持沉默，這樣孩子就不會感到我注意了他的編造。孩子在孤立無援的時候，尋求他想像中哥哥的支持。我知道想像和希望對於他的重要和必需，事實上對於我也同樣如此。

魯魯就像我當初因為蘇宇嫉妒鄭亮一樣，他因為我也嫉妒鄭亮。其實那次鄭亮在街上遇到我時，並沒有對我表達足以引起魯魯不安的親熱。做為過去並不親密的朋友，鄭亮只是走過來和我說幾句表示友好的話。擁有眾多新朋友的鄭亮，毫不掩飾他對我和魯魯這麼一個小孩在一起的驚訝。就在我們談話時，遭受了冷落的魯魯響亮地說了一聲：

「我走啦。」

他顯得很生氣地獨自走去，我立刻結束和鄭亮的談話，追上去和魯魯走在一起。可他的不高興一直保持了二十多米遠，這期間他對我的話充耳不聞，隨後他才用清脆的嗓音警告我：

「我不喜歡你和他說話。」

魯魯對友情的專一和霸道，使我們此後再一起遇到鄭亮時，我就會感到不安，我常常裝得沒有看到鄭亮而迅速走過去。我並不因此感到遭受了限制，我深知鄭亮並不屬於我，他是那些衣著入時、嘴上叼著香菸，走路時喜歡大聲說話的年輕工人的朋友。只有魯魯才是我唯一的朋友。

幾乎是每天下午放學，我都要站到魯魯念書的小學門口，看著我的朋友從裡面走出來。年幼的魯魯已經是一個能夠控制自己感情的孩子，他從不向我表達過度的興奮與激動，總是微笑著鎮定自若地走向我。直到有一次我沒有站在往常的地方，魯魯才向我流露了真實的情感。我記得那一次他走出校門時，因為沒有立刻看到我顯得驚慌失措。他猶如遭受突然一擊似的呆立在那裡，失望和不安在他臉上交替出現，然後他往別處張望起來，唯獨沒有朝我這裡看。孩子沮喪地向我這個方向走來時，仍然不時地回頭去張望，接下去他才看到微笑的我。我看到魯魯突然不顧一切地向我奔跑過來，他緊緊捏住我的手，他手掌裡滿是汗水。

然而我和魯魯的友情並沒有持續多久。和所有孩子都格格不入的魯魯，第三次讓我看到了他和別的孩子奮力打架。就在他們校門口，當魯魯向我走來時，一群孩子在後面嘲弄他：

「魯魯，你的哥哥呢？你沒有哥哥，你只有一個臭屁。」

那些孩子紛紛將手舉到鼻子處搧來搧去，彷彿真的聞到臭屁似的愁眉苦臉。我看到魯魯鐵青著臉走來，他的小肩膀因為氣憤而抖動不已。他走到我面前時突然一轉身朝那群孩子衝過去，嘴裡尖聲大叫：

「我揍你們。」

他手腳並用地殺入那群孩子之中，最開始我還能看到他和兩個孩子對打，接下去所有孩子一擁而上，我的眼前就混亂不堪了。當我再度看到魯魯時，那群孩子已經停止打鬥。魯魯滿臉塵土而且傷痕累累地爬起來，又揮拳衝了上去，於是這群孩子還是一擁而上。魯魯臉上的塵土和鮮血使我渾身顫抖，我是這時候衝上去的，我朝一個孩子的屁股狠狠踢了一腳，又揪住另一個孩子的衣領往一邊摔去。最初遭到打擊的幾個孩子發現我以後，立刻四處逃散，隨後剩下的幾個也拔腿就跑。他們跑到遠處後，憤怒地向我喊叫：

「你大人打小孩。」

我不去理睬他們，而是走向了魯魯，那時候魯魯已經站起來了。我走到他身邊，也不管周圍有多少人在看著我，或者指責我，我大聲對魯魯說：

「你告訴他們，我就是你的哥哥。」

可是魯魯驚恐不安的目光使我的慷慨激昂頃刻消散。我看到他突然滿臉通紅，然後低下頭獨自走去了。這使我瞠目結舌，我看著他弱小的身影在遠處消失，他始終沒有回過頭來向我張望。第二天下午我在學校門口站了很久，都沒見到他出來，事實上他已從學校的邊門回家。後來偶爾見到魯魯，這個孩子總是緊張地躲避著我。

我總算知道了這個虛構的哥哥在魯魯心目中的真正地位。我想起了一個向魯魯講敘過的故事，那是一個經過我貧乏的想像力隨意編造的故事。講的是兔子的父親為了保護自己的兒子小兔子，和狼勇敢搏鬥，最後被狼咬死。這個孩子聽得十分入迷。當他後來要求我再講故事時，我重複了這個故事，只是將兔子的父親改成母親。孩子兩眼發直地聽完。後來我又將兔子的母親改成了哥哥，那一次我還沒有講完，魯魯顯然知道了結尾是哥哥被咬死，他眼淚汪汪地站起來走開去，悲傷地說：

「我不要聽了。」

見到馮玉青以後，我眼前時常出現馮玉青在木橋上抱住王躍進，和魯魯抱住那個大男孩這兩個具有同樣堅定不移的情景。母子兩人是那樣的相似。

馮玉青在那個飄灑著月光的夜晚從南門消失以後，直到她重新在我眼前出現，其間的一大段生活，對於我始終是一個空白。我曾經謹慎地向魯魯打聽有關他父親的情況，這個孩子總是將目光望到別處，然後興致勃勃地指示我去看一些令人乏味的螞蟻和麻雀之類的東西。我無法判斷他是真的一無所知，還是有意迴避。對魯魯父親的尋找，我只能回到遙遠的記憶裡去，那個四十來歲的一口外鄉口音的男人，坐在馮玉青家的石階上。

後來我聽說馮玉青是搭乘外地農民的水泥船回來的，在一個夕陽西下的傍晚，她右手提著一個破舊的旅行袋，左手牽著一個五歲的小男孩，小心翼翼地通過跳板來到了岸上。我可以想像她當初的眼睛如同黑夜來臨般灰暗，命運對她的歧視，使她窘迫地站在岸邊東張西望。

馮玉青沒有回到南門居住，而是在城裡安頓下來。一個新近喪偶的五十來歲的男人，租給了她兩個房間。第一個晚上他就偷偷摸摸地爬到了馮玉青床上，馮玉青沒有拒絕他。到了月底這個男人向她索要房租時，馮玉青這樣回答他：

「第一個晚上就付給你了。」

也許這就是馮玉青皮肉生涯的開端。與此同時，她幹起了洗刷塑料薄膜的工作。

馮玉青已經把我徹底遺忘，或者說她從來就沒有認真記住過我。那麼一個下午，在魯魯還沒有放學的時候，我獨自來到這裡。那時馮玉青正在樓前的一塊空地上，在幾棵樹木之間繫上晾衣服的繩子。她腰間圍著一塊塑料圍裙，抱著一大包骯髒的塑料薄膜向井台走去。這個似乎以此為生的女人將木桶放入井中時，已經沒有昔日生機勃勃的姿態。她的頭髮剪短了，過去的長辮子永遠留在南門的井台旁，她開始刷起了薄膜，連續不斷的響聲在那個陽光充足的下午刺耳地響起來，沉浸在機械重複裡的馮玉青，對站在不遠處的我，表現出了平靜的視而不見。如何區分一個少女和少婦，讓我同時看到了昔日和此刻的馮玉青。

後來她站起來，拿著一張如同床單一樣的薄膜向我走近，走到繩子旁時她毫無顧忌地揮抖起薄膜上的水珠，水珠濺到了我身上。她似乎注意到了這一點，於是她看了我一眼，接著將薄膜晾到了繩子上。

這一刻我清晰地看到了她那遭受歲月摧殘的臉，臉上的皺紋已經清晰可見，她那喪失了青春激情的目光看到我時，就像灰暗的塵土向我飄浮而來。她轉身走向井台，無情地向我呈現了下垂的臀部和粗壯的腰。我是這時候轉身離去的，我內心湧來的悲哀倒不是馮玉青對我的遺忘，而是我第一次親眼目睹到美麗的殘酷凋零。那個站在屋前迎著朝陽抬起雙臂梳頭的馮玉青，在我此後的記憶裡已經蒙上了一層厚厚的塵土。

馮玉青在白天和黑夜從事著兩種性質的勞動。夜晚的工作使她遇上了職業敵人，警察的出現迫使她選擇了另一種生活。

那時候我已經離開家鄉，命運終於向我流露了令我感激的微笑。我全新的生活在北京開始展開，最初的時候我是那樣地迷戀那些寬闊的街道，我時常一人站立在夜晚的十字路口，四周的高樓使我感到十字路口像廣場一樣寬闊。我像一隻迷途忘返的羊羔迷戀水邊的青草一樣，難以說服自己離去。

就是在這樣的一個夜晚，在家鄉城裡那幢破舊的樓房裡，赤條條的馮玉青和她一位赤條條的客人，暴露在突然闖進來的警察面前。正在沉睡的魯魯被刺眼的燈光和響亮的訓斥聲驚醒，他睜大烏黑的眼睛迷惑地望這突然出現的一切。

穿上衣服的馮玉青對她兒子說道：

「閉上眼睛睡覺。」

於是魯魯立刻在床上躺下來，閉上了眼睛。他唯一沒有遵照母親意願的，是他始終沒有睡著。他聽到了他們的全部對話，聽著他們下樓和走去的腳步聲，魯魯突然害怕地感到母親可能回不來了。

馮玉青被帶到公安局後，這話語不多的女人，面對審訊她的人，開始了平靜的滔滔不絕，她對他們說：

「你們身上的衣服，你們的錢都是國家發的，你們只要管好國家的事就行了。我身上的東西是自己長出來的，不是國家發的，我陪誰睡覺是我的事，我自己會管的，不用你們操心。」

翌日清晨，公安局看門的老頭打開大門時，他看到一個清秀的孩子站在那裡憂傷地望著自己，孩子的頭髮已被晨霧浸濕。魯魯告訴他：

「我是來領我媽回去的。」

這個自稱有九歲的孩子，事實上最多只有七歲。馮玉青顯然是希望他早日承擔起養家餬口的職責，在他才六歲時，就虛報他有八歲，把他送入了小學。這天清晨，他竟然異想天開地打算把母親領回家去。

沒過多久，他就知道自己的願望不可能實現。那時候他面對五個穿警察制服的成年人，他們用花言巧語引誘他，指望他能夠提供馮玉青賣淫的全部情況。聰明的魯魯立刻揭穿他們，對他們說：

「你們說得這麼好聽，是想來騙我，告訴你們吧。」孩子狠狠地說：「我什麼都不會告訴你們的。」

當魯魯明白母親不僅沒法回家，而且還將被送到勞改農場去。他眼淚奪眶而出了，可這個孩子那時依然表現出了令人吃驚的鎮靜，他清脆地向他們喊叫：

「你們不能把我媽送走。」

然後他眼淚汪汪地等待著他們來問他為什麼，可是他們誰都沒有這麼問，他只好自己說出來了：

「你們把我媽送走了，誰來管我？」

魯魯以自己無人照管做為最後的威脅，當他還站在大門外面時，就已經想好了這一招。他信心十足地以為這麼一來，他們就不得不將母親還給他了。可是誰又會把孩子的威脅放在眼裡呢？魯魯的威脅沒有能夠救出母親，倒是把自己送進了福利院。

母親被送走以後他一點都不知道，這個孩子幾乎每天都要去一次公安局，向他們要人。他使他們厭煩透頂。他們告訴他，馮玉青已在七橋勞改農場了，他想要人的話就去七橋。魯魯記住了七橋這個地名。他站在公安局裡因為傷心而放聲痛哭，當他們準備把他拉出去時，他對他們說：

「你們不要拉我，我自己會走的。」

然後他轉過身去，抬起兩條手臂擦著眼淚走了出去，這個孩子貼著牆根哭泣著走去。接著他發現有一句話還沒有對他們說，於是他又回到公安局，咬牙切齒地告訴他們：

「等我長大以後，把你們統統送到七橋去。」

魯魯在福利院只住了一星期，他和一個二十歲的瞎子，一個六十多歲的酒鬼，還有一個五十來歲的女人住在一起。這四個孤寡的人住在城西的一個破院子裡。酒鬼難忘他年輕時同床共眠過的一個叫粉粉的女子，他整日向雙目失明然而青春勃發的瞎子講述那段往事。他的講敘裡洋溢著色情的聲調，那位叫粉粉的女子可能是一個冰肌玉膚的美人。酒鬼講到他的手在粉粉光潔的大腿上撫摸時，就會張開忘乎所以的嘴，啊啊個不停。讓瞎子聽得呼吸緊張坐立不安。然後酒鬼就要問瞎子：

「你摸過麵粉沒有？」

得到肯定的答覆後，酒鬼不無得意地向瞎子指明：

「粉粉的大腿就和麵粉一樣光滑。」

那個臉色蒼白的女人幾乎天天都要聽到這些，長期置身在這樣的環境裡，使她患上了憂鬱和妄想症。她時刻感到酒鬼和瞎子正在合謀打算傷害她。當魯魯剛剛來到時，她就神色緊張地把孩子叫到身旁，指著隔壁屋裡的兩個男人，悄聲說：

「他們想強姦我。」

這個五十來歲的女人每天清早就出門上醫院，她時刻盼望著醫生能夠檢查出她身上的疾病，這樣她就可以住院治療，從而逃脫酒鬼和瞎子預謀中的強姦。可她總是沮喪地回到了福利院。

魯魯在這樣的環境裡住了整整一個星期，他每天背著書包去上學，當他回來時總是鼻青眼腫和滿身塵土。他那時已不是為了捍衛虛構中的哥哥，而是為了捍衛實實在在的母親。這個聰明的孩子在公安局裡得知七橋這個地名以後，就在心裡打定了主意。他沒把自己的計畫告訴任何人。在福利院裡，他以不多的言語向酒鬼和那個女人了解了七橋的位置。因此當那天凌晨，他悄悄將草蓆捲起來，綁上繩子斜背在身後，提著自己的書包和馮玉青回來時帶來的大旅行包，向汽車站走去時，對自己的行程充滿了把握。他知道要花多少錢買一張票，而且知道七橋沒有停靠站。他用母親給他的五元錢買了車票後，緊緊攥住剩下的三元五角錢，走到了車站旁的一家小店，他準備買一根大前門香菸去賄賂司機。可是他看到的事實是大前門香菸要兩分錢一根，而三分錢則可以買兩根。我年幼的朋友站在那裡猶豫不決，他最後的選擇是拿出了三分錢，買了兩根香菸。

在那個夏天即將來到的上午，魯魯坐在了一輛向七橋方向駛去的汽車裡。他左手攥著用手帕包起來的三元多錢，右手則緊捏那兩根香菸。那是這個孩子第一次坐上了汽車，可他絲毫沒有欣喜若狂，而是神情嚴肅地注視著窗外。他時刻向身旁一位中年婦女打聽著離七橋還有多遠。後來他知道七橋馬上就要來到時，他離開了座位，將旅行包和草蓆搬到車門口。接著走向司機，遞上去一根已被汗水浸濕的香菸，懇求他：

「叔叔，你在七橋停一下好嗎？」

司機接過香菸以後，只看了一眼，就將那根濕漉漉的香菸從車窗扔了出去。我年幼的朋友望著司機不屑一顧的神色，難受地低下了頭。他心裡盤算著在過了七橋後那一站下車，然後往回走。可是司機卻在七橋為他停下了汽車。那已是接近中午的時候了，魯魯看到了不遠處長長的圍牆，圍牆上的鐵絲網讓他認定這就是勞改農場。這個七歲的孩子就將草蓆背在身後，提著那個和他人一樣大的旅行袋，在耀眼的陽光裡向那裡走去。

他走到了勞改農場的大門口，看到一個當兵的在那裡持槍站崗，他走到跟前，望望自己手心裡的香菸，想到剛才司機將菸扔出車外的情景，他就不敢再將香菸遞上去，而是羞怯地向站崗的年輕人笑了笑。然後對他說：

「我要和我媽住在一起。」他指指草蓆和旅行袋。「我把家全都搬來了。」

魯魯見到母親的時候已是下午了。他被站崗的年輕人交給了另一個人，另一個人帶他走了一段路以後，交給了一個大鬍子，大鬍子把他帶到了一間小屋子。

身穿一身黑衣的馮玉青就這樣見到了自己鼻青眼腫的兒子，年幼的兒子獨自一人找到了這裡，使馮玉青流下了眼淚。

終於見到母親的魯魯，則是興奮地告訴她：

「我不念書了，我要自學成材了。」

這時馮玉青雙手捂住臉，哭出了聲音，於是魯魯也哭了起來。他們的見面十分短暫，沒過多久，一個男人走進來要帶走馮玉青。魯魯就急急忙忙提起旅行袋和草蓆，準備跟著母親一起走，可他被擋住了，他就尖聲叫起來：

「為什麼？」

那個男人告訴他，他現在應該回去了。他拚命搖頭，說道：

「我不回去，我要和我媽住在一起。」隨後他向母親喊道：「你和他說說，我不回去。」

可是回過頭來的母親也讓他回去，他就傷心地放聲大哭了，他向母親喊叫：

「我把草蓆都帶來了，我就睡在你的床鋪下面，我不會占地方的。」

後來的幾天，魯魯開始了餐風露宿的生活。他將草蓆鋪在一棵樟樹的下面，將旅行袋做為枕頭，躺在那兒讀自己的課本。餓了就拿母親留給他的錢，到近旁一家小吃店去吃一點東西。這是一個十分警覺的孩子，只要一聽到整齊的腳步聲，他就立刻扔了課本撐起身體，睜大烏黑的眼睛。一群身穿黑衣的囚犯，扛著鋤頭排著隊從不遠處走過時，他欣喜的目光就能看到母親望著自己的眼睛。

第三章

遙遠

說我祖父孫有元是一個怒氣沖沖的傢伙，那是我父親的看法。孫廣才是一個善於推卸責任的父親，他熱中於對我進行粗野的教育，當我皮開肉綻，同時他也氣喘吁吁的時候，他就開始塑造祖父的形象了，他說：

「要是我爹，早把你揍死啦。」

我的祖父已經死去，我父親就像當時所有依然活著的人那樣，習慣於將暴君這種可怕的意思安放在死者的墳頂，而他們自己卻是文明和優雅的。父親的話多少起到了這樣的效果，在那使我痛不欲生的時刻總算過去後，我在心裡不能不對父親有所感激。父親這話畢竟還是表達了對我生命的重視。

當我成年以後，開始確立祖父在我心目中的真實形象時，我感到難以將他想像成一個怒氣沖沖的傢伙。也許我父親是用自己童年的教訓給予我安慰，彷彿他是在這樣說：比起我小時候挨的打，你這又算得了什麼。如果我當時就能夠理解到這一層意思，那麼我的肉體在遭受打擊時，我的自尊仍將會完好無損。可是疼痛使我喪失了全部的智力，除了像動物那樣發出喊叫，我又能表達什麼呢？

我祖父在那個時代裡表現出來的對女性的尊重令人吃驚，其實他是在不知不覺中表達著對命運的感激。我的祖母曾經是一個嬌生慣養的女子，她十六歲時穿著繡花小鞋在轎子裡成為了他人之妻，可是兩年後她卻被迫離開那座深宅大院，伏在一個窮光蛋的背脊上昏昏欲睡。我一貧如洗的祖父將她帶到了雜草叢生的南門。我祖母值得炫耀的出身，使孫有元一生都暗淡無光。

這個我三歲時死去的女人，始終保持了與我們家當時的氣氛很不協調的習慣，以此證明她曾經有過的富貴生活並未全部消亡。冬天寒冷的時候，我貧困的家中竟然燃起炭火，我祖母終日守候在炭盆旁，雙目微閉一副無所事事的神態。她一生睡覺之前都要用熱水燙腳，那雙形狀古怪的小腳在水中逐漸出現了粉紅的顏色，這個印象在我記憶裡經久不衰。那是一雙從未下過水田的小腳，雖然她和一個種田人同床共眠了三十多年。她那種慵懶的貴族習氣在我們破爛不堪的家中，竟然不受阻撓地飄蕩了幾十年。在父親眼中是怒氣沖沖的祖父，在我眼中卻是垂著雙手，謙卑地站在祖母的腳盆前。

我祖母在一個冬天的早晨應該醒來的時候沒有醒來。她事先沒有絲毫跡象而猝然死去，使我祖父被悲傷弄得不知所措，他在見到村裡任何人時都朝他們露出膽怯的笑意，彷彿家中出了醜事，而不是妻子的死去。

我似乎看到了這樣的情形，我祖父孫有元站在紛揚的雪花中，穿著沒有鈕扣的黑色棉襖，骯髒使棉襖亮晶晶。裡面沒有別的衣服，他用一根草繩繫住棉襖，胸口的皮膚暴露在冬天的寒冷裡。這個躬著背、雙手插在袖管裡的老人，讓雪花飄落並且融化在他胸口上。他的眼睛在笑容裡紅潤起來，然後淚水滾滾而出。他試圖將自己的悲哀傳達到我一無所知的內心，我依稀記得他這樣告訴我：

「你奶奶熟了。」

我祖母的父親肯定是那個時代最為平庸的富人，我祖父以窮人的虔誠對這位有幸見過一面的岳父，始終懷著不可動搖的敬仰。孫有元晚年時常常張開他荒涼的嘴巴，向我們講敘祖母昔日的富貴，可我們的耳朵更多地淹沒在祖父毫無意義的感嘆之中。

我年幼時一直不明白他為何總是手握戒尺，而不是我想像的那樣應該拿著線裝的書籍。這一點孫廣才也一樣做到了，不同的是我父親手提掃帚，可不同的工具表達的是同樣的目的。這個可怕的亡靈具有舊時代的嚴厲，他用自己的平庸去教育兩個和他一樣平庸的兒子，而且異想天開地指望他們光耀祖宗。對他的女兒——我的祖母，他也同樣不掉以輕心。他把我祖母生活的每一刻幾乎都變成了儀式，我可憐的祖母並不認為這種就範使她喪失了最起碼的自由，她懷著盲目的幸福去嚴格遵守父親的規定，何時起床，何時開始繡花，走路的姿態等等。後來她又將父親的威嚴傳達給了我祖父，在孫有元誠惶誠恐的目光中，我祖母心滿意足地品嘗著自己的優越。我祖父一生都被她那曇花一現的富貴籠罩著。而我祖母唯一謙虛的舉止，那就是她從來都是側身坐在我祖父對面。她父親的訓誡是如此有力，使她早已在事實上逃離父親以後，仍然深受束縛。

這個以嚴謹為榮的男人在為女兒選擇婆家時，以其犀利的目光一眼就看準了一個和他類似的男人。當我祖母第一個丈夫以僵硬的姿態來到他面前時，他女兒的命運已經確定了下來。這個即便是說一句最平常的話都要仔細思索的傢伙，在我今天看來很難不是弱智，比起我那個生氣勃勃的窮光蛋祖父來，他實在算不了什麼。然而他使我祖母的父親滿心歡喜，這種歡喜直接影響了我的祖母，她每次向我祖父提起他時，臉上都掛著標榜的神態。我的祖父是第二個受害者，孫有元凝神細聽時的恭敬，使那個身穿長衫的傢伙成為了我祖父自卑一生的鏡子。

那個呆頭呆腦的人穿著綢緞的衣衫，從我祖母家朱紅的大門矜持而入，上了蠟的頭髮梳理得一絲不苟，他右手微提長衫，穿過庭院來到客廳，從一張八仙桌邊繞過去走到了我祖母父親的面前。就這麼簡單，他娶走了我的祖母。祖父講述這些時，我剛好六歲，就是我即將被孫廣才送給別人的時候，祖父的講敘難以激起我同樣的興奮，只是一種微微的驚訝。只要從一扇敞開的大門走進去，再繞一下，就能娶走一個女人。我想：這我也會。

我祖母出嫁時的豪華，由於她後來三十多年的貧困，被她自己的想像所誇大了。後來又通過祖父很不可靠的嘴，來到了我耳中。於是我的腦袋裡塞滿了喧天的鑼鼓聲，其中有一支嗩吶格外嘹亮，抬嫁妝的隊伍長得望不到頭。我祖父反覆強調八人大轎，可我怎麼會明白八人大轎的氣派，畢竟我才六歲。祖父的講敘過於激動，使祖母的婚禮在我腦中亂七八糟，最要命的是那支嗩吶，祖父學叫出來的嗩吶聲，就像深夜的狗吠一樣讓我害怕。

我年方十六的祖母，她的臉蛋像是一只快從樹上掉下來的蘋果，即使如此她依然被塗上了厚厚的胭脂。我祖母在那個下午從轎子裡被迎接出來時，她的臉在陽光下如同陶器一樣閃閃發亮。

那個古板的新郎著實讓我祖母大吃一驚。整個婚禮裡他臉上都掛著被認為是莊重的微笑，笑容如同畫出來似的紋絲不動。這個在我看來是假笑的傢伙，並沒有將他的君子姿態保持到床上。洞房花燭之時來到後，新郎的動作出奇地敏捷，我祖母在片刻的愕然後，發現自己已經一絲不掛。這個來勢凶猛的傢伙不說一句話就把該幹的事都幹了。翌日清晨他醒來後發現新娘傳說般的消失了，他驚慌的尋找一直持續到打開那扇櫃門為止，我赤裸的祖母在衣櫃裡瑟瑟打抖。

他人倒不壞。這是我祖母對他的最終評語。我無法設想在新婚之夜弄得新娘神智恍惚以後，他又通過什麼手段使我祖母得到了有效的安慰。此後的兩年裡，我祖母對每日來臨的黑夜，都能心安理得並且受之無愧。我祖父孫有元稱他是一個知道疼女人的男人，我懷疑這是祖母在漫長的回憶裡重新塑造的形象。祖母對往事的念念不忘，使孫有元三十多年的溫順和謙卑顯得可有可無。

我祖母的婆婆穿著一身黑色的綢衣，坐在夏天的客廳裡，身旁是一個打扇的布衣丫鬟。她談論自己滿身的疾病時神態嚴肅，她無法容忍家中有呻吟之聲，包括她自己的，這對她來說和狂笑一樣傷風敗俗。於是她的呻吟轉化成了冷漠的語調，似乎在說著另一個深受疾病之苦的人。我祖母長時間地沉浸在她有關病痛的各種描述之中，其氣氛的陰森可想而知。但我祖母的心理並未受到多大的影響，事實上她的父親已經預先給予了她類似的教育。這個死去一般的家庭只有在夜晚時刻，她丈夫在床上短暫的活潑舉止才略顯生氣。然而我祖母卻感到十分親切並且理所當然，她在爬上我祖父的背脊之前，很難設想還有另外的家庭。就如她一直不知道自己的臉蛋長得十分不錯，直到後來我祖父堅定不移的鼓勵和真誠的讚美，她才總算知道了這一點。而她的父親、丈夫以及婆婆在這方面向來是守口如瓶。

我無法知道祖母在那個家庭裡更多的事，他們生前的生活早已和他們一起被埋葬了。我祖父在失去妻子的最初幾年裡，寂寞和憂傷使他對祖母的往事充滿熱情，當他灰暗的眼睛閃閃發亮時，我祖母就在他的話語裡復活了。

我祖母命運出現轉折的時刻是一個晴朗的清晨，我的祖母年輕漂亮，不是後來我見到的那個皺皺巴巴的老太太。雖然她身上具備了和那個家庭相協調的古板，可她畢竟只有十八歲，幽居深院的年輕女子很容易被戶外的鳥鳴所吸引。我祖母穿著大紅的掛子腳蹬繡鞋，站在了石階上，清晨的陽光照射在她紅潤的臉上，她的纖纖細手有著動人的下垂。兩隻活潑的麻雀在庭院的樹上嘰嘰喳喳，牠們施展了一系列在我祖母看來是迷人的小動作。我年輕無知的祖母不知道牠們是在談情說愛，她被牠們之間的親密和熱情深深感動。以致她婆婆滯重的腳步來到她身後時她都一無所知，她完全沉浸到了那個清晨美妙的情調之中。沒有過去多久，兩隻麻雀依然在樹枝上搔首弄姿的時候，嚴厲的婆婆已經無法容忍她那種出格行為繼續下去，於是她聽到一個嚇人的聲音在耳邊突然響起，那個滿身疾病的女人冷冷地說：

「該回屋去了。」

我祖母那時受到的驚嚇她一生難忘，她回過頭去以後，看到的不是往常那種嚴厲，她從婆婆臉上複雜又鋒利的神色裡，看到了自己不安的前途。我祖母是一個聰明的女子，那時她立刻明白了那兩隻麻雀表現出來的美妙，其實是一種下流的勾當。她回到了自己屋中，預感到自己闖下了大禍，在前途不可預測的時刻，她的心臟在胸腔裡狂奔亂跳。她聽著婆婆的腳步拖泥帶水地走入了另一間屋子，不久之後是一個輕快的腳步正在接近，那是丫鬟走來，丫鬟走進了書房，將她在書房裡昏昏欲睡的丈夫叫走了。

此後來到的寂靜像是什麼都沒有發生，可我祖母內心的不安逐步擴張，到頭來那種害怕裡出現了期待的成分，她突然期待婆婆對她的懲罰快些來到，懸而未決只能使她更加提心吊膽。

晚飯的時候，我祖母最初預感到不幸即將來臨，那時她的婆婆表現出了令人吃驚的親切，有那麼幾次她眼圈竟然微紅了，而她的丈夫則顯得悶悶不樂。晚飯之後我祖母被留了下來，開始傾聽她婆婆冗長的講敘，婆婆向她展示了她們無可挑剔的家史，無論是學問還是在仕途上，都是值得後人炫耀的。而且她們祖上還出過一位貞節烈女，是清代一個憐香惜玉的色情皇帝加封的。她的講述來到這裡時真是留連忘返。最後告訴我祖母去整理一下自己的東西吧。這話聽上去再明白不過了，一道休書已經來臨。

我祖母難以忘記最後那個夜晚，那個古板的丈夫開始像一個人那樣表達溫情了，雖然他依然不說一句話，可他（我祖母後來告訴祖父）用手給予了她長久的撫摸，至於眼淚，我的祖父不知為何沒有說起。也許正是那一夜，使我祖母對他永生不忘。到後來從我祖父口中而出時，這個腐朽的傢伙便成了一個知道疼女人的男人。

我祖母的婆婆畢竟是處在舊時代尾巴上的女人，她沒有祖上那種專橫，她沒有對兒子說你應該怎樣，而是給了他一個自己選擇的機會，雖然他的選擇早已在她的意料之中。

第二天清晨我祖母很早就起床了，她的婆婆起得更早。當她的丈夫來到客廳時又恢復了往昔的神態，我祖母很難從他臉上找到昨夜的悲哀。他們一起吃了早餐，我祖母那時是怎樣的一種心情？這個還太年輕的女人顯得六神無主。厄運即將來到，這已不容懷疑，可在來到之前，我的祖母依然昏頭昏腦，眼前的一切都在迷迷糊糊地搖擺。

然後是三個人走出家門，我祖母身穿黑衣的婆婆，將他們帶到一條大路上。她指示我的祖母往西走，而她自己則走向了東面。那時候日本人的馬蹄聲正在逐漸逼近，逃難的人流斷斷續續地呈現在那條清晨的路上。那個捍衛家族清白的女人走向旭日東升，而我祖母只能讓背脊去感受陽光的照耀。她的丈夫最後看著她走去的身影時，有著不可言喻的悲哀，可他選擇跟隨母親向東走卻是不加思索的。

就這樣，我祖母背負一個沉重的包袱，裡面是她的衣服和手飾，以及一些銀元。她的臉色可怕地蒼白，此後三十多年她的臉蛋不再有紅彤彤的時候了。晨風吹亂了她的頭髮，可她一點沒察覺，她走在逃難的人流裡。也許這能給她一點安慰，因為那麼看上去她不像是一個被休的女人，她臉上不知所措的悲哀，身旁的人也同樣具有。我的祖母就像是隨波逐流的樹葉，她將自己的悲哀和眾人的逃亡混為一談。顯然她已經無顏回到嚴厲的父親那裡。她和眾多的人走在一起時，延緩了她對自己前程的急切思考。

嬌生慣養的祖母，在一場已經爆發的戰爭裡開始了餐風宿露，而她落難的原因卻和戰爭毫無關係。她真正倒楣的時刻是遇上那個面目已經不詳的屠夫，我祖母是從他身上豬肉的油膩和生臭味做出這樣的判斷。此後三十多年裡，我祖母一聞到生豬肉的氣息就會戰戰兢兢。

氣勢洶洶的屠夫就像切肉一樣十分乾脆地把我祖母給糟蹋了。

那個戰火紛飛的傍晚時刻，我的祖母十分大意地離開了流亡的人群，在一條河邊洗起了她那逐漸粗糙起來的臉。當那條大路上再也望不到人影時，我的祖母仍然蹲在河邊多愁善感。於是她必須獨自面對屠夫了，天色將黑的時候我祖母跪在他的腳旁，哀求的聲音和她的身體一起在晚風裡顫抖。她打開了包袱願意將裡面的一切給他，以此換回自己的清白。屠夫發出了那種她婆婆極端厭惡的狂笑，屠夫對她說：

「我就是把你操了，這些東西也跑不了。」

我祖母坐在花轎裡成為他人之妻的時候，我的祖父，二十三歲的孫有元，跟隨著他的父親，遠近聞名的孫石匠，和一班師兄弟來到了一個叫北蕩橋的地方，準備建造一座有三個橋洞的石拱大橋。那是初春的一個早晨，我的曾祖父租了一條木船，載著他和一班徒弟在寬闊的河上順風而下。曾祖父坐在船尾，吸著旱菸興致勃勃地看著他的兒子，孫有元敞開胸膛站在船頭，初春的冷風把他的胸膛吹得通紅一片。船頭微微起伏著，劈開的河水像匕首一樣鋒利地迅速後退。

就在這一年冬天的時候，民國的一位官僚準備回家省親。他當初是燒了一家財主的房屋，逃命時游過那寬闊的河面後開始發跡。多年後他要衣錦榮歸，縣裡的官員不能讓他再游過河去回家。於是我曾祖父拿到了民國的銀元，這對他來說意義重大，他囑咐手下的徒弟：

「這次造的是官橋，大家都要用心。」

他們來到了那個沒有一座橋、卻叫北蕩橋的地方。那時我曾祖父雖已年過五十，可這個精瘦的老頭有著響亮的嗓門。他在那條河邊走來走去，以遊手好閒的姿態開始了他的工作，緊跟著他的是我生機勃勃的祖父。我曾祖父在踏勘地形的時候，不住地回過頭去，就像我曾祖母吆喝家中的雞一樣，吆喝著他眾多的徒弟。我的祖父則時時抓起一把土在手裡搓動著，還用舌頭去嚐一嚐。就這樣他們在河兩岸踏勘完了地形，畫出圓形以後曾祖父吩咐徒弟們搭工棚開採石料，自己則和我祖父背上乾糧和工具進山去了。

他們進山去採鑿龍門石。我的兩個祖輩就像野貓一樣在山裡竄來竄去，他們叮叮咚咚地讓那座不高的山三個月不得安寧。那時候石匠的功夫全體現在這塊龍門石上，這是準備放在大橋中央的大石塊，而且是要在大橋竣工合攏時放上去，既不能大一寸，也不能小一分。

我的曾祖父是那個時代最為聰明的窮人，比起我祖母的父親來，他顯得那樣的能幹和朝氣蓬勃。這位一直浪跡江湖的老人，身上具備了藝術家的浪漫和農民的實惠。他弄出來的、並且在他的薰陶裡長大的我祖父，也同樣出類拔萃。我的兩個祖輩在山裡鑿出了一塊四方的龍門石，正面是雙龍戲珠的浮雕，兩條騰空而起的石龍爭搶著中間那顆滾圓的石珠。他們不是那種在溝上鋪一塊石板的石匠，他們造出來的橋將做為藝術珍品傲視後代。

三個月後，將石料開採齊全的徒弟們，進山去迎接我的兩個祖輩了。於是在那個炎熱的夏日中午，我的曾祖父端坐在龍門石上，由八個徒弟扛出山來。他赤裸著上身，吧噠吧噠地吸著旱菸，眯縫的眼睛能讓人感到他的心滿意足，但他沒有絲毫的得意洋洋，這樣的經歷他習以為常了。我的祖父孫有元滿臉紅光，健步走在一旁，他每走十步就用嘹亮的嗓音喊叫一聲：

「龍門石來啦。」

這遠不是輝煌的時刻，最為輝煌的是這年深秋，大橋竣工合攏的日子終於來到的時候。橋的兩端搭起了彩牌樓，五彩的紙片在風中像樹葉一樣嘩嘩作響，那時候鼓樂喧天香煙繚繞，方圓百里趕來看熱鬧的鄉親人聲鼎沸。沒有一隻麻雀飛到這裡，如此嚇人的聲響，使牠們在遠處的樹木上驚慌失措。我一直奇怪經歷這樣輝煌場面的孫有元，竟會在晚年對我祖母的婚禮驚嘆不已。比起這樣的場面來，我的祖母的婚禮不過是杯中之水。

我曾祖父萬萬沒有想到正是這樣的時刻，使自己從此一蹶不振。憑著自己的聰明才幹，一路闖蕩過來的曾祖父，在北蕩橋這裡翻船了。事實上我曾祖父早就覺察那裡土質鬆散，橋正在下沉。但他過於胸有成竹，根據以往的經驗他覺得橋總是要沉下去一點的。隨著大橋竣工的日子越來越近，下沉的速度也越來越快。我曾祖父疏忽了這一點，導致了他晚年的淒涼。

儘管後來慘遭失敗，當初八個徒弟抬著龍門石走上去時，依然是那麼激動人心。他們神氣十足地來到了頂端，吭唷吭唷的號子聲戛然而止，當他們小心翼翼將龍門石往豁心處放下去時，鼓樂齊喑，圍觀的人群也立刻變得無聲無息了。就在那時我曾祖父聽到了「格」的一聲，而不是他預料中的「咔嚓」一聲，於是他比在場所有人都先知道災難降臨了。我曾祖父那時正坐在彩牌樓上，突如其來的事實使他的微笑還沒有收斂就在臉上僵直了。那一聲要命的「格」來到後，我的曾祖父霍地從凳子上站了起來。祖父後來告訴我們，那一刻他像一條臨死的魚一樣，直往上翻白眼。但他畢竟是江湖上闖蕩過來的，在眾人還沒有醒悟過來發生了什麼，他已經走下了彩牌樓，將菸管背在身後像是準備上酒館似的走開了。他一直往山裡走去，把恥辱留給兒子和一班徒弟去承受。

那時的龍門石緊緊夾在豁口上了，那八個強壯如牛的年輕人憋紅了臉，想把龍門石重新抬出來，可那塊大石頭絲紋不動。在一片稻浪般蕩過來的吁吁聲裡，那八張臉像八副豬肝一樣，在夏日劇烈的陽光裡閃閃發亮。龍門石就如一塊翹翹板似的斜在了那裡，進不去也出不來。

我不知道孫有元是如何度過那個要命的白晝的，我曾祖父那時的逃之夭夭，太像是一個小偷了。孫有元那時要承受雙倍的恥辱，他除了像師兄弟那樣垂頭喪氣，還必須以我曾祖父兒子的身分羞愧不已。當時的場景簡直亂透了，祖父告訴我們彷彿是房屋塌了一樣。他個人的情況更為糟糕，他正是八個抬著龍門石上橋中的一個。孫有元支撐著橋欄都邁不動腿了，就像有人在他襠裡捏了一把似的有氣無力。

我的曾祖父是天黑以後回來的，他雖然無顏面對圍觀的鄉親，對他的兒子和徒弟依然可以自命不凡。這個內心極其慌張的老頭，用乾巴巴的聲音，給予他一班不知所措的徒弟一頓劈頭蓋腦的訓斥：

「不要哭喪著臉，我還沒死，一切都可以從頭開始。想當初……」

我曾祖父用慷慨激昂的聲音，回顧了激動人心的過去，又向他的徒弟們描述了更為美妙的前景，然後突然宣布：

「散夥吧。」

他在徒弟們瞠目結舌的時刻轉身就走，我那熱中於出其不意的曾祖父來到工棚門口時，又迅速轉回身去給他們以信心十足的忠告；

「記住師傅的話，只要有屌就不怕沒女人。」

這個舊時代的老人，極其容易自己來感動自己。當他決定連夜趕到縣城，去向民國的官員負荊請罪時，他竟然覺得自己很像傳說中的英雄一樣深明大義，他對我祖父說一人做事一人當，聲音的顫抖完全是出於激動。面對將失敗轉換成榮耀的父親，孫有元也傻乎乎地跟著他激動起來。

可是我曾祖父的壯士氣派走出十來步後就蕩然無存了，他的錯誤在於回頭看了一眼那座石橋。他這樣做完全是不由自主，翹起的龍門石在月光裡閃閃爍爍，彷彿是一頭夢中的野狼向我曾祖父露出可怕的獠牙。曾祖父走去的身影，在我祖父眼中突然顫顫巍巍了。那個月光冷清的夜晚，我的曾祖父走上了那條漫長的小路，經受著更為漫長的失敗對他的折磨。他完全不像孫有元後來向我們描述的那樣，雄赳赳地走進了城裡的大牢，他當初的模樣比一個垂危的病人抬入診所時更為糟糕。

很長一段時間裡，孫有元都被父親弄虛作假的英雄氣概激勵著。他沒有像父親臨行前囑咐的那樣去改行幹別的，不少師兄弟背上包袱回家以後，我祖父和另外七個抬著龍門石上橋的人繼續留在那裡。孫有元發誓要挽救這座石橋。我祖父的聰明才智在他父親離去以後，得到了淋漓盡致的發揮。他帶著七個師兄弟在橋身下面鑿出了十六個小洞，隨後又削了十六根木樁。他們將木樁塞進小洞以後，八個如狼似虎的年輕人，掄起了十六個鎯頭猛擊木樁。這八個在路人看來是瘋子的傢伙，足足敲打了兩個時辰。在他們微小的力量面前，巨大的橋架竟然微微抬高起來。到後來我祖父聽到了令人激動的「格格」聲，隨後不久轟地一聲，我祖父如願以償了。龍門石十分平穩地放進了豁口。

我激動無比的祖父在那條小路上撒腿跑開了，這個眼淚汪汪的年輕人，嗓音嘹亮地呼喊著我的曾祖父。他一口氣跑了四十多里路，跑進了縣城。當我曾祖父從大牢裡昏頭昏腦出來時，他看到自己的兒子就像雨中淋了一夜似的渾身濕透了，可那時正是晴空萬里陽光普照。我祖父把體內的水分差不多都快跑乾了，孫有元叫了一聲：

「爹……」

隨即撲通一聲倒地休克了過去。

我的曾祖父具備了那個時代特有的脆弱，北蕩橋的失敗儘管令他寬慰地被兒子挽回，可他本人則從此難以意氣風發。我心灰意冷的曾祖父邁著老年農民遲鈍的腳步，走向了我那位年輕時水靈漂亮的曾祖母。這兩個老人將在生命的尾聲上，開始從未有過的朝夕相處。

而我的祖父，對自己得意洋洋和心滿意足的孫有元，就像他父親先前一樣，帶著一班石匠繼續著祖輩開創的事業。然而我祖父的輝煌時刻只是曇花一現，他們做為最後一代老式石匠，飽嘗了那個時代對他們的冷漠。而且方圓幾百里的河面上已經有不少石拱橋聳立在那裡了，祖上過於精湛的手藝，使他們無法指望那些石橋在一夜之內全都塌掉。這支飢餓的隊伍帶著幼稚的理想，在江南的水鄉遊來蕩去。唯一得到的一次機會，使他們造起了一座石板小橋，而且還是座歪橋。就是那一次孫有元有幸目睹了他岳父儒雅的風采。

那是一群農民籌了錢請他們前往的，我祖父那時候已經飢不擇食，一向造石拱大橋的孫家，淪落到孫有元時只能造造石板小橋了。他們選擇了大路的岔口作橋基，然而對面一棵大香樟樹剛好擋住了橋基。我祖父揮揮手說把香樟樹砍掉，他那時不知道要砍的是岳父的樹木。

孫有元後來的岳父劉欣之，是遠近聞名的大財主，當然他一輩子都不會知道自己後來的女婿竟然是個窮光蛋。這個滿嘴先天下人憂而憂，後天下人樂而樂的秀才，一聽要砍他家的大香樟樹，就跟掘他的祖墳一樣氣得暴跳如雷，他完全忘記了自己滿腹經綸，面對那幾個前來商量的人，他用農民的粗話破口大罵。

毫無辦法的孫有元只能斜過去一點作起橋基，三個月以後他們造成了一座斜橋。石橋落成以後，籌錢的農民請來了劉欣之劉老先生，請他給取個橋名。

正是那天上午，我祖父看到了他的岳父。身穿綢衣的劉欣之慢吞吞走來時，讓我祖父目瞪口呆，這個在陽光下故作深沉的秀才，在孫有元眼中比民國的官員更具威風。幾年後他和我祖母同床共眠時，再度回顧當初的情景，腐朽的劉欣之讓生氣勃勃的孫有元讚嘆不已。

我祖母的父親以讀書人的姿態走到橋邊以後，立刻表達了他的不屑一顧，彷彿自己遭受了侮辱似的厲聲說道：

「這麼一座蹩腳的歪橋，還讓我取名。」

說罷拂袖而去。

我的祖父依然走南闖北，他們在國共之間的槍聲和饑荒的景色裡長途跋涉，那種年月誰還會籌錢來讓他們一展手藝？他們像一班叫花子似的到處招徠生意。我祖父滿懷著造橋的雄心大志，卻很不合時宜地走在那個熱中於破壞的時代裡。到頭來這班人馬不得不喪失最初的純潔，他們什麼活都幹，連洗刷僵屍和掘墳也不放過，只有這樣才能使他們不至於拋屍在荒野。孫有元在那極為艱難的時刻，仍然讓他們跟著自己毫無希望地亂走，我不知道他使用了怎樣的花言巧語。直到後來的一個夜晚，他們被當成共產黨的游擊隊，遭受了國軍的襲擊，這班滿懷過時理想的石匠才不得不生離死別。

那時候我祖父他們這班窮光蛋全睡在河灘上，第一排子彈射來時，孫有元竟然安然無恙，他還撐起身體大聲詢問誰在放鞭炮。然後他看到身旁一個師弟的臉已被打爛了，在月光下如摔破的雞蛋似的一塌糊塗，我那睡意朦朧的祖父撒腿就跑，他沿著河邊跑去時嗷嗷亂叫，可當一顆子彈穿過他的褲襠，他就立刻啞口無言了。孫有元心想壞了，睪丸被打掉了。儘管如此，我祖父依然拚命奔跑。孫有元一氣跑出了幾十里，那時他感到自己的褲襠已經濕透了，他沒想那是不是汗水，只覺得血要流光了，他趕緊停住腳步，伸手去按住褲襠裡的傷口，這麼一按他竟摸到了自己的睪丸。最初他嚇一跳，心想他娘的這是什麼東西，仔細一摸才知道它們仍然健在。我祖父後來就坐到了一棵樹下，長時間地摸著被汗水浸濕的睪丸，嘿嘿笑個不停。當他對自己的安全確信無疑之後，他才想到那班在河灘上的師兄弟，那個師弟被打爛的臉使他嚎啕大哭。

顯而易見，孫有元已經無法繼續祖業了，他年方二十五，卻要被迫去體會當初父親告老還鄉時的淒涼心情。我年輕的祖父在這年春節臨近的時候，踏上了一條塵土飛揚的大道，以老年人的愁眉苦臉返回家中。

我的曾祖父一年多以前回到家中後，就一病不起，曾祖母花完所有的積蓄都無法喚回他往昔的生氣，於是又當掉了家中所有值錢的東西。到頭來連她自己也一病不起了。大年三十的晚上，我祖父破衣爛衫身無分文地回到家中時，他的父親已經病歸黃泉，他的母親則躺在死去的父親身旁，也已是奄奄一息。我那疾病纏身的曾祖母對她兒子的回來，只能用響亮急促的呼吸聲來表達喜悅了。我祖父就這樣攜帶著貧困回到了貧困的家中。

這是我祖父年輕時最為淒慘的時刻，家中已沒有什麼東西值得他送進當鋪，而在這春節的前後，他也無處去出賣體力換回一些柴米。束手無策的孫有元，在大年初一的早晨，頂著凜冽的寒風，扛起他父親的遺體往城裡跑去。我年輕的祖父竟然異想天開地想把死去的父親送進當鋪，一路上我祖父不停地向肩上的死屍賠禮道歉，同時挖空心思尋找理由來開脫自己。我曾祖父的遺體在那間四處漏風的茅屋裡挨凍了兩天兩夜，然後又被我祖父在呼嘯的北風裡扛了三十來里路，當他被放到城裡當鋪的櫃檯上時，已經如一根冰棍一樣僵硬無比了。

我祖父眼淚汪汪地懇求當鋪的掌櫃，說自己不是不孝，實在是沒有別的辦法。他告訴掌櫃：

「我爹死了沒錢收作，我娘活著躺在屋裡沒錢治病。做做好事吧，過幾天我就將爹贖回去。」

當鋪的掌櫃是個六十多歲的老頭，他這輩子沒聽過死人還能當錢。他捂著鼻子連連揮手：

「不收，不收。這裡不收金菩薩。」

大年初一他為了討個好口彩，使我曾祖父榮幸地成為了一尊身價連城的金菩薩。

可我不識時務的祖父依然連連哀求，於是三個夥計走上前來，伸手將我曾祖父推了下去。我那僵硬的曾祖父像一塊石板一樣掉落在地，發出了堅硬的聲響。孫有元趕緊抱起他的父親，彷彿罪孽深重似的察看我曾祖父是否摔壞了。緊接著一股冷水澆在了我祖父頭上，在他還沒有離開的時候，當鋪的夥計就開始清掃被我曾祖父玷污了的櫃檯。這使孫有元勃然大怒，他對準一個夥計的鼻子就是狠狠一拳，那傢伙的身體就像彈弓上射出的泥丸，彈出去跌倒在地。我強壯無比的祖父使足力又把櫃檯拋翻過去，另外的幾個夥計舉著棍棒朝孫有元打來，孫有元只能舉起他父親的遺體，去抵擋和進攻他們。在那個寒冷的清晨，我祖父揮動著那具僵屍，把整個當鋪攪得天翻地覆。勇敢的孫有元得到父親遺體的有力支持，將那幾個夥計打得驚慌失措。他們誰也不敢碰上那具死屍，以免遭受一年的厄運，那個時代的迷信使孫有元的勇敢幾乎沒有什麼阻擋。當我祖父揮起他的父親，向那個面如土色的掌櫃擊去時，輪到孫有元驚慌了，他把父親的腦袋打在了一把椅子上。一聲可怕的聲響使我祖父驀然發現自己作孽了，他那時才知道自己大逆不道地將父親的遺體做為武器。父親的腦袋已被打歪過去，我祖父經歷了片刻的目瞪口呆之後，立刻扛起父親的遺體竄出門去，在凜冽的寒風裡奔跑起來。然後孫有元就像一個孝子一樣痛哭流涕了，那時候他坐在冬天的一棵榆樹下面，懷抱我損壞了的曾祖父。我的祖父使了很大的勁，才把他父親打歪的腦袋扳回來。

孫有元埋葬了父親以後，並沒有埋葬貧困，此後的幾天裡，他只能挖些青草煮熟了給母親吃。那是一些長在牆角下有著粉綠顏色的小草，孫有元不知道那是益母草。於是他驚喜無比地看到臥床不起的母親，吃了這種草以後居然能夠下地走路了。這使我那粗心大意的祖父茅塞頓開，他極其天真地以為明白了一個真理，他感到那些妙手回春的郎中，其實什麼本事都沒有，無非是割一堆青草像餵羊一樣去餵病人。因此他放棄了去城裡打短工的念頭，我祖父做為石匠之後，決定像個郎中那樣行醫治病了。

興致勃勃的孫有元知道剛開始必須上門問診，日後名聲大了就可以坐在家中為人治病。他背起了一簍子雜草，開始了走家竄戶的生涯，他嘹亮的嗓音像個撿破爛似的到處吼叫：

「草藥換病啦。」

當孩子的家人從屋裡追出來，用虔誠的疑惑向我祖父發出詢問時，我實在驚訝孫有元竟然還能胸有成竹地告訴他們：

「他吃了我的藥，我就帶走他的病啦。」

這個可憐的孩子吃下那一把青草後，立刻上吐下瀉綠水，沒兩天就一命嗚呼了。從而讓我曾祖母在一個下午，膽戰心驚地看到了十多個男人氣勢洶洶走來的情景。

我祖父那時候一點也不驚慌，他讓臉色蒼白的母親回到屋裡去，又將屋門關上，自己則微笑著極其友好地迎候他們。死者的家人和親屬是來向孫有元討命的，我祖父面對這班臉色鐵青一意孤行的人，竟然想用花言巧語哄騙他們回去。他們根本就不會來聆聽孫有元冗長的廢話，而是一擁而上，將我祖父團團圍住，幾把鋥亮的鋤頭對準了他閃閃發亮的腦門。經歷過國軍槍林彈雨的孫有元，那時候顯得不慌不忙，他得意洋洋地告訴他們，別說才十多個人，就是翻一倍，他也照樣打得他們傷痕累累。死到臨頭的孫有元如此口出狂言，反而把他們給弄糊塗了。這時候我祖父解開了上衣的鈕扣，對他們說：

「讓我把衣服脫了，再和你們打。」

說著孫有元撥開一把鋤頭，走到屋前推開了房門，他進去後還十分瀟灑地用腳踢上了門。我祖父一進屋就如石沉大海一樣銷聲匿跡了，那班復仇者在外面摩拳擦掌，他們不知道我祖父已經越窗而逃，一個個如臨大敵似的嚴陣以待。他們左等右等不見孫有元出來，才感到情況不妙，踢開房門以後，屋內空空蕩蕩。隨後他們看到了我祖父背著他母親，在那條小路上已經逃遠了。我祖父不是一個憨乎乎的鄉巴佬，越窗而逃證明了他是有勇無謀的。

孫有元背上我曾祖母撒腿就逃以後，他便很難終止自己的奔跑了。他就像我祖母一樣，擠身於逃亡的人流之中，有那麼幾次他都清晰地聽到了身後日本人的槍砲聲。我祖父是那個時代典型的孝子，他不忍心看著我曾祖母扭著小腳在路上艱難行走，於是他始終背著母親，滿頭大汗氣咻咻地在那些塵土飛揚的路上，跟隨著逃亡的人流胡亂奔走。直到後來的一個夜晚，筋疲力竭的孫有元脫離了人流，將我曾祖母放在一棵枯萎的樹下，自己走遠去找水後，他才不用再背著母親奔走了。連日的奔波讓我虛弱不堪的曾祖母，在那棵樹下一躺倒就昏昏睡去了。我曾祖母在那個月光冷清的夜晚，睡著後被一條野狗吃了。童年時我的思維老是難以擺脫這噩夢般的情景，一個人睡著後被野狗一口一口吃了，這是多麼令人驚慌的事。當我祖父重新回到那棵樹下，我的曾祖母已經破爛不堪了，那條野狗伸出很長的舌頭一直舔到自己的鼻子，凶狠地望著我的祖父。母親淒慘的形象，使孫有元像個瘋子一樣哇哇大叫，我祖父那時完全忘記了自己是人，他像那條野狗一樣張開嘴巴撲了上去。野狗更多的是被我祖父的嗷叫嚇壞了，牠立刻調轉方向逃跑。氣瘋了的孫有元竟然去追趕逃跑的狗，他追趕時的破口大罵無疑影響了他的速度。到頭來狗跑得無影無蹤後，我祖父只能氣急敗壞同時又眼淚汪汪地回到母親身旁。孫有元跪在我曾祖母的身旁使勁捶打自己的腦袋，他響亮的哭聲使那個夜晚顯得陰森可怖。

孫有元埋葬了母親以後，他臉上由來已久的自信便一掃而光，他極其傷感地在逃亡的路上隨波逐流，母親的死使他的逃亡頃刻之間失去了意義。因此當我祖父在一座殘垣前最初見到我祖母時，他的心裡出現了一片水流的嘩嘩聲。我祖母那時身上富貴的蹤影已經絲毫不見，她衣衫襤褸地坐在雜草之上，恍惚的眼神從披散的頭髮中間望到了我祖父淒涼的臉，被飢餓弄得奄奄一息的祖母，不久之後就伏在我祖父的背脊上睡著了。年輕的孫有元就這樣得到了一個可以做為妻子的女人，他不再毫無目標地飄蕩。經歷了飢餓和貧困長時間掠奪的孫有元，背著我祖母往前走去時，他年輕的臉上紅光閃閃。

風燭殘年

祖父摔壞腰以後，我的印象裡突然出現了一位叔叔。這個我完全陌生的人，似乎在一個小集鎮上幹著讓人張開嘴巴，然後往裡拔牙的事。據說他和一個屠夫，還有一個鞋匠占據了一條街道拐角的地方。我的叔叔繼承了我祖父曾經有過的荒唐的行醫生涯，但他能夠長久地持續下來，證明了他的醫術不同我祖父那種純粹的胡鬧。他撐開寬大的油布傘，面對嘈雜的街道，就像釣魚那樣坐在傘下。他一旦穿上那件污跡斑駁的白大褂，便能以醫生自居了。他面前的小方桌上堆著幾把生鏽的鉗子，和幾十顆血跡尚在的殘牙。這些拔下的牙齒是他有力的自我標榜，以此來炫耀自己的手藝已經爐火純青，招徠著那些牙齒搖晃了的顧客。

一天上午，當祖父背上一個藍布包袱，懷抱一把破舊的雨傘，悄無聲息地從我們前面走過時，我和哥哥十分驚奇。他臨走時都沒和我父母說一句話，而我的父母也沒有任何異樣的神態。我和哥哥趴在後窗的窗台上，看著祖父緩慢地走去。是母親告訴我們：

「他去你們叔叔那裡。」

祖父晚年的形象就像一把被遺棄的破舊椅子，以無聲的姿態期待著火的光臨。厄運來到他身上的那一天，我哥哥孫光平以他年齡的優勢，先於我得到了一個書包。那一刻在我童年記憶裡閃閃發亮，在我哥哥即將獲得上學機會的那個傍晚，我的父親，興致勃勃的孫廣才，以莫名其妙的驕傲坐在門檻上，聲音宏亮地教育我的哥哥，如果和城裡的孩子吵架——

「一個你就打他，兩個你趕緊逃回家。」

孫光平傻乎乎地望著孫廣才，那是他對父親最為崇拜的時候。我哥哥虔誠的神色，使我父親不厭其煩地講敘同樣的道理，而不覺得那已經是廢話了。

我父親是一個極其聰明的鄉巴佬，任何時髦的東西他都一學就會。當我哥哥背上書包第一次走向城裡的學校時，孫廣才站在村口給予他最後的提醒。他一個成年人學電影裡壞人的腔調實在是滑稽可笑，他扯開嗓子大喊：

「口令。」

我哥哥天生就具有非凡的概括能力，這個八歲的孩子轉過身來回答時，並沒有轉述父親昨晚紛繁複雜的教導，而是簡單明瞭地喊道：

「一個就打，兩個逃回家。」

在這表達歡欣場面的另一側，我晚年的祖父拿著一根繩子無聲地從我身旁走過，去山坡上撿柴了。孫有元那時的背影在我眼中高大健壯，我坐在泥土上，他有力擺動的腳走去時，濺了我一臉的塵土，使我當時對哥哥的嫉妒和盲目的興奮變得灰濛濛一片。

我祖父的厄運和我哥哥的興奮緊密相連，二十多年前的那一天，當我和弟弟還依然滿足於在池塘邊摸螺螄時，第一次從城裡學校回來的孫光平，已經懂得用知識來炫耀自己了。我無法忘記孫光平最初背著書包回來時的耀武揚威，我八歲的哥哥將書包掛在胸前，雙手背在身後，顯然後一個動作是對學校老師的模仿。然後他在池塘旁坐下來拿出課本，先是對著太陽照一照，接著十分矜持地閱讀了。我和弟弟那時候目瞪口呆，就像兩條飢腸轆轆的狗，看到一根骨頭在空中飛去。

就是在這個時候，孫廣才背著滿臉死灰的孫有元奔跑過來。我的父親那時顯得十分惱怒，他把孫有元放到床上以後，便在屋門外嘟嘟囔囔起來：

「我就怕家裡有人生病，完了，這下損失大啦。多一個吃飯的，少一個幹活的，一進一出可是兩個人哪。」

我祖父在床上一躺就是一個月，後來雖然能夠下地走路，可他從山坡上滾下來後，腰部永久地僵硬了。喪失了勞動能力的孫有元，在看到村裡人時的笑容，比我祖母突然死去時更為膽怯，我清晰地記得他臉上戰戰兢兢的神色，他總是這樣告訴別人：

「腰彎不下去。」

他的嗓音裡充滿了急切的表白和自我責備。突然而至的疾病改變了孫有元的命運，他開始了不勞而食的生活。在我離開南門前的不到一年時間裡，這個健壯的老人如同化妝一樣迅速變得面黃肌瘦了。他做為一個累贅的存在已經十分明顯，於是他開始了兩個兒子輪流供養的生活。我就是在那時才知道自己還有一個叔叔。祖父在我們家住滿一個月，就獨自出門沿著那條通往城裡的小路走去。他進城以後似乎還要坐上一段輪船，才能到達我叔叔那裡。一個月以後，總是在傍晚的時刻，他蹣跚的影子又會在那條路上出現。

祖父回來的時候，我和哥哥就會激動地奔跑過去，我們的弟弟卻只能乾巴巴地站在村口，傻笑地看著我們奔跑。那時我所看到的孫有元，是一個眼淚汪汪的祖父，他的手在撫摸我們頭髮時顫抖不已。事實上我們充滿熱情的奔跑，並不是出於對祖父回來的喜悅，而是我和哥哥之間的一次角逐。祖父回來時手中的雨傘和肩上的包袱，是我們激動的緣由。誰先搶到那把雨傘，誰就是毫無疑問的勝者。我記得有一次哥哥將雨傘和包袱一人獨占，他走在祖父右側趾高氣揚，我因為一無所獲而傷心欲絕。在短短的路程上，我一次次向祖父指出哥哥的霸道，我哭泣著說：

「他把包袱也拿走了，拿走了雨傘還要拿包袱。」

祖父沒有像我指望的那樣出來主持正義，他對我們的誤解使他老淚橫流，他抬起手背擦眼淚的情景我至今清晰在目。我四歲的弟弟是個急功近利的傢伙，他看到祖父的眼淚以後，飛快地往家中跑去，尖聲細氣地叫嚷著，將祖父的眼淚傳達給我的父母：

「爺爺哭啦。」

從而彌補他和我同樣一無所獲的缺憾。

在我離家之前，祖父在我們家中承受的屈辱，是我當時的年齡所無法感受的。現在回想起來，父親孫廣才在祖父回到家中的那一個月裡，總是脾氣暴躁。他像冬天的狂風那樣在我們狹窄的家中，時時會突然咆哮。除非孫廣才伸出手指明確地去指罵孫有元，我才能確定父親的怒氣正在湧向何處。否則我會驚恐萬分地看著父親，因為我無法斷定孫廣才接下去會不會突然一腳向我踢來。我童年時的父親是一個捉摸不透的傢伙。

我唯唯諾諾的祖父，在家中的日子裡總是設法使自己消失。他長久地坐在無人注意的角落裡，無聲無息地消磨著他所剩無幾的生命。而當吃飯時，他卻像閃電一樣迅速出現，往往把我們弟兄三人嚇一跳。那時候我的弟弟就會得到表現自己的機會，他手捂胸口用興奮的神態，來誇張自己所受的驚嚇。

祖父的膽小怕事在我記憶裡格外清晰，有一次孫光明為了尋找他，這個走路還跌跌撞撞的孩子摔倒後哇哇大哭，而且還毫無道理地破口大罵，彷彿是別人把他絆倒的。我口齒不清的弟弟雖然竭盡全力想把話罵明白，可我聽到的始終是一隻小狗在亂叫。那一次祖父嚇得臉色灰白，他擔心孫光明的哭聲持續到我父親從田裡回來，孫廣才是不會放過任何供他大發雷霆的機會的。那種災難即將來臨的恐懼眼神，從孫有元眼中放射出來。

孫有元摔壞腰後，就很少講敘那個讓我們感到不安的祖母。他開始習慣獨自去回想和祖母共同擁有過的昔日時光。的確，我祖母和他之間的往事，也只有他能夠品嘗。

孫有元端坐在竹椅裡，回想那個年輕漂亮而且曾經富有過的女人時，那張遠離陽光的臉因為皺紋的波動，顯得異常生動。我經常偷偷看到那臉上如青草般微微搖晃的笑容，這笑容在我現在的目光裡是那麼的令我感動。然而我六歲時的眼睛，卻將一種驚奇傳達到內心。我無比驚訝地發現一個人竟然會獨自笑起來，我將自己的驚奇去告訴哥哥後，正在河邊摸蝦的孫光平，用一種我很難跟上的速度跑回家中，哥哥的激情證實了我的驚訝是多麼正確。我和哥哥，兩個髒乎乎的孩子跑到祖父面前時，他臉上的笑容依然在進行著微妙的流動。我八歲的哥哥，有著我難以想像的勇氣，他用響亮的喊叫，將我祖父從多愁善感的回憶之中一把拉了出來。我祖父如同遭到雷擊似的渾身一顫，他有趣的笑容被我哥哥葬送了，一種恐慌在我祖父眼中閃閃發亮。接著我聽到了哥哥幼稚的聲音穿上了嚴肅的外套後，向我祖父走去。很顯然，我哥哥在訓斥他：

「一個人怎麼可以笑，只有神經病才會一個人笑。」我哥哥揮了揮手。「以後別一個人笑了，聽到了嗎？」

明白過來的祖父，用極其謙卑和虔誠的點頭回答了孫光平。

孫有元晚年竭力討好家中任何一人，他的自卑使他做為長者，難以讓我們尊敬。有一段時間，我處在對立的兩種心情之中，一方面我默默地鼓勵自己，去仿效孫光平那種對待祖父的權威，做為一個孩子能對大人發號施令，這是一件令人激動和振奮的事。可我時時屈服於祖父慈祥的目光，當我們四目相視時，祖父孫有元看著我的親切目光，讓我無法對他炫耀自己弄虛作假的權威。我只能垂頭喪氣地走出屋去，用崇拜的目光去尋找哥哥孫光平。

當祖父若無其事地誣告了我的弟弟以後，我徹底打消了向他展露自己威風的念頭。孫有元在後來的日子裡，讓我覺得陰森可怕。

事情其實很簡單，我祖父從角落裡站起來，往房間走去時，不慎將桌邊的一只碗打落在地。當時我就站在不遠處，祖父當時異常害怕，他站在那裡長時間地看著地上破碎的碗片。我現在回顧他當初的背影時，已經像一個陰影一樣虛無了，但我記住了他那時發出的一連串驚恐的低語，至今為止我都沒有聽到過一個人能把話說得那麼飛快。

孫有元沒有像我以為的那樣，去把地上的碗片收拾起來。我當時已經六歲，那個年齡讓我隱約預感到發生了可怕的事，這種可怕顯然和馬上就要回到家中的父親有關。我實在不知道孫廣才這次咆哮起來聲音會怎樣嚇人，我精力過人的父親揮動拳頭時，就如母親揮動頭巾一樣輕鬆和得心應手。我就那麼站著，看著祖父又回到了角落裡坐下，他對自己的錯誤不加任何掩飾，心安理得地坐在了那裡。祖父的安詳無疑增加了我的不安。我兒童時期的目光在破碎的碗片和祖父平靜的臉之間不知所措，然後我像是遇到蛇一樣驚慌地逃走了。

正如我害怕的那樣，孫廣才對這一損失表現得極為激動。我不知道父親是否希望這碗是祖父打碎的，從而使他對祖父的謾罵和訓斥變得理所當然。滿臉通紅的孫廣才像個孩子那樣不知疲憊地亂喊亂叫，他的喊叫如同狂風似的吹得我們弟兄三人身體抖動。我膽怯的目光望到孫有元時，我的祖父讓我大吃一驚，他謙卑地站起來告訴孫廣才：

「是孫光明打碎的。」

那時候弟弟就站在我身旁，這個四歲的孩子對祖父的話很不在意，他臉上的驚嚇剛才就有了，完全來自孫廣才的可怕神態。當我父親怒不可遏地問他：

「是你嗎？」

我弟弟卻是瞠目結舌一句話都說不出來，他被父親凶狠的神態嚇傻了，直到孫廣才第二次向他這麼吼叫，並且將自己的凶狠逼近了他，我才終於聽到了他的申辯：

「不是我。」

我弟弟一直口齒不清，直到他死去的前一天，說話時依然咕噥咕噥。

弟弟的回答使我父親怒火更大，也許他這樣可以延長自己精神抖擻的發洩，孫廣才幾乎喊破了嗓子：

「不是你，碗怎麼會碎？」

我弟弟一臉的莫名其妙，面對父親的發問，他只能給予十分糊塗的搖頭。我弟弟畢竟是太小了，他只懂得簡單的否認，根本不知道接下去應該陳述理由。最為要命的是他那時候突然被屋外的鳥鳴吸引了，而且還興致勃勃地跑了出去，這是我父親絕對無法容忍的，孫廣才氣急敗壞地喊叫孫光明：

「你這個狗娘養，你回來。」

我弟弟雖然知道害怕，可他不知道問題已經十分嚴重。他跑回屋來時睜圓眼睛十分認真地指著屋外，告訴孫廣才：

「小鳥，小鳥飛過去啦。」

我看到父親粗壯的巴掌打向了弟弟稚嫩的臉，我弟弟的身體被扔掉般的摔出去倒在地上。孫光明無聲無息地躺在那裡，似乎有很長時間。我的母親，在父親怒火面前和我一樣害怕的母親，那時驚叫著跑向我弟弟。孫光明終於「哇」的一聲尖利地哭了起來。我弟弟就像是不知道自己為何挨揍，他放聲大哭時也不知道自己為什麼要哭。

我父親的怒火開始收縮了，孫廣才捶了一下桌子，喊道：

「哭他娘個屌。」

接著他就往外走去，他在自己的怒氣和孫光明的哭聲之間，選擇了讓步。我父親往外走去時，依然嚷嚷著：

「敗家子，我養了一群敗家子。老的走路都喊腰疼，小的都他娘的四歲了，說話嘴裡還含個屌似的咕噥咕噥說不清楚。敗起家來倒是一個比一個凶。」

最後是表達對自己的憐憫：

「我命苦啊。」

這一切對當初的我來說，發生得太快了，我還沒有從驚嚇裡擺脫出來，我父親已經走出屋去了。當我用仇恨的目光去看祖父時，孫有元仍然站在那裡，彷彿飽嘗驚嚇似的戰戰兢兢。我當時沒有立刻出來為弟弟說話，大概是我自己也糊塗了，一個六歲的孩子似乎缺乏敏捷的反應，起碼我當時是這樣。此後這事就如月光下的陰影一樣，始終纏繞著我。我一直想出來揭發祖父，可我最終還是沒有這樣做。有一次我曾經獨自走到祖父身旁，孫有元當時坐在那個斑駁的牆角，用一貫的慈祥看著我，他親切的目光在那時讓我不寒而慄，我鼓起勇氣對他說：

「碗是你打碎的。」

祖父平靜地搖搖頭，同時還向我慈愛地笑了笑。他的笑容就像是有力擊來的拳頭一樣，我竭盡全力不讓自己立刻逃走，用響亮的喊叫來掩蓋內心的慌張：

「是你。」

我正義的聲音並沒有使祖父屈服，他平靜地告訴我：

「不是我。」

祖父對自己堅信無疑的神態，反而使我懷疑起自己是不是真的弄錯了。就在我不知所措的時候，他又向我露出了那要命的笑容，我的勇氣立刻崩潰了，我趕緊逃離出去。

日子一天天過去後，我感到出來揭發祖父也變得越來越艱難了。同時我越來越明確到自己對祖父有著難以言傳的懼怕，當我有時跑回家中取東西，突然發現坐在角落裡的祖父正看著我時，我就會渾身發顫。

年輕時生機勃勃的孫有元，經歷了我祖母三十多年掠奪以後，到晚年成為了一個膽小怕事唯唯諾諾的老人。然而當他體力逐漸喪失的同時，內心的力氣卻增長了起來。風燭殘年的孫有元，再度顯示了他年輕時的聰明才智。

我父親喜歡在飯桌上訓斥祖父，這種時候孫廣才總是要很不情願地看著自己正在遭受損失。在父親虛張聲勢的罵聲裡，我的祖父低垂著頭顱一副擔驚受怕的模樣。可他吃飯的速度絲毫沒有受到影響，手上的筷子在夾菜時一伸一縮的迅速令人吃驚。孫廣才的訓斥他充耳不聞，彷彿將其當做美味佳肴。直到他手中的碗筷被奪走，他才被迫停止。那時的孫有元依然低著頭，眼睛執著地盯著桌上的菜。

我父親後來就讓祖父坐在一把小椅子上，我的祖父在吃飯時只能看到桌上的碗，看不到碗中的菜。那時候我已經離開南門，我那可憐的祖父只能讓下巴擱在桌子上，眼睜睜地看著他們往碗中去夾菜。我的弟弟因為矮小也遭受了同樣的命運，但他時刻得到我母親的幫助。孫光明是個愛逞強的孩子，他時時會突然站到凳子上，擺脫母親的幫助，用自己的行為來主宰自己的胃口，這個傻孩子便要遭到過於激烈的懲罰了。我父親那時候毫不手軟，為這麼一點小事他會對我弟弟拳打腳踢，同時像個暴君那樣反覆宣告：

「誰再站起來吃飯，我就打斷誰的腿。」

我聰明的祖父知道孫廣才的真正用意，父親對弟弟的嚴厲懲罰其實是為了恫嚇祖父，我的祖父以逆來順受的姿態端坐在小椅子上，他夾菜時高高抬起手臂的艱難，使孫廣才感到心滿意足。

然而我祖父就像在大堤上打洞的老鼠，他以極其隱蔽的方式對付他的兒子。就如上次祖父打碎了碗嫁禍到我弟弟身上，孫有元再次看中了年幼的孫光明。事實上也只有孫光明對那張桌子的高度，與我祖父一樣耿耿於懷。可我弟弟只是在吃飯的時候才會去注意這些，別的時候他只知道像一隻野兔子那樣到處亂竄。我的祖父，長時間坐在角落裡的孫有元，就擁有足夠的時間來盤算如何對付這些了。

那幾天裡，當我弟弟一旦接近孫有元，我的祖父就會含糊其詞：

「桌子太高了。」

孫有元的反覆唸叨，使我弟弟終於有一次站到了祖父和桌子中間，孫光明長時間地對祖父和桌子看來看去。孫光明閃閃發亮的眼睛，讓我祖父明白了這個小傢伙已經在開動腦筋了。

諳熟我弟弟心理的孫有元，那個時候劇烈地咳嗽起來，我不知道他這樣是不是為了掩飾自己，他有著足夠的耐心來期待孫光明自己做出決定。

我弟弟除了口齒不清以外，別的都是值得誇獎的。他用那個年齡破壞的欲望和小小的才智，立刻找到了對付桌子高度的辦法。我弟弟得意洋洋地向祖父喊叫：「鋸掉它。」

我祖父顯得十分吃驚，他的吃驚裡流露出明顯讚賞的神氣，無疑這激勵了孫光明。我弟弟神采飛揚，他完全陶醉在自己的聰明之中。他對孫有元說：

「把它的腿鋸掉一截。」

孫有元這時候搖頭了，他告訴我弟弟：

「你鋸不動它。」

我那傻乎乎的弟弟不知道他正在走向陷阱，祖父對他蔑視使他生氣，他向孫有元嚷道：

「我有力氣。」

孫光明感到語言的辯護依然蒼白，他一下子鑽到桌子底下，將桌子扛起來費力地走了兩步，隨後又鑽出來向祖父宣告：

「我有很大的力氣。」

孫有元仍然搖頭，他讓孫光明明白，手的力氣遠遠小於身體，我弟弟還是鋸不動桌子的腿。

應該說孫光明最初發現桌子腿可以鋸掉一截時，他僅僅只是滿足於這種空洞的發現。孫有元對他力氣的懷疑，使他必須拿出真正的行動來了。我的弟弟在那個下午氣呼呼地走出家門，他為了向祖父證明自己能夠鋸掉桌子腿，向村裡一家做木匠的走去。孫光明走到那個木匠家中時，那家的主人正坐在凳子上喝茶。我弟弟親熱地向他打招呼：

「你辛苦啦。」

然後對他說：「你不用鋸子的時候，肯定會借給我吧。」

那個木匠根本就沒把我弟弟放在眼裡，他向孫光明揮揮手：

「走開，走開。誰他娘的說我會借給你。」

「我知道你不肯借的。」孫光明說。「我爹一定說你肯借，他說你蓋房時他還幫過你。」

中了祖父圈套的孫光明，卻為那個木匠布置了圈套，木匠問他：

「孫廣才幹什麼用？」

我弟弟搖搖頭：「我也不知道。」

「拿去吧。」木匠這時候答應了。

我的弟弟扛著鋸子回到家中，將鋸子響亮地往地上一敲，尖聲細氣地問孫有元：

「你說我能鋸掉嗎？」

孫有元還是搖搖頭，說道：

「你最多鋸掉一條腿。」

那個下午，我既聰明又傻乎乎的弟弟，滿頭大汗地將四條桌子腿鋸掉了半截。其間他還不時地回過頭問孫有元：

「我的力氣大不大？」

我祖父沒有給予他及時的鼓勵，但他將驚奇的神色始終保持在臉上。就是這一點，也足以使我弟弟興致勃勃地鋸完所有的桌子腿。接下來孫光明就無法為自己感到驕傲了，我祖父毫不留情地向他揭示了現實的可怕，孫有元告訴他：

「你作孽了，孫廣才會打死你的。」

我那可憐的弟弟嚇得目瞪口呆，到那時他才知道後果的可怕。孫光明眼淚汪汪地望著祖父，孫有元卻站起來走入了自己的房間。我弟弟後來獨自走出屋去，他一直消失到第二天早晨。他不敢回到家中，在稻田裡忍飢挨餓睡了一夜。我父親站在田埂上，發現一大片稻子裡有一塊陷了下去，他就這樣捉住了我的弟弟。經歷了一夜咆哮的孫廣才，依然怒火沖天，他把我弟弟的屁股打得像是掛在樹上的蘋果，青紅相交。使我弟弟足足一個月沒法在凳子上坐下來，而我的祖父在吃飯時，已經不用高抬手臂了。直到我十二歲回到南門時，那張矮了半截的桌子葬身於熊熊之火，他們吃飯時才不再俯首哈腰。

我回到南門以後，六歲時保留下來的對祖父的懼怕，竟然迅速地轉換成對自己的同情。隨著我自己在家中處境的逐日艱難，祖父的存在成為了我不可缺少的安慰。當我提心吊膽地害怕家中會出什麼事時，很顯然這事不管是否與我有關，我都將遭受厄運，於是我逐漸明白過來，祖父當初為何要誣告我的弟弟。那些日子我父親經常露出精瘦的胸膛，將兩排突出的肋骨向村裡人展覽，告訴他們他為什麼這麼瘦，那是因為——

「我養了兩條蛔蟲。」

我和祖父就像是兩個不速之客，長久地寄生在孫廣才的口糧裡。

我弟弟鋸掉了桌子腿以後，祖父和父親之間出現過一次激烈的較量。我父親雖然將他的氣勢洶洶保持到最後，但他在內心裡還是被祖父打敗了。所以我返回南門後，不再看到父親對祖父有過公開的謾罵和訓斥，這在我離開前是習以為常的事。我父親對祖父的不滿，到頭來表現得十分窩囊。孫廣才只是經常坐在門檻上，像個上了年紀的女人那樣囉嗦著不休，他唉聲嘆氣地自言自語：

「養人真不如養羊呵，羊毛可以賣錢，羊糞可以肥田，羊肉還可以吃。養著一個人那就倒楣透了，要毛沒毛，吃他的肉我又不敢，坐了大牢誰來救我。」

孫有元面對屈辱時的鎮靜，給我留下了無法磨滅的印象。他總是慈祥並且微笑地望著別人對他的攻擊。我成年以後每次想到祖父，所看到的往往是他那動人的微笑。我父親生前曾經十分害怕祖父的笑容，那時的孫廣才總要迅速地轉過身去，如同遭受一擊似的坐立不安，直到他遠遠走開，獨自一人時才會罵道：

「笑起來像個死人，一吃飯就活了。」

因為年老而終日昏昏沉沉的孫有元，也逐漸明白了我在家中的艱難處境，他對我的迴避也就越來越明顯。那年秋天，他蹲在牆角曬太陽時，我走到了他的身旁，默默地站了很長時間，希望他能和我說上一些什麼，可他臉上與世無爭的神情，使我們之間的沉默沒能打破。後來當他依稀聽到田裡傳來收工的吆喝聲，手腳僵硬的孫有元立刻站了起來，顫顫巍巍地走進屋去。我祖父害怕孫廣才會看到兩個他不喜歡的人待在一起。

我和祖父，還有一場大火同時來到家中，使孫廣才在很長一段時間裡總是滿腹狐疑地看著我們，彷彿那場火是我們帶來的。最初的時候，當我偶爾和祖父在一起時，我會驚慌地聽到父親捶胸頓足的嚎啕大叫，站在不遠處的孫廣才歇斯底里地喊道：

「我的房子啊，我的房子又要完蛋啦。這兩個人在一起，大火就要來啦。」

我是在接近七歲的時候，跟著身穿軍裝的王立強離開南門。在那條小路上，我遇到了從叔叔那裡住滿一個月後回來的祖父。那時我並不知道自己已被父母送給了別人，我以為自己走去是為了一次激動人心的遊玩。我哥哥孫光平因為失去了競爭，他不再跑向祖父，而是無精打采地站在村口。哥哥洩氣的神態，使我感到跟著身穿軍裝的王立強走去時格外驕傲。所以我在見到祖父時，顯得趾高氣揚，我對他說：

「我現在沒工夫和你說話了。」

我弱小的身體昂首闊步地從我祖父身旁走過，故意弄得塵土飛揚。現在我回憶起了祖父的眼神，當我回頭張望哥哥時，我先看到了祖父，他滯重的身體擋住了我的目光。孫有元站在那裡疑慮重重地望著我，他的眼神忐忑不安。他和當時的我一樣，對我接下去的命運一無所知。但是他以一個老年人的歷史，對我走去時的興高采烈表示了懷疑。

五年以後，我獨自回到南門時，命定的巧合使我和祖父相遇在晚霞與烏雲糾纏不清的時刻。那時我們已經不能相認了，五年的時間使我承受了大量的記憶，從而將我過去的記憶擠到了模糊不清的角落。雖然我能夠記住家庭的所有成員，可他們的面目已經含糊，猶如樹木進入夜色那樣。在我記憶迅猛增加的同時，祖父與我相反，疾病和衰老開始無情地剝奪他的往事，他在一條最為熟悉的路上迷失了方向。他遇到了我，就如一個溺水者見到了漂浮的木板那樣，對我的緊緊跟蹤才使他回到南門。我們和那場大火同時抵達家中。

我們回到南門的第二天，祖父又離開南門前往我叔叔家中，這一次他住了兩個多月。當他再度回來時，家中已經蓋起了茅屋。我無法設想這個記憶所剩無幾、而且說話含糊不清的老人，是怎樣走去和走來的。他是第二年夏天的時候死去的。

孫有元經歷了冗長的低聲下氣之後，在臨終之際令人吃驚地煥發了他年輕時的蓬勃朝氣，從而使他生命的最後那部分顯得光彩照人。這個垂暮的老頭，以他最後燭光般的力氣，竟然去和那連日陰雨的天空較量。

眼看著田裡的稻子快要到收割的時候，綿綿陰雨的來到使村裡人憂心忡忡。稻田裡的水明顯地溢出了泥土，如同一張塑料薄膜一樣覆蓋在那裡，沉重的稻穗越彎越低，逐漸接近無聲上漲的雨水。我無法忘記那個災難來臨的時刻，束手無策的農民都像服喪一樣神情蕭條。管倉庫的羅老頭整日坐在門檻上抹著眼淚，向村裡人發布悲觀的預言：

「今年要去討飯了。」

羅老頭有著驚人的記憶力，他能夠順利地進入歷史的長河，向我們描敘三八年、六〇年和此時一樣的澇災，來讓我們相信馬上就要去討飯了。

平日裡上竄下跳的孫廣才，在那時也像瘟雞一樣默不作聲了。可他有時突然出來的話語比羅老頭更為聳人聽聞，他告訴我們說：

「到時候只能去吃死人了。」

村裡一些上了年紀的人偷偷拿出了泥塑的菩薩，供在案上叩頭唸佛，祈求菩薩顯靈，來拯救田裡的稻子。我的祖父就是在這個時候，像個救星一樣出現在眾人面前。這個習慣坐在角落裡的老頭，在一天下午霍地站起來，拿起他那把破雨傘走出屋去。當時我還以為他要提前去叔叔家了。我那走路顫巍巍的祖父，臉色灰白了多年之後重放紅光。他撐著那把油布傘，在風雨裡斜來斜去地走遍了村中每戶人家，向他們發出嗡嗡的叫喊：

「把菩薩扔出去，讓雨淋它，看它還下不下雨。」

我膽大包天的祖父竟然讓菩薩去遭受雨淋，使那幾戶拜佛的人家不勝驚慌，看著祖父那副可笑的模樣，我父親起先還覺得很有趣。連日垂頭喪氣的孫廣才露出了笑容，他指著在雨中趔趄的祖父對我們說：

「這老屌還能硬一下。」

當村裡幾個老人慌張地來央求孫廣才，讓他去制止孫有元這種瀆神行為，我父親才感到祖父在給他出醜。那天下午，我不安地看著父親走向祖父，我不能不為祖父擔憂。

孫廣才走到了孫有元身旁，用嚇人的聲音喊道：

「你給我回去。」

讓我吃驚的是祖父沒有像往常那樣懼怕我父親，他僵硬的身體在雨中緩慢地轉過來，定神看了一會孫廣才，然後抬起手指著他兒子說：

「你回去。」

我祖父竟敢讓孫廣才回去，父親氣急敗壞地大罵道：

「你這個老不死，你他娘的活膩啦。」

孫有元卻仍然一字一頓地說：

「你回去。」

我父親那時反倒被祖父弄呆了，他一臉驚訝地在雨中東張西望，半晌才說：

「他娘的，他不怕我啦。」

村裡的隊長是一位共產黨員，他感到自己有責任出來制止這種拜菩薩的迷信行為。他帶著三個民兵，叫嚷著人定勝天的真理，挨家挨戶地去搜查菩薩。他用自己不可動搖的權威，去恫嚇那些膽小怕事的村民，警告他們誰要是窩藏菩薩，一律以反革命論處。

共產黨人破除迷信的做法，在那天上午和我祖父以懲罰菩薩的方式來祈求菩薩不謀而合。我看到了起碼有十多尊泥塑的菩薩被扔進了雨中。那天上午我祖父重現了前天下午的神態，撐著那把破雨傘歪歪斜斜地走家串戶，散布他新的迷信，他那牙齒掉光後的聲音混亂不堪地在雨中飄蕩，他以欣慰的微笑告訴他們：

「菩薩淋一天就不行啦，它嘗到了苦頭就會去求龍王別下雨。明天就晴啦。」

我祖父信心十足的預言並沒有成為現實，孫有元第二天清晨站在屋簷下，看著飛揚的雨水時，他那滿是皺紋的臉因為悲哀擠到了一起。我看著祖父長時間地站在那裡，後來他哆嗦地仰起臉來，讓我第一次聽到了他的吼叫，我從來沒想到祖父的聲音竟會如此怒氣沖沖，孫廣才往昔的暴跳如雷和那時的孫有元相比，實在是小意思。我祖父對著天空吼道：

「老天爺，你下屌吧，操死我吧。」

緊接著我祖父突然顯露出一副喪魂落魄的模樣，他張開的嘴猶如死去一般僵硬，他的身體在那裡挺了好長一會，才收縮下去。我祖父嗚嗚地哭了起來。

有趣的是當天中午雨就停了，這使村裡那些老人格外驚奇，看著天空逐漸破裂之後終於照射過來了陽光，他們不得不去回想孫有元此前在他們看來還是瀆神的荒唐行為。這些迷信的老人開始誠惶誠恐地感到孫有元具有仙家的風采，他的破衣爛衫令人聯想到了那個叫花子濟公和尚。事實上沒有共產黨員隊長帶著民兵搜查，他們也不會把菩薩扔進雨中。可那時誰也不會去想隊長的功勞，有關孫有元可能是仙的說法，在村裡沸沸揚揚了三天。到後來連我母親也將信將疑了，當她小心翼翼地去問我父親時，孫廣才說：

「是個屁。」

我父親是一位徹底的唯物主義者，他對我母親說：

「我是他弄出來的，他是仙，我怎麼不是仙呢。」

消失

孫有元死前的神態，和村裡一頭行將被宰的水牛極其相似。當時在我眼中是巨大的水牛，溫順地伏在地上，伸開四肢接受繩索的捆綁。那時我就站在村裡曬場的一端，我的兩個兄弟站在最前沿。我弟弟不懂裝懂的嗓音，在那個上午就像塵土一樣亂飄。其間夾雜著孫光平對他的訓斥：

「你懂個屁。」

剛開始我和弟弟一樣無知地認為，水牛並不知道自己的命運。可是我看到了牠的眼淚，當牠四肢被綁住以後，我就看到了牠的眼淚，掉落在水泥地上時，像雷陣雨的雨點。生命在面對消亡時，展現了對往昔的無限依戀。水牛的神態已不僅僅是悲哀，確切地說我看到的是一種絕望。還有什麼能比絕望更震動人心呢？後來我聽到哥哥對別的孩子說，水牛被綁住時眼睛就紅了。我在此後的歲月裡，會戰慄地去回想水牛死前的情景，牠對自己生命的謙讓，不做任何反抗地死去，使我眼前出現了令人不安的破碎圖景。

長久以來，祖父的死對於我始終像是一個謎語，他的死混雜著神祕的氣息和現實的實在性，從而讓我無從得知他的真正死因。正如樂極生悲一樣，我祖父在那個雨水飛揚的上午，對著天空發出極其勇敢的吼叫以後，立刻掉落了膽怯的深淵，讓我看到了他不知所措後的目瞪口呆。孫有元在張嘴吼叫的那一刻，吃驚地感到體內有一樣什麼東西脫口而出，那東西似乎像鳥一樣有著美妙的翅膀，祖父古怪的感受竟能覺察到那東西翅膀的拍動。然後他驚慌地轉過身去，哀哀地叫喚著：

「我的魂呵，我的魂飛走了。」

祖父的靈魂像小鳥一樣從張開的嘴飛了出去，這對十三歲的我來說是一件離奇同時又可怕的事。

那天下午，我看到了祖父臉上出現了水牛死前的神態。那時候雨過天青，正當村裡眾多的老人驚詫孫有元的預言得到實現時，我的祖父已經沒有心情來享受榮耀，他一味地沉浸在失去靈魂的悲哀之中。孫有元眼淚汪汪地坐在門檻上，面對逐漸來到的陽光，他裂開的嘴裡發出十分傷心的哼哼聲。他是在我父母下田以後，開始自己傷心的流淚。他的眼淚直到我父母從田裡回來，依然暢流不止。我從未見過一個人能那麼長時間地流淚。

我父親從田裡回來看到了孫有元的眼淚，孫廣才自作多情地感到他的眼淚是衝著自己來的，我父親嘀咕道：

「我還沒死，就為我哭喪了。」

後來我祖父從門檻旁站起來，哭泣著從我們身旁走過，他沒有像往常那樣和我們坐在一起吃飯，而是走進了堆放雜物的房間，在他自己床上躺了下來。可是沒過多久孫有元就用驚人的嗓音喊叫起了他的兒子：

「孫廣才。」

我父親沒理他，對我母親說：

「這老東西擺架子了，要我把飯送進去。」

祖父繼續喊叫：

「孫廣才，我的魂丟了，我要死啦。」

我父親這時才走到祖父門前，對他說：

「要死了還那麼大的嗓門。」

我祖父大聲哭起來，在哭聲裡他模糊的聲音斷斷續續：

「兒子啊，你爹要死啦。爹不知道死是怎麼回事，爹有點怕呵。」

孫廣才很不耐煩地提醒他：

「你不活得好好的嗎？」

孫有元也許是得到兒子的對話，他精神抖擻越發起勁地喊叫了：

「兒子啊，爹不能不死，爹活一天你就窮一天。」

祖父響亮的聲音使我父親頗感不安，孫廣才惱火地說：

「你輕一點好不好，讓人家聽到了好像我在迫害你。」

孫有元對自己死去的預知和安排，在我少年的心裡有著不可言傳的驚訝和懼怕。現在想來，祖父在那一瞬間覺得靈魂飛走的生理感受，對他來說是真實可靠的，我想他在面對自己死亡時是不會弄虛作假的。也許孫有元摔壞腰後，就有可能設計起自己的末日來了。從而讓他對著天空吼叫時得到的純屬一般的生理感受，上升為靈魂飛走的死亡預兆。那個雨過天晴的下午，孫有元流淚不止時，已經完成了對自己的判決。這個垂暮的老人，在即將與亡妻相遇、和徹底訣別塵土飛揚的人世之間曾經無從選擇。他整整九年時間猶豫不決。當他最後感到死亡已經無法迴避地來到時，他的眼淚表達了對艱難塵世是如何依依不捨。他唯一的要求是讓孫廣才答應他做一口棺材，以及敲鑼和吹嗩吶。

「嗩吶吹得響一點，好給你娘報個信。」

祖父躺在床上馬上就要死去，這個事實使我驚愕不已。那一刻祖父在我心中的形象出現了徹底的變化，不再是一個老人坐在角落裡獨自回想過去的形象，我的祖父和死亡已經緊密相連。對我來說，祖父變得異常遙遠，和我記憶不多的祖母合二為一了。

我弟弟對祖父即將死去，表現出了極大的興趣。整整一個下午，他都站在門旁，從門縫裡窺視祖父。而且時時跑出去向我哥哥報信：

「還沒有死。」

他向孫光平解釋：

「爺爺的肚皮還在動。」

孫有元對死的決心，在我父親看來不過是在虛張聲勢，孫廣才那天下午扛著鋤頭走出家門以後，心懷不滿地認為孫有元是變一個法子來折騰他。可到了傍晚我們吃過飯後，祖父仍然沒有從屋裡出來，我的母親端著一碗飯走進去時，我們聽到了祖父嗡嗡的聲音：

「我要死啦，我不吃飯啦。」

這時候我父親才真正重視祖父死的決心，當我父親驚奇地走入祖父的房間後，這兩個冤家竟然像一對親密兄弟那樣交談起來。孫廣才坐在孫有元的床上，我從沒有聽到過父親如此溫厚地和祖父說話。孫廣才從房間裡走出來後，他已經相信父親不久之後就會離世而去，喜形於色的孫廣才毫不掩飾自己的愉快心情，他對自己是不是孝子根本就不在乎。孫有元準備死去的消息正是他向外傳播的，我在屋裡都能聽到他在遠處的大嗓門：

「一個人不吃飯還能活多久？」

在期待裡躺了一夜的孫有元，翌日清晨看到孫廣才走進來時，敏捷地撐起身體問他的兒子：

「棺材呢？」

這使我父親吃了一驚，他沒有看到設想中奄奄一息的孫有元。他從房間裡出來後顯得有些失望，孫廣才搖晃著腦袋說：

「看來還得熬兩天，他還能記得棺材。」

我父親可能是擔心孫有元在吃午飯時，突然謙卑地走出來坐在我們中間。孫廣才覺得這並不是不可能的，所以他必須重視祖父心目中的棺材。於是在那個上午，我父親手提兩根木條像個小偷似的走了進來，用可笑的神祕向我弟弟下達命令，讓他敲打木件。一貫大大咧咧的父親突然賊頭賊腦地出現，使我感到十分意外。隨後他挺直了身體，推開祖父的屋門，用孝子的聲音說：

「爹，木匠請來了。」

從半開的門裡，我看到了祖父微微欠起身體露出了欣慰的笑容。那時我遊手好閒的弟弟已經獲得了短暫的職業，孫光明將木條滿屋揮舞，讓劍和刀自相殘殺。我弟弟是一個自由主義者，他不會讓自己長時間地接受房屋的限制。孫光明極為迅速地投入到真正的戰爭之中，他像一個古代將領那樣汗流浹背地殺出了房屋。這時他完全忘記了自己真正的職業，而沉浸到廝殺的快樂之中。我弟弟氣喘吁吁的吶喊聲，在那個上午的陽光裡逐漸遠去，誰也不知道他跑哪去了。直到晚飯前他才回來，那時他兩手空空，當我父親追問他木條扔哪去時，孫光明一臉的糊塗，支支吾吾地解釋了半晌，那神態彷彿是他從未碰過木條似的。

在我弟弟遠去以後，我聽到了躺在灰暗屋中祖父不安的喊叫：

「棺材。」

能使他靈魂得到安寧的木頭敲打聲消失後，孫有元蒼白無力的嗓音裡，飄蕩著飢渴的沙沙聲。他生前最後的奢望，由於我弟弟的馬虎，一下子變得虛無縹緲了。

後來由我承擔起了為祖父的精神製造棺材的敲打職業。我十五歲的哥哥對這已經不屑一顧了。孫廣才一把逮住了我，他突然發現這個悶悶不樂的孩子有時也可以幹點事。他將木條遞過來時一臉的鄙視：

「你也不能光吃不幹活。」

此後的兩天裡，我用單調的敲打給我祖父以安慰的聲響。我處在悲哀的心情裡不能自拔。十三歲的年齡，已經讓我敏感地想到這是在為自己敲打。回到南門以後的那些日子，儘管祖父孫有元沒有給過我理解和同情之情，由於我們在家中的處境是那樣相似，孫有元時刻表現出來對自己的憐憫，來到我眼中時，我會感到也包含了對我的憐憫。我對父親和家庭的仇恨，正是在為祖父催死的敲打聲裡發展起來的。很久以後，我仍然感到父親在無意之中向我施加了殘忍的刑罰。我當初的心情，就如一個死囚去執行對另一個死囚的處決。

孫有元行將死去的事，使我們那個一貫無所事事的村莊出現了驚奇與熱鬧。那些經歷了漫長歲月之後反而變得幼稚的老人，對我祖父準備死去表達了驚訝的虔誠。孫有元對待菩薩的態度，讓他們感到他很可能要回家了。一種有趣的說法使我祖父的出生變得滑稽可笑，他似乎是像下雨那樣從天上下來的。現在他對自己死的預知，又證明他在塵世的期限已到，他要歸天了，回到他真正的家中。

而那些年紀輕一點的人，牢記著共產黨無神論的教育，他們對自己長輩的言論嗤之以鼻。就像孫廣才訓斥孫有元那樣，那些可愛的老人都被訓斥成是年齡長到狗身上去了，越活越糊塗。

那時的我卻坐在敞開大門的屋中，為祖父敲打著單調的聲響。在屋外眾多的目光裡，我履行著在他們看來是滑稽的職業。這對我是怎樣的一種心情？尤其是村中那些孩子對我指手劃腳，並且嘻嘻哈哈，我脆弱的自尊在恥辱和悲哀之間無法脫身了。

屋外嘈雜的聲響讓孫有元在離世而去之際，重現了他年輕時遭受國軍子彈追趕的情景。喪失了安寧的孫有元在屋裡大聲呼喊孫廣才，他不知道外面發生了什麼。當我父親走進屋去時，孫有元正精神抖擻地坐在床上，向孫廣才打聽是不是哪家失火了。

我祖父躺到床上去是準備立刻就死的。可是三天下來他越躺越有精神。儘管孫有元每天都叫嚷著不吃東西了，我那言語不多的母親總還是盛一碗飯走進去。我祖父在理想的死亡和現實的飢餓面前，曾經有過激烈的猶豫，不過最後還是屈服於飢餓的力量。我母親每次都會拿著一只空碗出來。

孫廣才從來就是一個缺乏耐心的人，我祖父沒有像他想像的那樣越來越奄奄一息。於是對孫有元的死，他立刻失去了信心。當我母親端著一碗飯推開祖父房門，我祖父故技重演叫著不吃東西時，孫廣才一把拉住了我的母親，衝著我祖父喊叫：

「要死就別吃，要吃就別死。」

我母親那時異常驚慌，她低聲對孫廣才說：

「你這是作孽，老天爺要罰你的。」

我父親可不管這一套，他一下子竄到屋外，對不遠處的人說：

「你們聽說過死人吃東西沒有？」

事實上祖父並不像父親認為的那樣，孫有元覺得自己靈魂已經飛走是確實的感受，他對自己即將死去堅信不疑。那時的祖父在心理上已經死去，正期待著自己的生理也進入一勞永逸的境地。當我父親越來越不耐煩的時候，孫有元也為自己久久未死而苦惱。

在生命的末日裡，孫有元用殘缺不全的神智思考著自己為何一直沒死。即將收割的稻子在陽光裡搖晃時，吹來的東南風裡飄浮著植物的氣息。我不知道祖父是否聞到了，但我祖父古怪的思維斷定了自己遲遲未死和那些沉重的稻穗有關。

那個早晨孫有元又大聲叫喚孫廣才了，我父親發洩過多的怒氣之後，變得有些垂頭喪氣，他懶洋洋地走入祖父的房間。孫有元用神祕的口氣低聲告訴孫廣才，他的靈魂沒有飛遠，就在附近，所以他一直沒死。孫有元說這話時的謹慎模樣，彷彿是擔心靈魂會聽到他的話。靈魂沒有飛遠的原因是被那一片稻香所吸引。我祖父告訴孫廣才，他的靈魂正混在一群麻雀中間，就是此刻在稻田上空盤旋的那群麻雀。孫有元要我父親紮幾個稻草人放在房屋周圍，好把他的靈魂嚇走，否則他的靈魂隨時都會突然回到他體內。我祖父張開牙齒脫落的嘴，嗡嗡地對孫廣才說：

「兒子啊，我的魂一回來，你就又要受窮啦。」

我父親馬上就叫嚷起來：

「爹，你別死啦，你活過來算了。一會兒棺材，一會兒稻草人，你就別再折騰啦。」

村裡的那些老人從牢騷滿腹的孫廣才那裡得知這些時，並不像我父親認為的那樣是孫有元在瞎折騰。我祖父認為靈魂仍在附近飛翔，對他們來說是真實可信的。那個中午，那時我不再敲打木條，我看到幾個老人拿著兩個稻草人走來了，虔誠的神態在陽光下有著一種離奇的莊嚴。他們將一個稻草人靠在我們門口的牆上，另一個放在孫有元的窗旁。正如後來他們向孫廣才解釋的那樣，他們這樣做是為了成全我祖父順利地升天。

我祖父確實大限已近，此後的三天裡孫有元的狀況一落千丈，當我父親有一次走入祖父的房間時，孫有元只能用蚊蟲般細微的聲音和他兒子說話了。那時候的孫有元對付飢餓不像前幾天那麼軟弱無能，應該說他已喪失起碼的胃口，我母親端進去的飯他最多只吃兩、三口。這使我父親疑神疑鬼地在那兩個稻草人近旁轉悠了很久，嘴裡嘀咕道：

「難道這東西還真管用？」

我祖父躺在那間夏天的屋子裡，連續多日沒有洗澡，後來的幾天在奄奄一息裡又將尿流在了床上。那間堆放雜物的房間便充斥了一股暖烘烘的臭氣。

孫有元真正顯示彌留之際的神態之後，孫廣才開始安靜下來，他連續兩個上午走到祖父屋中去察看，出來後緊皺眉頭，我那習慣誇大其詞的父親斷言孫有元拉了有半床屎尿。第三天上午我父親沒有走入祖父的房間，他說是吃不消裡面的臭氣。他要我母親進屋去看看祖父怎麼樣了，自己坐在桌前教育我的哥哥和弟弟說：

「你們爺爺快死啦。」他的理由是：「人和黃鼠狼一樣，你要捉牠時牠就放個臭屁把你熏暈了，自己可以逃走。你們爺爺要逃走啦，所以那裡面臭死人啦。」

我母親從祖父屋裡出來時臉色蒼白，她的雙手將圍裙的下襬捏成一團，對孫廣才說：

「你快去看看吧。」

我父親像是被凳子發射出去似的，竄進了祖父的房間，過了一會十分緊張地走出來，手舞足蹈地說：

「死啦，死啦。」

事實上那時孫有元還沒有死去，他正斷斷續續地從休克狀態裡走進走出。我粗心大意的父親卻急匆匆地去尋求村裡人的幫助，他那時才想起來連個坑都還沒挖。孫廣才扛著鋤頭哭喪著臉滿村去叫人，然後在祖母的墳旁和幾個鄉親為孫有元挖起了長眠之坑。

孫廣才是一個不會輕易知足的人，那幾個鄉親挖完墳坑準備回家時，我的父親在他們身後喋喋不休，告訴他們幫忙要幫到底，要麼就別幫忙。孫廣才要他們去把我祖父抬出來，他自己則是站在門旁寸步不進。那個後來和他打架的王躍進皺著眉說怎麼這麼臭時，我父親點頭哈腰地對他說：

「死人都這樣。」

我的祖父正是那時候睜開眼睛的，當時他們已經將他的身體抬了起來。孫有元顯然不知道他們即將要埋葬他，擺脫了昏迷之後的孫有元向他們露出了嘿嘿一笑。我祖父突然出現的笑容把他們嚇得魂不附體。我在屋外聽到了裡面一片亂七八糟的叫聲，隨即一個個驚慌失措地竄了出來，最為強壯的王躍進嚇得面如土色，他用手捂著胸口連聲說：

「嚇死我啦，嚇死我啦。」

接著他就大罵孫廣才：

「我操你十八代祖宗，你他娘的要嚇人也不能這麼做。」

我父親滿腹狐疑地看著他們，他不知道發生了什麼，直到王躍進說：

「他娘的，還活著呢。」

孫廣才這才急忙走入孫有元屋中，我祖父看到了他的兒子以後，又露出了嘿嘿的笑容。孫有元的笑容使孫廣才勃然大怒，他還沒有從祖父屋裡出來就叫罵起來：

「你死個屁，你要是真想死，就去上吊，就去跳河，別他娘的躺在床上。」

孫有元細水長流的生命，綿綿不絕地延續著，使村裡人萬分驚訝。當初幾乎所有的人都在內心確定了孫有元將會立即死去，可孫有元卻把自己彌留之際拉得十分漫長。最讓我們吃驚的是那個夏日的傍晚，因為炎熱我們將桌子搬到了那棵榆樹下面，我們吃飯時看到祖父突然出現。

在床上躺了二十來天的孫有元，竟然從床上下來，扶著牆壁像個學走路的孩子一樣蹣跚地走出來。這情景把我們都看呆了。我祖父那時完全沉浸在自己內心的不安裡，一直沒死的事實使他感到焦慮和憂心忡忡。他艱難地走到門檻旁，顫巍巍地坐了下來。孫有元對我們的吃驚視而不見，他像是一袋被遺忘的地瓜那樣擱在那裡。我們聽到了他垂頭喪氣的嘟囔：

「還沒死，真沒意思。」

孫有元是第二天早晨死去的。我父親走到他床邊時，他睜開眼睛定定地看著孫廣才。祖父當初的眼神一定十分怕人，否則我父親不會嚇得魂飛魄散。他後來告訴我們，祖父那時的眼神彷彿要把他順便捎上，一起去死。但我父親沒有逃跑，應該說是沒法逃跑。孫廣才的手已被他臨終的父親緊緊捏住。我祖父的眼角滾出了兩滴細小的淚水後，便將眼睛永遠閉上了。孫廣才感到他被捏住的手漸漸獲得了自由，這時他才慌亂地逃出來，口齒不清地要我母親進去看看。比起父親來，母親顯得鎮靜多了。雖然她走進去時略有遲疑，可她出來時是一步一步走來的，她告訴我父親：

「已經冰涼了。」

我父親如釋重負地笑了，他向外走去時連聲說：

「總算死了，我的娘呵，總算死了。」

父親在門前的台階上坐了下來，笑嘻嘻地看著不遠處幾隻走來走去的雞。可是沒過多久，他的臉色悲傷起來，接著嘴巴一歪掉下了眼淚，隨後他抹著眼淚哭泣了。我聽到他喃喃自語：

「爹呵，我對不起你啊。爹呵，你苦了一輩子。我是個狗雜種，我不孝順你。可我實在也是沒辦法呵。」

祖父如願以償地死去，對於當時的我來說，並沒有引起我失去了一個活生生的人這樣的感受。我當時的心情十分古怪，說不準是悲哀，還是不安。我能明確意識到的，那就是一種情景將在我眼中永遠消失。在傍晚的時刻，孫有元步履蹣跚地在那條小路上搖搖晃晃地出現，向我和池塘走來。我總是很遠就看到了他抱在懷裡的油布雨傘，和肩上的藍布包袱。要知道，這情景曾經給過我多次陽光般溫暖的安慰。

祖父打敗了父親

孫有元不是一個懦弱的人，起碼他的內心不是這樣，他的謙卑在很大程度上表達著對自己的不滿。我離開南門的第四年，也就是我弟弟鋸掉那張桌子的腿以後，祖父在家中的糟糕處境越加明顯。

孫有元讓孫光明鋸掉桌腿以後，並不意味著他和孫廣才這兩個老對手可以偃旗息鼓了。我父親是個窮追不捨的傢伙，他不會讓孫有元長時間心安理得。不久之後他就不讓我祖父吃飯時坐在桌旁，而是給他盛一小碗飯讓他在角落裡吃。我的祖父必須學會忍飢挨餓了，這個已到晚年的老人對食物的欲望像個剛結婚的年輕人，可他只能吃一小碗，孫廣才那張彷彿飽嘗損失的臉，使我祖父很難提出再吃一碗飯的要求，他只能飢腸轆轆地看著我的父母和兄弟大聲咀嚼。他唯一拯救自己飢餓的辦法，就是在洗碗前將所有的碗都舔一遍。那些日子村裡人時常在我家的後窗，看到孫有元伸出舌頭，兢兢業業地舔著那些滯留飯菜痕跡的碗。

我的祖父在承受屈辱時是不會心甘情願的，我說過孫有元不是一個懦弱的人，到那時他只能和孫廣才針鋒相對，而沒有別的迂迴的辦法。大約一個月以後，當我母親將那一小碗飯遞過去時，我祖父故意沒有接住，把碗碎破在地上。我可以想像父親當時勃然大怒的情景，事實也是如此，孫廣才霍地從凳子上站立起來，用嚇人的聲音指著孫有元大罵：

「你這個老敗家子，連他娘的碗都端不住，你還吃個屁。」

我的祖父那時已經跪在了地上，撩起衣服將地上的食物收拾起來。孫有元一副罪該萬死的模樣，對我父親連聲說：

「我不該把碗打破，我不該把碗打破，這碗可是要傳代的呀。」

孫有元最後那句話讓我父親瞠目結舌，孫廣才半晌才反應過來，他對我母親說：

「你還說這老不死可憐，你看他多陰險。」

我祖父對孫廣才看都不看，他開始眼淚汪汪起來，同時依然執著地說：

「這碗可是要傳代的呀。」

這使孫廣才氣急敗壞，他對著祖父吼叫道：

「你他娘的別裝了。」

孫有元乾脆嗷嗷大哭，聲音響亮地叫道：

「這碗打破了，我兒子以後吃什麼呀？」

那時候我弟弟突然笑出聲來，祖父的模樣在他眼中顯得十分滑稽，我那不識時務的弟弟竟然在那種時候放聲大笑。我哥哥孫光平雖然知道那時候笑是不合時宜的，可孫光明的笑聲感染了他，他也止不住笑了起來。我父親那時可真是四面楚歌，一邊是孫有元對他晚年的糟糕預測，另一邊是後輩似乎幸災樂禍的笑聲。孫廣才疑慮不安地看著他的兩個寶貝兒子，心想這兩個小子實在是有點靠不住。

我兄弟的笑聲是對我祖父的有力支持，雖然他們是無意的。我一貫信心十足的父親，在那時難免有些慌張，面對依然嚎啕叫著的孫有元，孫廣才喪失了應有的怒氣，而是脆弱地向門口退去，同時擺著手說：

「行啦，祖宗，你就別叫啦，就算你贏了，就算我怕你，你他娘的就別叫啦。」

可是來到屋外以後，孫廣才又怒火沖天了，他指著在屋中的家人罵道：

「你們全他娘的是狗養的。」

第四章

威脅

我成年以後，有一天中午，一個站在街道旁的孩子以其稚嫩有趣的動作，使我長久地注視著他。這個衣著鮮豔的小傢伙，在燦爛的陽光裡向空氣伸出胖乎乎的胳膊，專心致志地設計著一系列簡單卻表達他全部想像的手勢。其間他突然將右手插入褲襠，無可奈何地進行了現實的搔癢，而他臉上則維持住了被想像陶醉的癡笑。面對如此嘈雜的街道，孩子不受侵犯地沉浸在小小的自我之中。

後來，一隊背著書包的小學生從他身旁走過，才使他發現自己其實並不幸福。這個孩子發呆地看著處於年齡優勢的他們走遠。我沒有看到他的目光，但我知道他那時的沮喪。被他們隨隨便便背在肩上的書包，微微搖晃著遠去。這一景象對一個還沒到上學年齡的孩子來說，意味著什麼是不言而喻的。況且他們又是排著隊走去，他的內心一定充滿了嫉妒、羨慕和嚮往。這樣的情感折磨著他，最終產生了對自己的不滿。我看到他轉過身來，哭喪著臉氣呼呼地走入一條胡同。

二十多年前，當我哥哥背上書包耀武揚威地走去，我的父親向他發出最後的忠告時，站在村口的我最初發現了自己的不幸。一年多以後，我同樣背上書包上學時，已經不能像孫光平那樣獲得孫廣才的忠告了，我所得到的完全是另外一類教導。

那時我離開南門已有半年，那個將我帶離南門的高大男人成為了我的父親，而我的母親不再是擁有藍方格頭巾在田間快速走動的瘦小女人，取而代之的是臉色蒼白終日有氣無力的李秀英。我後來的父親，那個名叫王立強的男人，有一天上午用他有力的胳膊抱開了一只沉重的木箱，從下面的箱子裡拿出了一只全新的草綠色軍用挎包，告訴我這就是我的書包。

王立強對農村來的孩子有著令人哭笑不得的理解，或許因為他也出自農村，所以他始終覺得鄉下的孩子和狗一樣喜歡隨地拉屎撒尿。他正式領養我的第一天，就反覆向我說明便桶的重要性。他對我排泄方式的關心，在背上書包這對我來說是神聖的時刻仍然念念不忘。他告訴我，上學以後就不能隨隨便便上廁所了，首先應該舉手，在老師允許以後才能去。

我當時的內心是多麼驕傲，穿著整潔的衣服，斜背著草綠的書包，身邊走著身穿軍裝的王立強。我們就這樣來到了學校。我看到一個織著毛衣的男人，輕聲細氣地和王立強說話，但我不敢笑，因為他是我的老師。然後是一個和我同齡的孩子，揮舞著書包向我們奔跑過來。那個男孩和我互相看來看去，不遠處有一群孩子都在看著我。王立強說：

「你過去吧。」

我走到了那群陌生的孩子中間，他們好奇地看著我，我也好奇地看著他們。不一會我就發現自己十分優越，我的書包比他們的都要大。可就在這時，就在我為自己感到自豪的時候，準備離去的王立強走過來響亮地提醒我：

「拉屎撒尿別忘了舉手。」

我小小的自尊頓時遭受了致命的一擊。

我年幼時這五年的城鎮生活，是在一個過於強壯的男人和一個過於虛弱的女人之間進行的。我並不是因為招人喜愛才被城鎮選中，事實上王立強夫婦對我的需要遠勝於我對城鎮生活的熱情。他們沒有孩子，我後來的母親李秀英說她沒有餵奶的力氣。同樣的說法到了王立強那裡就完全不一樣了，王立強用果斷的語氣告訴我，疾病纏身的李秀英要是一生孩子就要斷氣。這話在我當時聽來實在有些嚇人。他們都不喜歡嬰兒，選中六歲的我，是因為我能夠幹活了。公正地說，他們是準備一輩子都把我當兒子對待的，否則他們完全可以去領養一個十四、五歲的男孩，這樣的孩子幹活時會讓他們更為滿意。問題是一個十四歲的孩子已經具有了難以改變的習性，他們可能會因此大傷腦筋。他們選中了我，讓我吃飽穿暖，讓我和別的孩子一樣獲得上學機會，同時也責罵和毆打過我。我這個別人婚姻的產物，就這樣成為了他們的孩子。

我在那裡整整五年的生活，李秀英只有一次出門，那次她離去以後，我就再也沒有見到過她。我一直沒有弄明白李秀英究竟得了什麼病，她對陽光的熱愛給了我無法磨滅的印象。這位我後來的母親整個身體就像一場綿綿陰雨。

王立強第一次帶我走進她的房間時，滿屋的小凳子讓我驚奇萬分，上面擺著眾多的內衣內褲，讓通過窗玻璃的陽光照耀它們。她對我們的進來彷彿毫無察覺，伸出的手似乎在拉一根很細的線一樣，摸索著陽光。隨著陽光的移動，她也移動凳子，好讓那些色彩紛呈的內衣始終沐浴著陽光。她神態安詳地沉浸在那單調和貧乏之中。我不知道我在那裡站了有多久，當她向我轉過臉來，我看到了一雙大而空洞的眼睛，從而讓我現在回想時，看不到她的目光。接著是很細的聲音，像一根線過針眼一樣穿過了我的耳朵，她告訴我，她要是穿上潮濕的內衣就會——

「立刻死掉。」

我嚇了一跳，這個毫無生氣的女人說到死掉時斬釘截鐵。我離開了親切熟悉的南門和生機勃勃的父母兄弟，來到這裡時，一個令我不安的女人對我說的第一句話，就是她隨時都會死掉。

後來我才漸漸感到李秀英當初的話並不是聳人聽聞的，在那些連續陰雨的日子，她就會發燒不止，躺在床上哼哼哈哈，她那時奄奄一息的神態，總讓我感到她馬上就要實現自己的預言了。可是陽光穿過窗玻璃來到那一排小凳子上時，她就安詳和心滿意足地接受自己繼續生存的事實。這個女人對潮濕有著驚人的敏感，她都可以用手去感覺空氣中的濕度，每天早晨我拿著乾抹布推開她的房門去擦窗玻璃，她從印著藍花的布蚊帳裡伸出一隻手，像是撫摸什麼東西似的撫摸著空氣，以此來檢驗這剛剛來到的一天是否有些潮濕。最初的時候總把我嚇得戰戰兢兢，她整個身體消隱在蚊帳後面，只露出一隻蒼白的手，張開五指緩緩移動，猶如一隻斷手在空氣裡飄浮。

疾病纏身的李秀英自然要求清潔，她的世界已經十分狹窄，如果再亂糟糟的話，她脆弱的生命就很難持續下去。我幾乎承擔起了全部保持屋內整潔的勞動，擦窗玻璃是所有勞動中最重要的，我每天都必須擦兩次，從而保證陽光能夠不受塵污干擾地來到她的內衣上。打開窗戶以後我的苦惱就來了，我要把玻璃向外的一面擦得既乾淨又迅速，我小小的年齡要達到迅速實在是力不從心。李秀英是一個真正弱不禁風的女人，她告訴我風是最壞的東西，它把塵土、病菌，以及難聞的氣味吹來吹去，讓人生病，讓人死去。她把風說得那麼可怕，使我在童年印象中，風有著青面獠牙的模樣，在黑夜裡爬上我的窗戶，把玻璃磨得沙沙亂響。

李秀英完成了對風的攻擊之後，突然神祕地問我：

「你知道潮濕是怎麼來的？」

她說：「就是風吹來的。」

她說這話時突然的怒氣沖沖把我嚇得心臟亂跳。

玻璃起到十分奇妙的作用，它以透明的姿態插入到李秀英和外界生活之間，既保護了她不受風和塵土的侵擾，又維護住了她和陽光的美好關係。

我至今清晰地記得那些下午的時刻，陽光被對面的山坡擋住以後，李秀英佇立在窗前，望著山那邊天空裡的紅光，彷彿被遺棄似的滿臉憂鬱，同時又不願接受這被遺棄的事實，她輕聲告訴我：

「陽光是很想照到這裡來的，是山把它半路上劫走了。」

她的聲音穿越了無數時光來到我現在成年的耳中，似乎讓我看到了她和陽光有著由來已久的相互信任。而那座山就像是一個惡霸，侵占了她的陽光。

整日在外忙忙碌碌的王立強，並不只指望我能夠幹活，他似乎希望我在屋內的響聲，可以多少平息一點李秀英因為孤單而出現的憂傷。事實上李秀英並不重視我的存在，她喜歡用過多的時間來表達對自己的憐憫，而用很少的心情來關心我。她總是不停地嘮叨自己這裡或那裡不舒服，可當我提心吊膽地出現在她面前，期待著自己能為她幹些什麼時，她卻對我視而不見。有時候我的吃驚，會引起她對自己疾病的某種不可思議的驕傲。

我剛到她家時，看到她在屋內地上鋪著泛黃的報紙，上面曬著無數小白蟲。患病的李秀英胡亂求醫，那些可怕的小白蟲是她新近得到的一道偏方。當這個憔悴的女人將小白蟲煮熟後，像吃飯似的一口一口十分平靜地嚥下去時，站在一旁的我臉色灰白。我的恐懼竟然引起了她的得意，她向我露出了神氣十足的微笑，不無自得地告訴我：

「這是治病的。」

李秀英雖然讓人時常難以忍受，她的骨子裡卻是天真和善良的，她的疑神疑鬼是女人的通病。我剛去時，她總是擔心我會幹出一些對她家極為不利的事，所以她考驗了我。有一次我在擦另一個房間的窗戶時，發現窗台上有五角錢。我吃了一驚，五角錢對當初的我可是一筆巨大的數目。當我將錢拿去交給她時，顯然我的吃驚和誠實使她如釋重負。她明確告訴我，這是對我的考驗。她用令人感動的聲調稱讚我，她那過多讚美詞語的稱讚，使我當時激動得都差點要哭了。她對我的信任一直保持了五年，後來我在學校遭受誣諂時，只有她一個人相信我是清白的。

身強力壯的王立強一旦回到家中就顯得死氣沉沉，他經常獨自坐在一邊愁眉不展。曾經有一次，我來到他家的第一個夏天，他讓我坐在窗台上，仔細地向我講述山坡那邊有一條河，河上有木船，這樣簡單卻使我銘心刻骨的景象。總的來說他是一個溫和的男人，可他有時候的語言十分恐怖。他有一個非常喜愛的小酒盅，做為家中唯一的裝飾品被安放在收音機上端，他為了讓我重視酒盅，很嚴肅地告訴我，如果我有朝一日打破了酒盅，他就會擰斷我的脖子。當時他手裡正拿著一根黃瓜，他咔嚓一聲扭斷了黃瓜，對我說：

「就是這樣。」

嚇得我脖子後面一陣陣冷風。

在我接近七歲的時候，生活的變換使我彷彿成為了另外一個人。應該說我那時對自己的處境始終是迷迷糊糊，我在隨波逐流的童年，幾乎是在瞬間的時間裡，將在南門嘈雜家中的孫光林，變換為在李秀英的呻吟和王立強的嘆息裡常受驚嚇的我。

我是那樣迅速地熟悉了這個名叫孫蕩的城鎮，最初的時候我每天都置身於好奇之中。那些石板鋪成的狹長街道，讓我覺得就如流過南門的河一樣不知道有多長。有時候在傍晚，王立強像個父親那樣牽著我的手走過去時，我會充滿想像地感到這麼走下去會到北京的。往往是在那時，我突然看到自己走到家門口了。這個疑問曾經長時間地困擾著我，我一直是往前走的，可最後總是走到了家門口。孫蕩鎮上的那座寶塔是我最驚奇的，寶塔的窗戶上竟會長出樹木來。這一景象延伸以後，有一次我古怪地覺得李秀英的嘴也可能會長出樹木，就是不長樹木，也會長出青草。

街道上的石板經常會發出翹來翹去的聲響，尤其是在雨天的時候，使勁往一側踩去，另一側就會湧出一股泥水。這個遊戲曾經長久地迷戀著我，一旦獲得上街的機會，我就滿腔熱情地投入到這樣的遊戲之中。當時我是多麼想把泥水濺到過路人的褲子上，我用膽怯禁止了自己的小小欲望，沒有出現的後果向我描敘了自己遭受懲罰的可怕情景。後來我看到三個大男孩，將一排放在各家門前的便桶蓋扔上了天空。便桶蓋在空中旋轉時簡直美妙無比，幾個遭受損失的成年人從屋裡衝出來只是破口大罵而已，而那三個孩子則是大笑的逃跑了。我突然發現了逃跑的意義，它使懲罰變得遙遠，同時又延伸了快樂。因此當一個穿得漂亮整潔的女孩走過來時，我使勁踩向了一塊翹起的石板，泥水濺到了她的褲子上，我自己開始了預先設計好的逃跑。要命的是我實現內心的欲望之後，快樂並沒有來到。那個女孩沒有破口大罵，也不追趕我，而是站在街道中央哇哇大哭。她長久的哭聲，使我經歷了長久的膽戰心驚。

就在這條街道拐角的地方，住著一個戴鴨舌帽的大孩子。他用嘴巴在一根竹竿上能吹出歌聲來，這對當初的我就如寶塔窗戶上長出樹木一樣奇妙。他經常雙手插在褲袋裡在街上閒逛，和一些認識的成年人打著招呼。這個大孩子體現出來的風度，曾讓我默默仿效過。當我也將雙手插進褲袋，努力做出大搖大擺的樣子時，我得意洋洋塑造出來的形象，卻被王立強用訓斥給葬送了。他說我像個小流氓。

這個戴鴨舌帽的大孩子，在吹出美妙的笛聲之後，還能維妙維肖地吹出賣梨膏糖的聲音。當我和其他一些饞嘴的孩子拚命奔跑過去後，看到的不是貨郎，而是坐在窗口哈哈大笑的他。我們上當受騙後一臉的蠢相，使他過於興奮的笑聲不得不在急促的咳嗽裡結束。

儘管屢屢上當，我依然一次次奔跑過去。我被聲音召喚著盲目和傻乎乎地跑去，為的是讓他取笑我。有一次我窘迫地發現只有自己一個人上了他的當，他當時快樂的笑聲使我小小的自尊心受到了傷害。我對他說：

「你吹出來的一點也不像賣糖的。」我故作聰明地告訴他。「我一聽就知道是假的。」

不料他笑得更厲害了，他問：

「那你跑什麼？」

我立刻啞口無言，沒想到他會這麼問，我一點準備也沒有。

後來的一天中午，我上街去買醬油遇到他，他又變了個法子讓我受騙。那時他已從我身邊走過去了，他突然站住叫了我一聲。然後俯下身，翹起屁股讓我看看他的褲子是不是拉破了。他黑色的褲子在屁股上補了兩塊暗紅的補丁，我不知道自己中了他的圈套，將臉湊近他那猴子似的紅屁股，我告訴他沒有拉破。他說：

「你再仔細看看。」

我仔細看了還是沒有拉破的地方。

他說：「你把臉湊近一點看看。」

當我把臉幾乎貼到他的屁股上時，他突然放了一個響亮的臭屁。把我熏得暈頭轉向，而他哈哈大笑地走去了。雖然他一次次捉弄我，可我依然崇拜他。

蜂擁而來的全新生活幾乎將我淹沒，使我常常忘記不久前還在南門田野上奔跑的自己。只是在有些夜晚，我迷迷糊糊行將入睡時，會恍惚看到母親的藍方格頭巾在空氣裡飄動，那時突然而起的悲哀把我搞得焦急萬分，可是睡著以後我又將這一切遺忘。有一次我曾經問過王立強：

「你什麼時候送我回去？」

當時王立強和我一起走在傍晚的街道上，他拉著我的手，走在夕陽西下的光芒裡。他沒有立刻回答我的問話，而是給我買了五顆橄欖，然後才告訴我：

「等你長大了就送你回去。」

深受妻子疾病之苦的王立強，在那時撫摸著我的頭髮，聲音憂鬱地告訴我要做一個聽話的孩子，以後上學了要好好念書。如果我做到了他的要求，他說：

「等你長大了，我就為你找個強壯的女人做妻子。」

他這話太讓我失望了，我以為他會獎給我什麼呢，結果是個強壯的女人。

王立強給了我五顆橄欖以後，我就不再著急地要返回南門，我不願立刻離開這個有橄欖可吃的地方。

只有一次我顯得異常激動，一天下午，一個將書包掛在胸前、雙手背在身後的孩子讓我錯誤地看到了自己的哥哥。那時我突然忘記了自己是在孫蕩，彷彿回到了南門的池塘邊，看著剛剛上學的哥哥耀武揚威地走著。我向孫光平呼喊著奔跑過去。我激動的結局卻是一個陌生的孩子莫名其妙地轉過身來，我才一下子明白過來自己早已離開南門，這突如其來的現實使我非常悲傷。那一刻是我最想回到南門的時候，我在呼嘯的北風裡哭泣著往前走去。

一個十月一日出生名叫國慶的男孩，和另一個叫劉小青的，成為了我幼時的朋友。現在我想起他們時內心充滿了甜蜜。我們三個孩子在那石板鋪成的街道上行走，就像三隻小鴨子一樣叫喚個不停。

我對國慶的喜愛超過劉小青，國慶是個熱中於奔跑的孩子，他第一次跑到我面前時滿頭大汗，這個我完全陌生的孩子充滿熱情地問我：

「你打架很厲害吧？」

他說：「你看上去打架很厲害。」

我對劉小青的喜愛，是由他哥哥迷人的笛聲建立起來的。他和那個戴鴨舌帽大孩子的兄弟關係，使我對他的喜愛裡滲滿了羨慕。

和我同齡的國慶，小小的年紀就具有了領導的才能。我對他的崇拜，是因為他使我的童年變得多彩多姿。我忘不了他帶領我和劉小青站在河邊等待波浪的情景，在此之前我根本不知道波浪會給予我如此奇妙的享受。我們三個孩子以一定的距離站成一排，在那夏天的河邊，輪船駛過以後掀起的波浪推動著我們赤裸的腳，我看著波浪一層層爬上我的腳背。我們的腳就像泊在岸旁的船，在水裡搖搖晃晃。可是在這時候我要回家了，我要去擦窗玻璃，去拖地板。當國慶和劉小青看著遠處的輪船逐漸駛近，第二次波浪即將來臨時，我卻被迫離開波浪，用我童年的速度奔跑回家。

另一種讓我難忘的享受是登上國慶家的樓房，去眺望遠處的田野。那時候就是在城裡，也只是不多的人家住樓房。我們向國慶家走去時因為激動，我和劉小青像兩隻麻雀那樣嘰嘰喳喳。國慶則表現出他做為主人的風度，這個孩子走在我們中間時時用手擦一下鼻子，以成年人的微笑來掩飾他孩子的驕傲。

然後國慶敲響了一扇屋門，門只是打開了一點，我看到了半張全是皺紋的臉。國慶響亮地喊了一聲：

「婆婆。」

門打開到讓國慶能夠進去的寬度，我看到了裡面的灰暗，和這個身穿黑衣老太太的全部的臉。她的眼睛以她年齡極不相稱的亮度看著我們。

在我前面的劉小青準備進去時，她迅速將門重新關成一條縫，只露出一隻眼睛。於是我第一次聽到了她喑啞的聲音：

「叫一聲婆婆。」

劉小青叫了一聲後就走進去，下面輪到我了，依然是一條縫和一隻眼睛。這個老太太讓我吸了一口冷氣。可是國慶和劉小青已經踩著樓梯上去了，我只能顫抖地叫一聲。我獲准進入了那一片灰暗，老太太將門關上後，只有樓梯頂端有一圈亮光。我上樓時始終沒有聽到她走開的腳步，我知道她正用皺巴巴的眼睛看著我，這是多麼可怕的事。

此後的兩年裡，我每次懷著幸福的心情前往國慶家中時，都對自己要越過這個老太太灰暗的關卡而恐懼。那常常讓我作噩夢的臉和聲音，在路上就開始折磨我。我必須用和國慶趴在樓上窗口這無比的幸福來鼓勵自己，才有膽量去敲那扇屋門。

有一次我敲響屋門後，這個老太太出乎意料地沒有讓我叫她一聲婆婆，而用神祕的微笑讓我走了進去。結果這一次國慶沒在家中，當我提心吊膽走下樓梯時，老太太像逮住小鳥一樣逮住了我。她拉著我的手走入了她的房間。她濕漉漉的手掌使我全身發抖，可我不敢有半點反抗的舉動，我整個地被嚇傻了。

她的房間倒是很明亮，而且一塵不染。牆上掛著許多鏡框，裡面黑白的相片讓我看到了一群嚴肅的男女老人，竟然沒有一個在微笑。老太太輕聲告訴我：

「他們全死了。」

她壓低了聲音彷彿是怕他們聽到似的，使我不敢出一口大氣。隨後她指著一張鬍鬚很長的相片說：

「這個人有良心，昨晚還來看我呢。」

一個死人來看她？我嚇得哇地一聲哭了起來。她對我的哭聲深表不滿，她說：

「哭什麼，哭什麼。」

接著她不知指著哪張相片又說：

「她不敢來，她偷了我的戒指，怕我向她要回來。」

這個我童年記憶裡陰森的老女人，用陰森的語調逐個向我介紹相片上的人以後，才讓我離開她那間可怕的屋子。後來我再也不敢去國慶家中，即便有國慶陪伴我也不敢接近這個噩夢般的女人。直到很久以後，我才感到她其實並不可怕，她只是沉浸在我當時年齡還無法理解的自我與孤獨之中，她站在生與死的界線上，同時被兩者拋棄。

我第一次登上國慶家的樓房，是那樣驚訝地看到遠處的一切。彷彿距離突然縮短了，一切都來到眼皮底下。田野就像山坡一樣，往上鋪展開去，細小走動的人讓我格格笑個不停。這是我第一次真實地感到，什麼叫無邊無際。

國慶是一個把自己安排得十分妥當的孩子，他總是穿得乾乾淨淨，口袋裡放一塊疊得方方正正的小手帕。我們站成一隊上體育課時，他常常矜持地摸出手帕擦一下嘴。他那老練的動作，讓鼻涕掛到胸前的我看得發呆。而且他像個醫生那樣擁有自己的藥箱，那是一個小小的紙板盒，裡面整齊地放著五個藥瓶。他將藥瓶拿出來向我介紹裡面的藥片治各類疾病時，這個八歲的孩子顯得嚴肅和一絲不苟，我崇敬的眼睛看到的已不是同齡的孩子，而是一位名醫。他總是隨身攜帶這些藥瓶，有時他在學校操場上奔跑時會突然站住，用準確自信的手勢告訴我，他身上哪兒患病了，必須吃什麼藥。於是我跟著他走進教室，看著他從書包裡拿出藥箱，打開瓶蓋取出藥片，放入嘴中一仰頭就嚥了下去。就那麼乾巴巴地嚥下去，他都不需要水的幫助。

國慶的父親，是個令我生畏的人，在他感到身體不舒服時會走向他的兒子。那時我的同學就充滿激情了，他清脆的嗓音滔滔不絕，他會仔細詢問父親不舒服的來龍去脈。直到他父親很不耐煩地打斷他，他才結束自己滔滔不絕的廢話，改成熟練的動作打開他那神聖的紙板盒，手在五個藥瓶上面比劃了幾下，就準確地拿出了父親需要的那種藥。當他將藥遞過去時，就不失時機地向父親要五分錢。那一次他父親答應了準備去取錢時，他迅速地遞上去一杯水，體貼地讓父親吃藥，自己走過去把手伸入父親扔在床上的衣服口袋，伸出來後向父親展示了五分的硬幣，然後放入自己口袋。當我們一起向學校走去，他卻從口袋裡摸出兩個五分硬幣。國慶是一個慷慨的同學，他告訴我另一個五分是為我拿的。隨即他就實現了自己的諾言，我們一人吃起一根冰棍。

我一直沒有見過國慶的母親，有一次我們三人在舊城牆上玩耍，揮舞著柳枝在黃色的泥土上奔跑，用吶喊布置出一場虛構中的激戰。後來我們疲憊不堪地坐了下來，是劉小青突然問起了國慶的母親。國慶說：

「她到天上去了。」

然後他指了指天空：

「老天爺在看著我們。」

那時的天空藍得令人感到幽深無底，天空在看著我們。三個孩子被一種巨大的虛無籠罩著，我內心升起一股虔誠的戰慄，遼闊的天空使我無法隱藏。我聽到國慶繼續說：

「我們做什麼，老天爺都看得一清二楚，誰也騙不了它。」

對國慶母親的詢問，所引發出來對天空的敬畏，是我心裡最初感到的束縛。直到現在，我仍會突然感到自己正被一雙眼睛追蹤著，我無處可逃，我的隱私並不安全可靠，它隨時面臨著被揭露。

小學二年級的時候，我和國慶出現了一次激烈的爭吵。爭吵的話題是如果用麻繩將世界上所有的原子彈綁起來爆炸，地球會不會被炸碎。這個問題最先來自於劉小青，他想出用麻繩捆綁原子彈，讓我現在寫下這些時不由微微而笑。我清晰地記起了當初劉小青說這話時的神態，他是將快要掉進嘴巴的鼻涕使勁一吸，吸回到鼻孔後突發奇想說這番話的。他吸鼻涕的聲音十分響亮，我都能感覺到鼻涕飛入他鼻孔時滑溜溜的過程。

國慶支持了劉小青，他認為地球肯定會被炸碎，最起碼也會被炸出一個可怕的大洞。那時候我們所有的人都會被一陣狂風颳得在天上亂飛亂撞，而且有一種嚇人的嗡嗡聲。就像我們的體育老師那樣，鼻子上有洞，說起話來嗡嗡地有著北風呼嘯的聲響。

我不相信地球會被炸碎，就是一個大洞我也認為不可能。我的理由是原子彈是由地球上的東西做成的，原子彈小地球大，大的怎麼會被小的炸碎？我激動地質問國慶和劉小青。

「你們能打敗你們爹嗎？打不敗。因為你們是你們爹生的。你們小，你們爹大。」

我們都無法說服對方，於是三個孩子走向了張青海，那個打毛衣的男老師，指望他能夠做出公正的判決。那是冬天的中午，我們的老師正坐在牆角裡曬太陽，他織毛衣的手滑來滑去，像女人的手一樣靈巧。他眯著眼睛聽完我們的講敘後，軟綿綿地訓斥道：

「這是不可能的。全世界人民都是愛好和平的，怎麼會把原子彈綁在一起爆炸？」

我們爭論的是科學，他卻給了我們政治的回答。於是我們只能繼續爭吵，到後來成了攻擊。我說：

「你們懂個屁。」

他們回報我：

「你懂個屌。」

我那時被怒氣沖昏了頭腦，向他們發出很不現實的威脅，我說：

「我再也不理你們啦。」

他們說：

「誰他娘的要你。」

此後的時間裡，我必須為自己不負責任的威脅承擔後果。國慶和劉小青正如他們宣告的那樣，不再理睬我。而我在實現自己威脅時，卻顯得力不從心。他們是兩個人，我只是一個人，問題的關鍵就在這裡，他們可以堅定地不理我，我則是心慌意亂地不理他們。我開始獨自一人了，我經常站在教室的門口，看著他們在操場上興奮地奔跑。那時我的自尊就要無情地遭受羨慕的折磨。我每天都在期待著他們走上前來和我和好如初，這樣的話我既可維護自尊，又能重享昔日的歡樂。可他們走過我身旁時，總是擠眉弄眼或者哈哈大笑。顯而易見，他們準備長此下去，這對他們來說沒有絲毫損失。對我就完全不同了，放學後我孤單一人往家走去時，彷彿嘴中含著一顆楝樹果子，苦澀得難以下嚥。

過久的期待使我做為孩子的自尊變得十分固執，另一方面想和他們在一起的願望又越來越強烈。這兩種背道而馳的情感讓我長時間無所適從後，我突然找到了真正的威脅。

我選擇了國慶回家的路上，我飛快地跑到了那裡，等著他走來。國慶是一位驕傲的同學，他看到我時擺出一副堅決不理睬的樣子。而我則是對他惡狠狠地喊道：

「你偷了你爹的錢。」

他的驕傲頃刻瓦解，我的同學回過頭來衝著我喊叫：

「我沒有，你胡說。」

「有。」

我繼續喊道。然後向他指出就是那次他向父親要五分錢，結果卻拿了一角錢的事。

「那五分錢可是為你拿的呀。」他說。

我可不管這些，而是向他發布了威脅中最為有力的一句話：

「我要去告訴你爹。」

我的同學臉色蒼白，他咬著嘴唇不知所措。我是這時候轉身離去的，像一隻清晨的公雞那樣昂首闊步。我當時心裡充滿了罪惡的歡樂，國慶絕望的神色是我歡樂的基礎。

後來我也以近似的方式威脅了王立強，那個年齡的我已經懂得了只有不擇手段才能達到目的。威脅使我在自尊不受任何傷害的前提下，重獲昔日的友情。我用惡的方式，得到的則是一種美好。

翌日上午，我看到國慶膽怯地走過來，用討好的語氣問我願不願意上他家樓上去看風景，我立刻答應了。這一次他沒叫上劉小青，只有我們兩個人。在走去的路上，他輕聲懇求我，別把那事告訴他父親。我已經獲得了友情，又怎麼會去告密呢？

拋棄

國慶在九歲的一個早晨醒來時，就必須掌握自己的命運了。在離成年還十分遙遠，還遠沒有到擺脫父親控制的時候，他突然獲得了獨立。過早的自由使他像扛著沉重的行李一樣，扛著自己的命運，在紛繁的街上趄趄趔趔不知去向。

我可憐的同學那天上午是被一陣雜亂的聲響從睡夢裡驚醒的。那是初秋的時節，這個睡眼惺忪的孩子穿著短褲衩走到了門口，看到父親正和幾個成年的男人在搬家中的物件。最初的時候，國慶喜悅無比，他以為是要搬到一個全新的地方去居住。他的喜悅和我當時離開南門時的喜悅十分近似，可他接下去面臨的現實則比我糟糕得多。

我的同學用和那個清晨一樣清新的嗓音問父親，會不會搬到一個到處都有長翅膀的白馬那裡去。一貫嚴肅的父親沒有被兒子的幻想所感動，相反他對兒子的荒唐想法顯得很不耐煩，他讓兒子走開，對他說：

「別擋著道。」

於是國慶回到了自己的臥室，他是我們這群孩子中最為懂事的，可他當時的年齡還無法預見以後。他興致勃勃地整理起了自己的東西，那些半新不舊的小衣服，以及他收藏的螺帽、小剪刀、塑料手槍一大堆亂七八糟的東西，他卻有能力將它們整齊地放入一個紙板箱中。他是在一片嘈雜的聲響裡進行自己愉快的工作，並且不時跑到門口，自豪地看著他父親在搬家具時，顯露出來令他崇拜的力氣。然後輪到自己了，我的同學竟然還能搬動那只和他人差不多大小的紙板箱。他是擦著牆壁一點一點移去的，他知道牆壁也是一隻手，而且是一隻有力的手。他雖然筋疲力竭，可他的眼睛是那麼驕傲地望著從樓梯裡上來的父親，他的父親卻冷冷地對他說：

「你搬回去。」

我的同學只能竭盡全力地無功而返，他的頭髮因為滿是汗水，被他胡亂摸弄後猶如雜草叢生。那一刻他也許真有些不知所措了，他坐在一把小椅子裡使用起了有限的思維。任何孩子都不會把自己的以後想得糟糕起來，現實還沒有這麼訓練他們。國慶那時的思維就像操場上的皮球一樣亂蹦亂跳，過於頑皮的思維很難和父親有關，他想到別處去啦。後來他喜氣洋洋地看著窗外的天空，我不知道他是否想像出了一匹白馬在空中展翅飛翔。

家中亂七八糟的聲響一遍一遍走下樓梯，他似乎有所感覺，但他沒有進一步去知道這些聲響已被安放在了三輛板車上，所以他也沒有聽到車輛滾動。他那像蝙蝠一樣瞎飛的思維終止時，父親已經走入他的屋中，一個嚴峻的現實站在了他的身旁。

國慶沒有告訴我們當初的詳細情景，而且我和劉小青都還年幼無知，是後來的事實讓我明白了國慶已被他的父親拋棄。我不喜歡國慶的父親不僅是因為他做了這種事，這個我見到過多次的男人，有著讓我心裡發虛的嚴厲。現在我尋找這個記憶中的形象時，突然感到他和我想像中祖母的父親有些近似。我第一次見到他時，他如同審問一樣對我的來歷盤根問底，當國慶替我說話時，他冷冷地打斷我的同學：

「你讓他自己說。」

他當初咄咄逼人的目光讓我心裡發抖。他走入國慶房間時肯定也使用了這樣的目光，但他的聲音可能是平靜的，甚至可能有一些溫柔。他告訴兒子：

「我要去結婚了。」

接下去是要國慶明白以後的事實，十分簡單，父親不可能再照顧他了。我的同學那時的年齡顯然無法立刻領會其間的嚴酷，國慶傻乎乎地看著他的父親。這個混帳男人留下了十元錢和二十斤糧票後，就提起兩只籃子下樓了。籃子裡裝的是最後要拿走的東西。我九歲的同學撲在窗口，在陽光裡瞇縫著眼睛看著他父親從容不迫地走去。

國慶最初的悲傷，是他走入那兩個被搬空的房間開始的。即便那時他仍然沒有去想父親已經永久拋棄他了，他的眼淚和哭聲是因為突然面對了空蕩蕩的房間。

他回到自己的房間以後，沒有被破壞的環境他漸漸平靜下來，他坐在自己的床上左思右想。這個房間我去過多次，我極其喜愛那裡的窗口。他真正意識到自己的糟糕處境，是在這天下午找到我以後。那時我正在擦李秀英的寶貝窗玻璃，我聽到他在屋外的一聲聲喊叫。我不敢離開尚未擦完的窗戶，是李秀英無法忍受國慶那種如同玻璃打碎似的銳利喊叫，這個坐在床上的女人痛苦不堪地對我說：

「你快去讓他閉嘴。」

我怎麼能讓一個遭受不幸的人閉上嘴巴呢？我們站在屋外的石板路上，身後的木頭電線桿發出一片嗡嗡的聲響。我忘不了國慶當時蒼白的臉色，他雜亂無章地告訴我上午發生的事，那時他自己都還沒有弄明白。我所聽到的是一堆如同蒼蠅一樣亂糟糟飛來的印象，他父親搬動家具時的巨大力氣，以及提著籃子出門這樣的印象。我無法知道哪些應該在前，哪些應該在後。國慶是在向我講敘時終於逐漸明白了過來，他的講敘戛然而止，我看到他眼淚奪眶而出，然後說出了一句讓我們都明白的話：

「我爹不要我了。」

那天下午我們找到了劉小青，他正扛著一個拖把滿頭大汗地往河邊跑去。國慶的眼淚汪汪讓他大吃一驚，我告訴他國慶被他爹丟掉了。劉小青和不久前的我一樣莫名其妙，我冗長的解釋和國慶不住的點頭才讓他知道發生了什麼。他立刻說：

「找我哥哥去。」

去找那個戴鴨舌帽的大孩子，劉小青當時的驕傲恰如其分。誰不想有這樣的哥哥呢？我們走到了他端坐的窗下，那時輪到劉小青去講敘一切了。這個手拿笛子的大孩子聽完後顯得十分氣憤，他說：

「豈有此理。」

他將笛子迅速一插，翻身越出窗外，對我們揮揮手說：

「走，找他算帳去。」

我們三個孩子走在濕漉漉的街道上，清晨那場暴雨使街道旁的樹木掛滿雨水。前面走著一個單薄的大孩子，他的笛聲固然美妙，可他能打敗國慶的父親嗎？我們三個人傻乎乎地跟著他，他發怒的樣子讓我們充滿信心。他走到了一棵布滿雨水的樹下，突然沉思起來，可是等到我們也走入樹下後，他立刻抬腿猛踢一下樹木，同時自己逃離了出去。樹上的雨水紛紛落下，淋得我們滿身都是。他卻哈哈大笑地回家了。

他的行為很不光彩，否則劉小青不會面紅耳赤。尷尬的劉小青對國慶說：

「去找老師吧。」

濕淋淋的國慶搖搖頭，哭泣著說：

「我誰也不找了。」

我的同學獨自走去了，這個聰明的孩子能夠說出他所有舅舅和阿姨的名字。他回到家中以後，想到了死去母親的兄妹，於是他就坐下來給他們寫信。他的信是用鉛筆寫成的，寫在從練習簿裡撕下的紙上。他在表達自己處境艱難時，顯然更為艱難地寫下了這些。不久後，他母親的兄妹全部趕來，證明了他在信上準確地表達了一切。

國慶以他童年時的細心，記住了所有舅舅和阿姨所從事的工作，從而使他能夠開出八張信封。但是他不知道信該如何寄出。他在屋中時將八張紙疊成了八個小方塊，他做事一向有條不紊。然後他將它們捧在胸前，向塗著深綠色顏色的郵局走去。

一個坐在郵局裡的年輕女人接待了我的同學，國慶怯生生地走到她面前，用令人憐憫的聲調問她：

「阿姨，你能像老師那樣教我寄信嗎？」

那個女人卻這樣問他：

「你有錢嗎？」

國慶讓她吃驚地拿出了十元錢，雖然她幫助了他，可她始終像看著一個小偷那樣看著我的同學。

國慶母親的八個兄妹趕來時，氣勢十分盛大，他們以強有力的姿態護衛著國慶走向他的父親。被八個成年人寵愛著的國慶，一掃這些日子來的愁眉苦臉，他神氣十足地走在他們中間，不時回頭吆喝我和劉小青：

「跟上我們。」

那是傍晚的時刻，我和一群成年人走在一起，我的驕傲僅次於國慶，我看到劉小青同樣也耀武揚威。就在這天下午，國慶喜洋洋地向我們宣告：他的父親馬上就要搬回來住了。

這是我來到孫蕩後第一次傍晚出門，我請假時向王立強說明了這一切，王立強令我感激地允許我在黃昏時刻走出家門。他支持我這時候和國慶站在一起，但他警告我什麼話都不要說。事實上我和劉小青根本進不了國慶父親的新婚之屋，我們只能站在屋外的泥土上。前面是一堆矮小的房屋，我們很奇怪國慶的父親為何放著樓房不住，卻住到了這裡。

「這裡什麼風景都看不到。」

我和劉小青都這麼說。我們聽到了那八個來自外地成年人的聲音，他們的城市口音給我們帶來了高樓大廈和柏油馬路的氣息。這時候兩個比我們小得多的男孩趾高氣揚地走過來，蠻不講理地要我們滾蛋。後來我們才知道，他們是國慶父親新娘的兩個寶貝兒子。我們被兩個小得多的男孩驅趕，這簡直太荒唐可笑。我們警告他們，應該是他們立刻滾蛋。於是他們用唾沫向我們射擊，我和劉小青走上去給他們各自一拳。這兩個外強中乾的小傢伙立刻嚎啕大哭起來，他們的援兵立刻從那堆矮小的房屋裡衝了出來，是一個像豬蹄子那麼胖乎乎的女人，那是他們的母親。國慶父親的新娘唾沫橫飛，凶神惡煞似的撲了過來。嚇得我和劉小青拔腿就逃。這個女人用男人慣用的髒話尖聲咒罵著，追趕我們。她一會兒叫嚷著要把我們扔進糞坑，一會兒又發誓要把我們吊在樹上，她追趕時向我們描繪了一系列可怕的結局。我在疲於奔命時回頭張望了一下，看到一個胖女人身上的肥肉胡亂抖動，這情景讓我頭皮一陣陣發麻。這麼胖的女人即便壓一下，都能把我們壓死。

直到我們逃過了一座石拱橋，才看到她罵罵咧咧地走回去，她可能感到更重要的是立刻去援助她的新郎。確定她沒有在什麼地方埋伏下來後，我和劉小青膽戰心驚地往回試探著走去，就像電影裡深入敵區的偵察兵那樣小心翼翼。那時天色已黑，我們回到了原先的地方，在照射過來的燈光裡，我們所聽到的依然是那八個兄妹慷慨激昂的聲音，我們為什麼聽不到國慶父親的聲音？過了很久，我們終於聽到了另外的聲音，就是那個追趕我們的聲音，她告訴他們：

「你們是來打架，還是來講道理。打架要人多，講道理一個人就夠了。你們全都給我回去，明天派一個人來。」

這個粗俗的女人一旦開口，竟然還能讓語言充滿威力。她盛氣凌人地讓他們回去，就如她的兒子讓我們滾蛋。那八個來自城市的兄妹無言了片刻，隨即他們的話語蜂擁而出。我和劉小青一句都聽不明白，那麼多人同時說話，來到我們耳中時等於什麼話都沒說。國慶的父親是這時候開口的，否則我們還以為他不在呢。那個我很不喜歡的男人怒氣十足地對那八個兄妹喊道：

「叫什麼，你們叫什麼。你們也太不負責任了，你們聲音這麼大，讓我以後怎麼在社會上做人？」

「誰不負責任了？」

接下去猶如房屋倒塌似的爭吵不休，似乎有幾個男人要去揍國慶的父親，而幾個女人聲嘶力竭地阻撓著他們。國慶母親的兄妹們陷入了憤怒和苦惱之中，這一對新婚男女要命的固執，使他們筋疲力竭地講敘道理之後，驀然發現根本就沒有聽眾。他們沒有一點辦法來和這一對男女認真地說話。應該是大哥吧，八人中為首的那一位，決定不把國慶交給他們了。他對國慶父親說：

「就是你願意撫養，我們也絕不會答應。你這種人，簡直是畜生。」

這八個成年人從那裡走出來時，讓我們聽到了一堆亂七八糟的呼吸聲。飽受驚嚇的國慶走在他們中間，恐懼不安地看著我和劉小青。我聽到他們中間一個男人說：

「姊姊怎麼會嫁給這種人。」

過度的氣憤使他抱怨起了國慶已經死去的母親。

國慶由他們承擔起了撫養的義務，此後每月他們都各自給國慶寄來兩元錢。那個塗著深綠顏色的郵局，成了國慶財富的來源。他每個月都有幾次向我們得意洋洋地宣告：

「我要去郵局了。」

國慶最初得到十六元生活費時，也使我經歷了童年時最為奢侈的生活，還有劉小青和別的幾個同學。我們緊緊跟隨著國慶，他的嘴時時嚮往著那些糖果和橄欖。他是一個慷慨大方的孩子，他給予了我們和他一樣的享受。他像個闊少一樣揮霍自己不多的錢財，我們每天清晨向學校走去時，都在心裡期待著他的揮霍。於是到這個月最後的十來天，我的同學就一貧如洗了，他不得不依靠我們的施捨充飢。我們卻無法像他施捨我們時那麼大模大樣，我們在家中開始了行竊。偷一把煮熟的米飯，偷一塊魚、一塊肉、幾根蔬菜。都用髒乎乎的紙包起來送給國慶。國慶把它們攤開放在腿上，他津津有味地吃著，把咀嚼的聲響搞得那麼響，都仍讓站在一旁已吃飽的我們垂涎三尺。這樣的情景沒有持續多久，我們的老師，那個打毛衣的張青海，收走了國慶的生活費代為保管，每月只給他五角錢零用。即便這樣，國慶依然是我們中間最為富有的。

國慶被父親拋棄以後，逐漸習慣了自己安排自己。他在心裡從沒有真正接受這個事實，他沒有仿效父親的行為，也將父親拋棄。相反父親依然像過去那樣控制著他，我們的老師可能是常常忘了國慶的現狀，他仍然用向父親告發這樣的方式，來讓做了錯事的國慶膽戰心驚。我的同學那時竟然不去想自己早已是自由自在，而是毫無意義地忐忑不安著。對他來說，父親似乎依然時刻注視著自己。

另一方面，他以孩子的天真為父親的突然出現而激動不安。其實他父親的出現只不過是在街上偶爾撞見，那個男人六親不認的神態，決定了他不可能有朝一日來到國慶的床前。

我記得有一次我們三人站在街旁，用小石子打路燈。這個主意完全是國慶想出來的，我們勁頭十足，都期望著自己砸碎路燈。當一個成年人走過來制止我們時，我和劉小青嚇得撒腿就跑，令我們吃驚的是國慶寸步未動，他站在那裡響亮地說：

「這又不是你家的燈。」

可是那時候國慶的父親突然出現了，國慶立刻喪失了剛才的勇敢，而是戰戰兢兢地走過去叫了一聲：

「爹。」

隨後向父親申辯自己沒有砸路燈，他那時像個十足的叛徒指著我和劉小青說：

「是他們在打路燈。」

國慶的父親卻是惱怒地說：

「誰是你的爹？」

這個男人放棄了對兒子處罰的權利，對國慶來說，這樣的打擊遠甚於放棄對他的照顧。接下去我們看到的國慶是那麼的可憐巴巴，他穿越馬路走來時都咬破了嘴唇，他竭力忍住了急欲流出的眼淚。

就是這樣他依然堅信有朝一日醒來時，會看到父親站在床前注視著他。有一次他充滿信心地告訴我，一旦他父親生病，那麼他就會——

「來找我的。」

他反覆要我證明，他的父親生病時會向他求醫。他一遍遍地對我說：

「你看到過的，對吧，你看到過的。」

他不再隨便動用那個小紙板盒，在連續咳嗽的時候，他都沒有打開那些藥瓶。他天真地以為，只要瓶裡有藥，他的父親就總有一天會回來。

這種時候國慶在談到他母親時，不再因為往事過於遙遠而顯得淡漠。他經常說從前這個詞了，從前他母親活著的時候，他有多麼多麼好。他從來沒有告訴我們從前幸福的具體事例，只是用不停的感嘆，讓我們對他模糊不清的從前羨慕不已。他開始想像他的母親，在無依無靠的時候，這個只有九歲的孩子，想像沒有面對未來，而是過早地通往了過去。

童年時，我們對飛馬牌菸盒上飛翔的駿馬迷戀不已，我們生長的平原只有牛哞哞叫喚著走過，那些綿羊總是長久地被關在茅棚裡。對於豬，我們都不喜歡。我們最為熱愛的是飛翔的白馬，我們從沒有見過牠們。後來一群軍人來到了孫蕩，一輛馬車在夜深人靜的時刻穿越了整個城鎮，駛進了鎮上的中學。

那天上午放學後，我們三個人揮舞著書包向中學奔跑而去。國慶張開手臂像一隻大鳥一樣跑在前面，他的喊叫糾正了我的錯誤理解，他叫著：

「我是飛馬啊。」

跟在後面的我和劉小青，除了模仿他，就再也找不出更能表達我們激動的姿態了。我們成了三匹尖聲嚎叫的飛馬，飛過了百貨店，飛過了影劇院，飛過了醫院——飛過醫院以後，國慶像是被擊中似的放下了手臂，他的飛翔夭折了。他哭喪著臉，貼著牆壁往我們來的方向走去。他都沒有和我們說一句話，我們不知道發生了什麼，趕緊追上去問他為什麼不去看飛馬了。可他只知道不停地往前走，我們去拉住他，他生氣地打開我們的手，哭泣著說：

「你們別理我。」

我和劉小青傻頭傻腦地互相看了半晌，然後驚愕地看著他走遠。隨即我們就不再吃驚，我們立刻忘記了他。我和劉小青張開手臂繼續奔跑，要去看飛翔的馬。

那是兩匹棕黃的馬，牠們在中學的小樹林裡，一匹在木槽裡喝水，另一匹不停地在樹幹上蹭屁股。牠們根本就沒有翅膀，而且渾身髒乎乎的。一股馬臊臭熏得我們齜牙咧齒。我輕聲問劉小青：

「這是馬嗎？」

劉小青提心吊膽地走上去，怯生生地問一位年輕的軍人：

「牠們為什麼沒有翅膀？」

「什麼？翅膀？」那個軍人很不耐煩地揮揮手，「走開，走開。」

我們趕緊走開，周圍的人都嘻嘻笑了起來。我對劉小青說：

「這肯定不是馬，馬應該是白顏色的。」

一個大孩子對我們說：

「對，這不是馬。」

「那牠們是什麼？」劉小青問。

「牠們是老鼠。」

這麼大的老鼠？我和劉小青嚇一跳。

國慶在醫院的門口看到了他的父親，他突然悲傷的原因是他父親走進了醫院，這情景意味著他最後的期待已經落空。那時候飛馬還有什麼意思呢？

第二天國慶告訴了我們，他昨天為何轉身離去。他憂傷地說：

「我爹不會來找我了。」

然後他響亮地哭了起來。

「我看到他去醫院了，他生了病都不來找我，他就再也不會來找我了。」

國慶站在籃球架下放聲大哭，他一點都不知道難為情，我和劉小青只得氣勢洶洶地去驅趕圍上來的同學。

被活人遺棄的國慶，開始了與樓下那位被死人遺棄的老太太的親密交往。那個穿著黑色綢衣、臉上的皺紋如同波浪一樣的老女人，實在讓我害怕，可是國慶卻不對她產生恐懼。國慶不再把全部的時間，貢獻給我們共同的童年。他經常和那位孤單的老太太待在一起。有時我在街上看到他們兩人拉著手一起走來，國慶本該是活潑的臉，可在她黑色的手臂旁顯得有些陰沉。這個女人以她垂暮的氣息腐化著國慶蓬勃的生命力，從而讓我現在眺望尚是年幼的國慶時，看到了他臉上閃爍著灰暗的衰落。

我無法設想他們兩人坐在一間門窗緊閉屋中的情景，他們肯定會走上與死人交往的路途。那個嗓音暗啞的老太太講敘死人時，有著令人戰慄的親切，這一點我已經飽受驚嚇了。而我的同學顯然被這一些所迷住，他經常向我和劉小青講起他的母親，怎樣在黎明前無聲地走來和他說上幾句話後又無聲地離去。當我們詢問究竟說些什麼時，他卻神態莊重地告訴我們這應當是保密的。有一次他母親忘了回去的時間，公雞的啼叫使她大驚失色，急忙中她沒有從門口出去，而是破窗而出像鳥一樣飛走了。這個細節的應用，無疑增強了國慶敘述的真實性。也使我一連幾天疑惑不解，國慶母親破窗而出讓我為她擔驚受怕，她家可是住在樓上。我曾悄悄問過劉小青：

「她會不會摔死？」

劉小青回答：

「她已經死了，就不會怕摔死。」

我聽後恍然大悟。

國慶講敘他和母親相會時的神態是那麼的認真，甚至是幸福的，我們很難不相信他。可他講敘的語調實在教我害怕，那種迷人的親切和黑衣老太太簡直一模一樣。

而且他聲稱自己經常看到菩薩，有房屋那麼大，像陽光那麼金燦燦，它會突然在眼前的上空出現，隨即猶如閃電一樣消失。

有一天傍晚，我們兩人坐在河邊，我反駁了他，我堅決不相信會有菩薩，為了證明自己的不信，我大罵菩薩。國慶卻無動於衷地坐著，過了一會才說：

「你罵菩薩時，心裡怕極了。」

他不說這話我還好，那麼一說我突然真的害怕了。那時夜色正在來臨，我看著寬廣無比的灰暗正在瀰漫開來，內心的顫抖使我的呼吸雜亂無章。

國慶繼續說：

「不怕菩薩的人會受到懲罰的。」

我聲音亂抖地問他：

「是什麼樣的懲罰呢？」

國慶沉思了片刻，然後說：

「婆婆知道。」

那個嚇人的老太太知道？

國慶輕聲告訴我：

「人在害怕時就能看到菩薩。」

我立刻睜大眼睛去看灰暗的天空，可是什麼都沒有看到。我嚇得都要哭出來了，我對國慶說：

「你可千萬不要騙我。」

那時的國慶體現了令我感激的友情，他輕聲鼓勵我：

「你再仔細看看。」

我再次睜大眼睛，那時天完全黑了。害怕和虔誠終於讓我看到了菩薩，我不知道是真正看到，還是在想像中看到。總之我看到了一尊有房屋那麼大、像陽光那麼金燦燦的菩薩，不過它一閃就消失了。

那位和死者親密無間並且無所顧忌的老太太，由於生命還在極其苦惱地延續，她就不得不經常和極其陌生的現實打交道。她用可怕的方式使國慶的靈魂得到安寧，國慶則以勇敢的行為在現實裡保護了她。

她最為憂心忡忡的是那條經常盤踞在胡同中央的黃毛狗，當她不得不上街買米買鹽或者打醬油時，狗使她的害怕，遠遠勝過她使我的害怕。事實上那條沒有孩子喜歡的醜八怪老狗，對誰都汪汪亂叫，可她卻是一廂情願地把自己做為了牠唯一的敵人。那條狗一看到她就顯出一副窮凶極惡的樣子，牠汪汪吼著不斷做出準備撲上去的姿態，其實牠只是原地蹦躂而已。那時候她屋內牆上眾多的死人就愛莫能助了，我看到過她被狗嚇得渾身哆嗦，她的小腳在往回逃命時充滿了彈性，這個上了年紀的女人把身體搖擺得像一把正在搧動的扇子。那時候國慶的父親還沒有離家出走，我們三個孩子在後面幸災樂禍地高聲大笑。我向國慶家走去時，已經不用擔心她在門縫後面的半張臉，她沒有工夫在門後守候我們，而是坐在自己屋中哭哭泣泣。我們會貼到她的門上，從木縫裡欣賞她撩起衣角擦眼淚。

後來，她通過死者和國慶建立了奇妙的默契，也就意外地得到了國慶的保護。那些日子裡她每次上街都要有國慶走在身邊，這樣她就可以不必提心吊膽。那條黃毛狗每次汪汪叫著企圖阻擋他們，國慶都蹲下身體做出一副撿石頭的樣子，狗就迅速逃竄了。他們繼續往前走去時，老太太的眼神充滿了對國慶的崇拜，我的同學則是驕傲地對她說：

「再凶的狗也都怕我。」

對狗的懼怕，使她每天都要跪在泥塑的觀音前，虔誠地懇求菩薩保佑那條老狗長壽。國慶每次放學回家，她最先詢問的就是那條狗還在不在？得到肯定的回答後，她就欣然微笑起來。

她最為擔心的就是黃毛狗先她而死。她告訴國慶，去陰間的路途非常遙遠，既黑又冷，她要穿上棉衣還要拿一盞油燈。如果狗比她先死，就會在陰間的路上守候她。她說到這裡時緊張得全身發抖，她眼淚汪汪地說：

「到那時你就幫不了我了。」

這個孤獨的老女人，具有舊時代特有的固執和認真。她用了幾十年的油瓶有自己的刻度，她不相信商店的售貨員，他們灌油時眼睛總是望著別處。一旦油超過了刻度，她絕不會沾沾自喜，而是心懷不滿地倒出來一點。如果沒到刻度，那麼不加滿她就不會走開，她會長時間地站在那裡，什麼話也不說，只是固執地看著油瓶。

她的丈夫似乎在很早以前就魂歸西天，那個有很大力氣的男人，生前對螺螄有著古怪的熱中。他喜歡坐在夏天的天井裡，搖著扇子悠然自得地吃著螺螄。她幾十年守寡生涯裡，對丈夫最好的紀念還不是她力保了貞操，而是一絲不苟地繼承了他的這一嗜好。生前的時候，那個男人占有了所有的螺螄肉，她則是心甘情願地去吃屁股上那截亂糟糟的東西。丈夫死後的幾十年，她始終沒去嚐螺螄肉的滋味，心滿意足地吃著它們的屁股，把肉留給掛在牆上的丈夫。她把習慣和懷念融為了一體。

我的同學對螺螄並不喜歡，可那位老太太將螺螄吸得滑溜溜的響亮，而且每吸一次都伸出舌頭舔去留在嘴唇上的殘汁。這情形不斷重複以後，國慶就很難去阻止嘴角流出的口水。食欲激動起來的國慶，試著去拿桌上的螺螄肉時，這個老女人立刻驚慌了，她趕緊拍掉國慶手上的食物，湊近他的耳朵嚇人地說：

「他看見啦。」

那個掛在牆上的死人確實是在看著他們。

我十二歲那年春天的時候，這個老太太終於獲得了一勞永逸的長眠。她死在了路上。她是和國慶上街去買了醬油往回走時，突然感到自己的腳有點邁不動了。她說要找一個地方歇一下，說著走向了一個牆角，在陽光裡懶洋洋地坐了下來，雙手抱著醬油瓶。我的同學一直站在她的身旁，她閉上眼睛後，國慶以為她睡著了。我的同學無聊地站在那裡東張西望，那是陽春時節，他看到牆邊的青草已經生長了出來，陽光使他眯縫起了眼睛。老太太中間曾睜開過眼睛，輕聲細氣地問他那條狗還在不在？國慶朝那條狗看看，狗正趴在胡同中央昂著頭注視著他們。他說在那裡呢，老太太長長地出了一口氣後，又閉上了眼睛。國慶仍然站在她身旁，有一會他心情愉快地看著陽光怎樣在她臉上的皺紋裡波動。

國慶後來告訴我們，她是迷了路以後凍死的。她去陰間的時候太匆忙了，都忘了穿棉衣和拿油燈。陰間的路長得走不完，又黑又冷。她在漆黑不見五指的路上走呀走呀，結果迷路了。前面呼呼的寒風吹過來，她被凍得直發抖，她實在走不動了，只好坐下來。她就這樣被凍死啦。

國慶在十三歲的時候，終於使自己成為了真正的自由人。他不願意背著書包去接受老師的滔滔不絕。當劉小青他們都升入了中學，國慶則開始幹活掙錢了。

那時候我已經回到南門，當我開始了在家中的糟糕生活時，我的這位同學能夠自食其力了，他幹起了送煤的工作。他像一個真正的苦力那樣，扁擔上掛著一條髒乎乎的毛巾，衣服敞開，吭哧吭哧地將煤挑到用戶的屋前。手帕做為過去的習慣，唯一被保存了下來。他放下沉重的煤擔時，第一個動作就是摸出手帕擦一下嘴，即便是滿頭大汗，他也只是擦一下嘴。他的衣服口袋裡增加了一個小本子，和一枝鉛筆。他用清脆的聲音和幼稚的禮貌，挨家挨戶去打聽是否需要他將煤挑來。最初的時候他的年齡很難得到人們信任，望著他瘦小的身材，有人會問：

「你挑得動煤嗎？」

我的同學臉上堆滿了聰明的笑容，他說：

「不讓我試試，你怎麼能知道呢？」

國慶以自己的誠實和精於計算，不久之後就博得用戶的信任。煤廠的發貨員無法在斤兩上撈到他一絲便宜，到頭來他稚氣十足的神態，以及眾人皆知的遭遇，使發貨員出於喜愛和憐憫總是多給他幾斤煤，當然最終受益的還是用戶，反過來這種受益又使國慶生意興隆。他幾乎擊敗了那位在這個職業裡幹了二十多年的同行。

國慶後來的這位同行，在我記憶裡有著十分醒目的形象，這個矮小的男人差不多是一個白癡。誰都不知道他叫什麼名字，別人隨便叫他什麼名字他都會答應。當他挑著煤急匆匆走去時，我們的叫喚是不會得到回答的。只有他挑著空擔子同樣急匆匆走來時，我們對他隨心所欲的叫喚，他都會低著頭認認真真地答應。那時候我總是叫他「國慶」或者「劉小青」，而他們則叫出我的名字。他「嗯，嗯」地走去，從不抬起頭來看我們。他永遠是急匆匆地走路，彷彿他一輩子時刻都在趕火車。有一次我們叫他「廁所」，他也答應了，那一次把我們笑得全身發顫。可是這個對自己姓名滿不在乎的人，對錢就一絲不苟了。而且他計算的速度驚人的快，當那些用戶剛開始囉囉嗦嗦算著該付多少錢時，他已經把數目告訴他們了。這是居住在孫蕩的人，所聽到的他唯一的話。

國慶和我們一起取笑他時，顯然沒想到日後竟然成為了他的同行。國慶的加入使他的飯碗敲掉了一個大角，他不再像過去那樣忙忙碌碌，這個可憐的人開始有更多的時間挑著空蕩蕩的擔子，在街上寂寞卻依然匆忙地行走。他似乎一點也不嫉妒國慶，我懷疑他可能不具備這樣的能力。這個對自己職業兢兢業業的男人，從來沒有在臉上流露過笑容。他把煤倒入用戶家中的煤筐後，還會十分自覺地從門後拿出掃帚和簸箕，清掃地上的煤屑。然後異常嚴肅地挑起空擔走了出去。可是有一次在街上看到挑著同樣擔子的國慶後，他竟然笑咪咪起來。

誰都不相信這兩個人是怎樣建立友誼的，人們開始經常看到這兩個滿身煤灰的人，在茶館裡相對而坐，笑逐顏開地喝著茶水。那個擁有無數名字，其實一個名字都沒有的前輩，像個僕人似的把雙手放在腿上，只是在喝茶時將一隻手提起來一下。國慶就完全不一樣了，他在茶盅旁放著一塊手帕，喝一口茶水便擦一下嘴。衣衫襤褸並且骯髒的國慶，完全是一副落難公子的姿態。他們看上去雖然親密無間，可沒有人聽到他們有過交談。

國慶獲得職業後不久也獲得了愛情，他喜歡的那個小女孩長大以後也許是個美人，在當初可是看不出這一點。我見過這個名叫慧蘭的小姑娘，那時候我還沒有回到南門，國慶對她似乎還不屑一顧。她家就在國慶家所在的那條胡同。這個紮著兩根翹辮子的女孩，總愛站在門口甜滋滋地喊：

「國慶哥哥。」

她家的院子裡種著令人激動的葡萄，有一年夏天，我和國慶，還有劉小青曾經有過一個周密的計畫，將院內的葡萄在某個深夜洗劫一空。可是她家的圍牆太高了。不過我們真正失敗的原因還不是圍牆，我們誰也無法在深夜出來，而不讓家中的大人知道。那時國慶的父親還沒有離家出走。一想到成年人對我們可怕的懲罰，我們的計畫儘管周密，也只能成為空想。

因此當國慶看中這個黃毛丫頭後，已經升入初中的劉小青，還以為他是在打那些葡萄的主意。不識時務的劉小青還問國慶：

「要不要多叫幾個人？」

他告訴國慶他可以叫上中學的同學，並且設法去搞一把梯子。

國慶聽了非常生氣，他對劉小青說：

「你怎麼可以偷我未婚妻的葡萄。」

事實上他們的愛情在我回到南門之前就播種了。無人管束的國慶在夏日的中午，喜歡赤腳只穿一條短褲衩四處遊蕩。比他小兩歲的慧蘭，就是在這樣一個中午和國慶偷偷走到了鄉間，然後赤裸裸地在一個池塘裡學習游泳。慧蘭小小的年紀就懂得了如何體貼國慶，他們向鄉間走去的時候，由於石板被陽光烤得灼燙，赤腳的國慶像隻青蛙一步一跳。慧蘭不忍心看到國慶受難的模樣，就脫下自己的塑料小涼鞋貢獻給他。那個時候的國慶還不知道對待女孩應該殷勤有禮，他粗魯地揮了揮手，不屑地說：

「誰穿你這種女人的鞋子。」

國慶在和慧蘭談情說愛時，完全具有了成熟青年的派頭。每天下午慧蘭放學的時候，這個十三歲的孩子就換上了乾淨的衣服，將頭髮梳得光溜溜地守候在校門口。這是他給自己疲勞一天後的最好酬勞。接下去的情景是國慶雙手插在褲袋裡，大模大樣地走在前面，背著書包的慧蘭則是小跑地緊跟其後。

那時慧蘭便會訴苦似的告訴他，某個淘氣的男孩往她課本裡放了一撮泥土。

「泥土算得了什麼。」

我的同學像個成年人一樣揮揮手，然後得意洋洋地告訴他的小戀人：

「我都往女同學的書包裡放過蛤蟆。」

他們充滿孩子氣的對話，使他們的戀愛顯得天真爛漫。往往要到分手的時候，國慶才會從口袋裡拿出一把早已準備好的糖果，塞入慧蘭幸福的書包。

看來國慶是真的打算要和慧蘭結婚生孩子，否則他就不會如此鄭重其事地對待這場戀愛。他時刻都在掩飾自己年齡的缺陷，從而使他的嚴肅和認真顯得有些滑稽。當這一對孩子以公開的姿態在街上反覆行走以後，他們在這個城鎮裡也就逐漸著名了。國慶錯誤地估計了成年人對他們的看法，當他認為這一切都是順理成章時，他覺得別人也會感到理所當然。

慧蘭的父母，兩個都是醫院裡的藥劑師，他們對這一對孩子的親密早就察覺，他們覺得孩子之間的親密不值得大驚小怪。當別人告訴他們，這兩個孩子有點像是談戀愛了。他們聽後反而覺得這種說法荒唐。後來是國慶自己的行為，讓他們發現傳聞其實很真實。

我的同學十三歲的年齡，在一個星期日的上午，買了一瓶酒和一條菸異想天開地前往岳父家去做客了。我真佩服他竟然能夠不慌不忙地走進去，他將禮物放到桌上時臉上堆滿了恭敬的笑容，慧蘭的父親顯然吃了一驚，他問國慶這是什麼意思？

國慶說：「是送給你的。」

那位藥劑師連連擺手，說道：

「你那麼苦，我怎麼能接受你的禮物。」

那時我的同學已在椅子裡坐了下來，他蹺起了二郎腿，可兩條腿都騰在空中。他對那兩位男女藥劑師說：

「不要客氣，這是女婿我的一點心意。」

這話讓他們嚇一跳，過了半晌慧蘭的母親才問：

「你剛才說什麼？」

「岳母。」國慶甜甜地叫了一聲，然後說道。「我是說……」

他還沒說完，那個女人已經尖聲喊叫起來，她質問國慶：

「誰是你的岳母？」

國慶還來不及解釋，那個男人吼叫著要他立刻滾蛋。國慶慌忙站起來，對他們申辯：

「我們是自由戀愛的。」

慧蘭的父親氣得臉色灰白，他一把扯住國慶就往外拉，嘴裡大罵：

「你這個小流氓。」

國慶竭力掙扎，連連說：

「現在是新社會，不是舊社會。」

國慶被慧蘭的父親推出門去以後，慧蘭的母親緊接著也將禮物扔了出來。可惜了那瓶酒，「砰」地一下就完蛋了。那時屋外已經聚了不少人，國慶一點都不覺得自己狼狽，他用手指點著慧蘭的家，振振有辭地對他們說：

「這一家的大人啊，封建思想太嚴重了。」

他們純潔的戀愛在慧蘭父母眼中簡直是胡鬧，一個十三歲的男孩和一個十一歲的女孩竟然正兒八經地談情說愛。女兒的行為對他們來說實在是傷風敗俗，他們感到連自己都成了鎮上的笑料。他們當然無法容忍這種荒唐的戀愛，必須徹底摧殘掉。他們開始打罵自己唯一的女兒，當國慶從他們窗前經過，聽到心上人哭喊時，他的痛苦可想而知。遭受打罵的慧蘭仍然壓抑不住奔向幸福時的激動，我不知道她是否更多地想奔向國慶口袋中的糖果。他們仍有相會的機會。那時他們已經失去了過去的歡樂，將痛苦慢慢轉化成仇恨的國慶，咬牙切齒地向她講敘了如何報復她父母的計畫，她則是恐怖萬分地聽著，還沒聽完就已嚇得眼淚汪汪了。

後來的一天下午，國慶從慧蘭家窗前經過時，他看到慧蘭滿臉是血地撲在窗口，事實上只是一些鼻血，哭泣著喊叫他：

「國慶哥哥。」

我的同學氣得渾身發抖，那一刻他真是想殺死慧蘭的父母了。這個十三歲的孩子跑回家中以後，拿著菜刀就往慧蘭家走去。當時他的一個鄰居剛好從屋裡出來，看到國慶的模樣十分奇怪，問他這是幹什麼？國慶怒氣沖沖地回答：

「我要去殺人。」

這個乳臭未乾的孩子把褲管和袖管高高捲起，將菜刀扛在肩上，殺氣騰騰地走向慧蘭的家。他走在胡同裡的時候暢通無阻，所有看到他的成年人，都忽視了他可怕的仇恨。當他告訴他們要去殺人時，他稚嫩的聲音和天真的神態使他們嘻嘻發笑。

國慶就這樣輕而易舉地進入了慧蘭家的院子，那時候慧蘭的父親正在燃煤球爐，她的母親蹲在地上給雞餵食。國慶手持菜刀突然出現，使他們呆若木雞。國慶沒有立刻動手，而是廢話連篇地宣告他為什麼要殺他們。然後才揮起菜刀走上去，慧蘭的父親拔腿就逃，竄到了屋外後大叫起來：

「殺人啦。」

那位可憐巴巴的母親忘了逃命，眼睜睜地看著菜刀向她揮起來。這時候雞救了她，那群受驚的雞四處逃散，其中有兩隻張開翅膀撲到了國慶胸前。慧蘭的母親急中生智，也從院門竄了出去。

準備追趕的國慶那時看到了慧蘭，手扶門框的慧蘭睜圓眼睛，一副驚恐萬分的樣子。我的同學立刻忘記了追趕，他趕緊走到慧蘭身旁。慧蘭卻害怕地退縮著身體，這讓國慶深感不滿，他說：

「你怕什麼，我又不會殺你。」

他的安慰絲毫不起作用，慧蘭依然恐懼地望著他，那雙發定的眼睛看上去像是假的。國慶賭氣地說：

「早知道你會這樣，我就不會冒著生命危險殺人啦。」

那時候院子的兩個出口已被外面的人堵住，沒過多久警察也來了。那天下午有關一個孩子殺人的消息不脛而走，經歷了長時間寂寞的人群蜂擁而來。最先來到的一個警察走進去對國慶說：

「把菜刀放下。」

於是輪到國慶被嚇傻了，外面嘈雜的人聲和警察的出現，使他立刻抱住慧蘭將菜刀架在她脖子上，聲嘶力竭地喊道：

「你們別進來，一進來我就殺了她。」

那個發號施令的警察立刻退了出去。一直沒有聲音的慧蘭哇地一聲大哭起來，國慶焦急地對她說：

「我不會殺你，我不會殺你，我是騙他們。」

可是慧蘭依舊嚎啕大哭，國慶氣呼呼地訓斥她：

「別哭啦，我還不是為了你。」

他滿頭大汗地往四周看看，沮喪地說：

「現在連逃命都來不及了。」

在院外雜亂的人群裡，慧蘭哭哭啼啼的母親，那時還在指責丈夫剛才自私的逃命，只顧自己逃走沒想到應該保護妻子。她的丈夫聽著女兒在院內的哭喊，眼淚汪汪地對她說：

「你就別說這些了，你女兒的生命都快保不住了。」

這時候一個警察攀著屋簷，一縱身爬上了屋頂，他準備偷偷來到國慶後面，然後從屋頂上跳下去。這個警察在孫蕩是很著名的，有一次他一人對付了五個流氓，並用他們自己的鞋帶綁住了他們，像提著一串螃蟹似的把他們送進了公安局。他攀上屋頂時的瀟灑，博得了眾多圍觀者的陣陣讚嘆。接著他貓著腰悄無聲息地在屋頂上移動，要命的是他踩滑了兩張瓦片，整個地從屋頂上摔了下去，先是摔在葡萄棚上，讓外面的人聽到了一片亂糟糟的竹竿斷裂聲，然後他摔在水泥地上。如果不是棚架的緩衝，沒準他就摔癱瘓了。

突然從天上掉下一個人來，把國慶嚇得又連連喊叫：

「你出去，你出去。我要殺她啦。」

遭受意外失敗的警察，從地上站起來有氣無力地說：

「我出去，我就出去。」

雙方的對峙一直持續到傍晚，一個身材高大的警察想出了一個真正的主意。他穿上便服後，從後門走了進去。當國慶高喊著讓他出去時，他卻露出了親切的笑容，他用極其溫和的聲音問國慶：

「你這是在幹什麼？」

國慶擦擦額上的汗水後說：

「我要殺人。」

「可你不應該殺她呀。」

他指著慧蘭輕聲說，接著又指指院外：

「你應該殺她的父母。」

國慶不由自主地點了點頭，他開始被警察迷惑住了。

警察問：「你一個小孩殺得了兩個大人嗎？」

國慶回答：「殺得了。」

警察點點頭說：「我相信，可是外面還有很多人，他們會保護你要殺的人。」

他看到國慶有些不知所措後，就伸出手說：

「我幫你去殺他們，行嗎？」

他的聲音是那樣的親切，終於有一個人站出來幫助自己了。這時的國慶完全被他迷惑了，當他伸出手來時，國慶不由地將菜刀遞給了他。他拿住菜刀後就扔到了一旁，那時國慶根本沒有注意這個動作，長時間的委屈和害怕後終於找到了依靠，國慶撲過去抱住他的身體哭起來。警察卻一把提起國慶脖後的衣領，走了出去。我的同學使勁仰著脖子，被那個高大的男人提著在人群閃出的路上走去。即便這時，他仍然不知道自己已經束手就擒。他的哭聲因為呼吸困難，變成了長短不一的嗚嗚聲。

誣陷

我們的老師有著令人害怕的溫柔，這個戴著眼鏡的男人，有點像我後來見到的蘇宇的父親。他總是笑咪咪地看著我們，可他隨時都會突然給予我們嚴厲的懲罰。

他的妻子似乎是在鄉下一個小集鎮上賣豆腐，這個穿著碎花衣服的年輕女人，總是在每個月的頭幾天來到學校，有時候她還會帶來兩個穿得花裡胡哨的小女孩。當時我們都覺得她很漂亮，她有一個習慣動作就是經常伸手去搔屁股。聽說她所在地方的人都叫她豆腐西施。

她每次來到，我們的老師就要愁眉苦臉，因為他剛剛領到的工資必須如數交給她，她再從中拿出一點給他。那時候她總是尖聲細氣地訓斥我們的老師：

「皺什麼眉？晚上需要我了你就笑嘻嘻，要你拿錢你就要哭了。」

我們當初都弄不明白老師為何一到晚上就會笑嘻嘻。我們給老師的妻子取了個綽號叫皇軍，她就像是掃蕩的日本鬼子，每個月都來掃蕩老師的錢袋。

這個綽號是誰想出來的，我已經記不起來。可我忘不了那一次國慶跑進教室時的有趣神態，他將黑板擦往講台上使勁敲幾下，然後莊重其事地宣布，說老師要遲一些再來，因為——

「皇軍來了。」

國慶那一次可真是膽大包天了，他竟然還敢接下去這麼說：

「漢奸正陪著她呢。」

這個小學二年級的孩子，必須為他的聰明付出代價，幾乎同時有二十來個同學揭發了他，皇軍的丈夫，我們的老師站在講台上臉色鐵青，那時的國慶嚇得滿頭大汗。我也嚇傻了，我不知道老師會怎樣處罰國慶，不僅是我，就是那些揭發國慶的同學也都有些不安。我們當初的年齡對即將來到的處罰，有著強烈的恐懼，即便這種處罰是針對別人的。

老師可怕的臉色足足保持了有一分鐘，隨即突然變得笑咪咪了，他的臉色在轉變的那一瞬間極其恐怖。他軟綿綿地對國慶說：

「我會罰你的。」

然後面向我們：

「現在上課了。」

我的同學整節課都臉色慘白，他以切實的害怕和古怪的期待等著老師對他的處罰。可是下課後老師看都沒看他一眼，就夾著講義出去了。我不知道他這一天是怎樣熬過來的，他自始至終坐在自己座位上，像個新來的同學那樣膽怯地望著我們。他不再是那個熱中於在操場上奔跑的國慶，倒成了一隻受不起驚嚇的小貓。有幾次我和劉小青走過去時，他嘴巴一歪一歪都快要哭出來了。直到下午放學以後，他安全地走出了校門，才突然像一頭囚禁過久的豹一樣狂奔亂跑了。當時我們都感到，不會有事了，我們斷言老師肯定是忘了，而且皇軍還在這兒呢，晚上老師一定又要忙著去笑嘻嘻了。

然而翌日上午的第一節課，老師說的第一句話，就是讓國慶站起來問他：

「你說我應該怎麼處罰你？」

徹底忘記這事的國慶，身體像是被推了一下地打了個寒戰。他恐懼地望著老師，搖了搖頭。

老師說：「你先坐下，好好想一想。」

老師讓他好好想一想，其實是讓他別忘了自己折磨自己。此後的一個月，國慶都過得暗無天日。總是在國慶忘記了處罰這事，顯得高興采烈時，老師就會突然來到他身旁，輕聲提醒他：

「我還沒罰你呢。」

這種引而不發的處罰，使國慶整日提心吊膽。這個可憐的孩子那些日子裡，只要一聽到老師的聲音，就如樹葉遇到風一樣抖動起來。他只有在放學回家時才略感安全，可是第二天往學校走去時他又重新膽戰心驚。這種惶惶不可終日的生活，直到父親對他的拋棄才算結束，而被另一種更為深遠的不幸所代替。

老師也許是出於憐憫，他不僅放棄了對國慶的恫嚇，而且那些日子裡，他想方設法尋找理由來表揚國慶。國慶的作業裡有兩個錯字都能得滿分，我一個錯字沒有才只能得九十分。在國慶母親的兄妹來到之前，我們的老師曾帶著國慶去見過他的父親。嗓音溫和的老師反覆向那個混帳男人說明，國慶是多麼聽話多麼聰明，學校裡的老師沒有不喜愛他的。聽了老師冗長的讚美之後，國慶的父親卻是冷冷地說：

「你那麼喜歡他，就收他做兒子算了。」

我們的老師毫不示弱，他笑咪咪地說：

「我倒是想收國慶做孫子。」

我自己在遭受處罰之前，曾經十分崇敬和喜愛我們的老師。當王立強領著我最初來到學校時，老師織毛衣的模樣讓我萬分驚奇，我從未見過男人織毛衣。王立強把我帶到他身邊，讓我叫他張老師時，我才知道這個滑稽的男人是我的老師。他當初顯得親切和藹，我記得他用手撫摸我的肩膀，說出了一句讓我受寵若驚的話：

「我會給你安排一個好座位的。」

他確實這樣做了，我被安排到第一排的中央。他講課時，除非要在黑板上寫字才會站到講台後面去，別的時候他就站在我的面前。將他的講義攤開放在我的桌上，雙手撐住我的課桌，唾沫橫飛地講著。我傾聽時，仰起的臉上飽嘗了他的唾沫，猶如在細雨中聽課。而且他還能時時發現自己的唾沫已經飛到了我的臉上，於是他時時伸過來沾滿粉筆灰末的手，替我擦去他的唾沫。往往是一節課下來，我的臉就要像一塊花布那樣色彩紛呈了。

我第一次接受他的處罰，是三年級的第一學期。一場在冬天來到的大雪，使我們這些忘乎所以的孩子，在操場上展開了雪球的混戰。我的倒楣是將一個應該扔向劉小青的雪球，錯誤地擊在了一個女同學的腦袋上。我現在已經忘記了她的名字，這個嬌滴滴的女孩發出的哭喊，現在聽起來像是遭受了調戲似的。她向老師指控了我。

於是剛剛坐下的我，被老師從座位裡叫了出去。他讓我到外面去捏一個雪球玩玩，當時我以為他是在諷刺我，我在座位上站著不敢動，他也彷彿把我忘了似的繼續講課，過了一會他才奇怪地說：

「你怎麼還不去？」

我這才走到教室外面，去捏了一個雪球。我重新回到教室時，老師正在朗誦課本上有關歐陽海的故事，他的朗誦猶如一條山路似的高高低低，讓我站在門邊不敢出聲。他終於朗誦完一個大段，走到了講台後面，要命的是他看都沒看我。他對我的遺忘使我心裡發慌。他在黑板上寫字時，我怯生生地對他說：

「老師，雪球捏好了。」

他總算看了我一眼，嘴裡「嗯」了一下，接著繼續寫字。寫完後將粉筆扔入了粉筆盒，叫出了那個遭受雪球一擊的女同學，讓她走到我跟前看看，剛才擊中她的雪球是否和我手中的一樣大。這個女孩根本就沒有看到剛才的雪球，我是扔在她的後腦上，並且馬上就碎了。早就平靜下來的女孩，一走到我面前又委屈地哭哭啼啼起來，她說：

「比這個還要大。」

我只能再次倒楣地被老師趕出教室，去捏一個更大的。當我捧著一個大雪球進來後，老師沒再讓那個女同學前來檢驗。他繞了兩個圈子後，真正發布了對我的懲罰，告訴我就這麼站著，等到雪球融化了我才能回到座位上。

在那冬天的上午，呼呼的北風從教室破碎的窗玻璃上吹進來，老師雙手插在袖管裡，在寒冷中講敘著英雄歐陽海的故事。而我則捧著一個冰冷的雪球站在門邊，我的手因為寒冷出現了奇特的灼燙，這種灼燙的感覺使我的手如同在被鋸斷一樣疼痛。可我還必須時刻小心，不讓雪球脫手而落。

這時老師走到了我的身旁，他體貼地對我說：

「你捏緊一點，這樣就會融化得快一點。」

一直到下課，雪球都沒怎麼融化。老師夾著講義從我身旁走出去後，同學們全圍了上來。他們的詢問和雪球何時才能融化的議論，無疑加重了我的悲哀，委屈得差點要讓我哭了。國慶和劉小青氣勢洶洶地走到那個女同學課桌前，大罵她是叛徒、是走狗。那可憐的女孩一下子就哭了起來，她整理了書包後站起來就往外走，說是要去告訴老師。國慶和劉小青沒想到她又用上這一招，趕緊拉住她拚命求饒認罪。這時我的手完全麻木了，就如兩根冰棍一樣，雪球毫無知覺地掉落在地，開放出了滿地的雪花。雪球的破碎讓我極其害怕，我就和滿地的雪花那樣哇哇哭了起來，同時懇求身旁的同學能夠證明我：

「我不是有意的，你們都看到的，我不是有意的。」

我們老師的權威並不是建立在準確的判斷上，而是緊隨其後的那種嚴厲和獨特的懲罰。他在判斷是非時簡直太隨心所欲了，正因為這樣，他的處罰總是以突然襲擊的方式來到，並且變幻莫測。他從沒有重複過自己的處罰，我在孫蕩小學的四年生活證明了這一點。他在這方面表達了卓越的才華，和出眾的想像力。這就是我們一見到他就膽戰心驚的全部緣故。

有一次我們十來個同學在操場上扔皮球，不小心打碎了教室的窗玻璃。那一次老師對我們的處罰是最輕的，由於我事先根本就沒有料到自己也會接受處罰，我就進行了一次軟弱無力的反抗。

我依然記得當時打破玻璃那個同學的可憐神態，老師還沒有跨進教室，他就嗚嗚地亂哭了，他已從想像中看到自己受罰時的可怕情景。後來老師進來了，他笑咪咪地站在講台上，我懷疑他一旦得到處罰學生的機會就會深感愉快。和以前一樣，他總是做出出乎我們意料的決定，他沒有像我們認為的那樣，直接去處罰那個同學，而是讓所有參加扔皮球的同學舉起手來，我們舉起了手。他就說：

「你們每人寫一份檢查。」

當時我真是萬分吃驚，其實這是老師的一貫作風。我覺得自己沒有錯，為什麼也讓我寫檢查？我的心裡出現了反抗的聲音——我不寫，這是我第一次反抗成年人，而且是反抗這個讓所有學生不寒而慄的老師。

我努力使自己勇敢，心裡還是一陣陣發虛。下課後我極力鼓動受罰的同學和我一樣反抗老師。他們在表達自己不滿時和我一樣激動，可一旦說到拒絕寫檢查，他們全都吞吞吐吐了。到頭來國慶還裝得滿不在乎地對我說：

「現在寫檢查沒關係，現在我們還沒有檔案，以後工作了就不能寫，檢查要進檔案的。」

於是孤立的我，經歷了也許是我一生中最勇敢的時刻，我大聲告訴他們：無論怎樣我都不寫。我站在教室的角落裡，看到眾多的同學都吃驚地望著自己。我虛榮的激動使我聲音顫抖。極不牢靠的興奮，讓我感到自己，一個十歲的孩子擁有了真理。是的，我是對的。老師自己也說過，一個人不可能沒有缺點。

「老師也會有錯的時候。」

我這樣告訴大家。

整整一天我都陶醉在對自己的欣賞之中，我還是一個孩子，可我已經能夠看到成年人的缺點了。我的想像開始展翅飛翔，我布置了這樣的場景，老師和我在課堂上進行了爭論，我那時滔滔不絕妙語連串，因為我有真理的支持。老師儘管也能言善辯，可他沒有真理的支持，最後當然是他輸了。他令人激動地承認了這一點，並且用美麗的詞語稱讚我。所有的女同學都崇敬地望著我，當然也包括所有的男同學。那時我已經能夠感受被女孩子喜愛時的那種幸福了。這種時候我的想像必須終止了，我已經熱淚盈眶。我要讓想像長久地停留在這個地方，從而讓自己一遍遍周而復始地品嘗這激動無比的幸福。

在我情緒最為高漲的時候，我們的老師顯得十分冷靜，他對我不聞不問。我逐漸變得忐忑不安，禁不住嚇唬自己，會不會是老師正確呢？畢竟那時候我也在扔皮球，如果不是我扔給劉小青，劉小青再扔給了他，他又怎麼會扔出去打碎了玻璃？我的思維開始了可怕的延伸，到頭來我整日憂心忡忡，哪還敢在課堂上和老師爭論。

自信的恢復是來自於李秀英的幫助，有一次我在擦玻璃時，終於忍不住去問李秀英，我是不是可以在操場上玩扔皮球。李秀英說當然可以。接著我繼續問，如果我們中間有個同學打碎了玻璃，我有沒有錯。她這次的回答更為乾脆：

「別人打碎的，管你什麼事。」

真理終於又回來了，我不再疑神疑鬼。誰也無法來改變我相信自己是正確的。

然而老師對我長時間的冷落，使我的激動慢慢消亡，開始被越來越明顯的沮喪所代替。最初的時候，我曾經激動地期待著在課堂上和老師展開爭論。夜晚的時刻我準備了那麼多的語言，清晨來到後又不斷地鼓勵自己。一聽到上課鈴響，我的心就狂跳不已。我最擔憂的是自己會臨陣怯場，到時候一句話都說不出來。由於老師的冷落，使這樣的擔憂越來越突出。我的沮喪和膽怯與日俱增，而自信則開始不知去向。慢慢地我就恢復了事前的平靜，我覺得一切都過去了，我開始忘記這些。也許老師也早已忘記了這事，皇軍又來了，他晚上又要笑嘻嘻了。

似乎所有的一切，都不過是我在內心的自我爭吵，我同時扮演了老師和我，終於我筋疲力竭地放棄了這種遊戲。我重新投入到喧鬧的操場上去，恢復了童年時真正的我，無憂無慮地奔跑和喊叫。可是這時候國慶走過來了，告訴我，老師讓我去他辦公室。

我一下子又緊張了，我在那個陽光明媚的下午向老師走去時一抖一抖的。國慶他們輕鬆自在的喊叫就在我的身後，我知道自己曾經熱切期待而後來又極其害怕的時刻來到了。我努力搜尋那些準備已久的雄辯詞語，可我一句也找不著啦。那時候我感到嘴唇發抖馬上就要放聲大哭了，我鼓勵自己不要哭，要勇敢。我知道老師會極其嚴厲地訓斥我，說不定他又會想出什麼奇奇怪怪的辦法來處罰我，但我一定不能哭，因為我沒有錯。是的，我沒有錯，錯的是老師。我應該這樣去告訴他。我說話的時候要慢一點，不要被他突然而起的喊叫所嚇倒，也不要怕他的笑咪咪。就這樣，我走入了老師的辦公室，我欣慰地感到自己又有勇氣了。

老師向我友善地點點頭，他正微笑著和另一位老師說話。我站在他身旁，看他手裡翻弄著一疊紙，第一張就是劉小青的檢查。他和別的老師說著話，緩慢地將一張一張檢查翻過去，讓我看得十分清楚。最後我看到了國慶的檢查，字寫得特別大。老師這時才向我轉過身來，和顏悅色地問：

「你的檢查呢？」

這時候我完全崩潰了。所有同學的檢查經歷了一次展覽後，我立刻喪失了全部的勇氣，我結結巴巴地說：

「還沒有寫完。」

「什麼時候能寫完？」他詢問的聲音極其溫和。

我迫不及待地回答：「馬上就寫完。」

我在孫蕩的最後一年，升入小學四年級後，一個星期六的下午，我正在樓下燃煤球爐。國慶和劉小青跑來告訴我一個吃驚的消息，在我們教室的牆上出現一條用粉筆寫成的標語，意思是打倒張青海，即我們的老師。

當時他們顯得異常興奮，他們用近乎崇拜的語氣恭維我，說我真是有膽量。該死的張青海早該打倒了，我們都接受過他方式奇特卻極其要命的處罰。他們的興奮感染了我，他們以為是我寫的而對我的崇拜，使我在那一刻真想成為那個寫標語的人。可我只能誠實，我幾乎是不好意思地告訴他們：

「不是我。」

國慶和劉小青當初顯示出來的失望，讓我深感不安。我以為他們的失望是因為我不是那個勇敢的人，就像劉小青說：

「也只有你才有這樣的膽量呵。」

我心裡覺得國慶比我更有膽量，我這樣說了，絲毫不是為了謙虛。國慶顯然接受了我的稱讚，他點點頭說：

「要是我，我也會寫的。」

劉小青緊接上去的附和，促使我也說出這樣一句話。我實在不願意再讓他們失望了。我就這樣進入了一個圈套，我根本就想不到國慶和劉小青是肩負著老師的旨意，來試探我。星期一來到後，我向學校走去時還傻乎乎地興高采烈，緊接著我就被帶入了一個小房間，張青海和另一位姓林的女老師，開始了對我的審問。

先是林老師問我是否知道那條標語的事。在那麼一個小房間裡，門被緊緊關上，兩個成年人咄咄逼人地看著我。我點點頭說是知道。

她問我是怎麼知道的，我猶豫不決了。我能說出國慶和劉小青的興高采烈嗎？如果他們也被帶到這裡來，會怎樣看我呢？他們肯定會罵我是叛徒。

我緊張地看著他們，那時候我仍然不知道他們懷疑我了。那個女老師嗓音甜美地問我，星期六下午和星期天來沒來過學校。我搖搖頭。我看到她向張青海微笑了一下，接著迅速扭過頭來問我：

「那你怎麼知道標語？」

她突然響起的聲音嚇我一跳。一直沒有說話的張青海這時軟綿綿地問我：

「你為什麼要寫那條標語？」

我急忙申辯：「不是我寫的。」

「不要撒謊。」

林老師拍了一下桌子，繼續說：

「可是你知道那條標語，你沒來過學校，怎麼會知道？」

我沒有辦法了，只能說出國慶和劉小青，否則我怎麼來洗刷自己。我這樣說了，可他們對我的話沒有絲毫興趣，張青海直截了當地告訴我：

「我查對過筆跡了，就是你寫的。」

他說的那麼肯定。我的眼淚奪眶而出，我拚命搖頭，讓他們相信我。他們都在椅子上坐了下來，互相看來看去，彷彿根本就沒聽我的申辯。我的哭泣將眾多的同學引到了窗下，那麼多人都看著我哭，可我顧不上這些了。那個女老師站起來去驅趕他們，接著關上了窗戶。剛才關上了門，現在又關上了窗戶。這時張青海問我：

「你是不是說過，要是你，你也會寫的。」

我恐懼地望著他。我不知道他是怎麼知道的，難道他偷聽了我們星期六下午的對話？是上課的鈴聲暫時拯救了我，他們讓我在這裡站著別動，他們要去講課了。他們走後我獨自一人站在這間小屋子裡，椅子就在旁邊，我不敢坐。那邊的桌子上有一瓶紅墨水，我真想去拿起來看看，可他們讓我站著別動。我只好去看窗外，窗外就是操場，此刻高年級的同學正在那裡列隊，不一會就解散了，他們打球或者跳繩。體育課是我最喜歡的課。那邊教室裡傳來了朗讀的聲音，隔著玻璃聽起來很輕。我第一次站在外面聽著他們朗讀，我多麼希望自己也在他們中間，可我只能站在這裡受罰。有兩個高年級的男同學敲打起窗玻璃，我聽到他們在外面喊：

「喂，你剛才為什麼哭？」

我的眼淚又下來了，我傷心地抽泣起來。他們在外面哈哈笑了。

下課鈴響過以後，我看到張青海帶著國慶和劉小青走過來。我想他們怎麼也來了，是我把他們牽涉進來的。他們在窗外就看到了我，他們的眼睛只看了我一下，就傲慢地閃了過去。

接下去的情形真讓我吃驚，國慶和劉小青揭發了我，我在星期六下午說的那句話——要是我，我也會寫的。於是林老師用手指著我，卻面對張青海說：

「有這想法就會寫那標語。」

我說：「他們也這樣說了。」

這時國慶和劉小青急忙向老師說明：

「我們是為了引誘他才這麼說的。」

我絕望地看著我的同學，他們則是氣呼呼地瞪著我。然後老師就讓他們出去了。

那是一個多麼可怕的上午，兩個成年人輪番進攻我，我始終流著眼淚不承認。他們的吼叫和拍桌子總是突然而起，我在哭泣的同時飽受驚嚇，好幾次我嚇得渾身打抖不敢出聲。林老師除了槍斃我以外，什麼恫嚇的話都說了。到後來她突然變得溫柔了，耐心地告訴我，公安局裡有一種儀器，只要一化驗就會知道，那牆上標語的筆跡和我作業簿上的一模一樣。這是那個上午裡我唯一得到的希望，但我又擔心儀器會不會出差錯，我就問她：

「會不會弄錯呢？」

「絕對不會。」

她十分肯定地搖了搖頭。我徹底放心了，我對他們歡欣地叫道：

「那就快點拿去化驗吧。」

可他們卻一動不動地坐在椅子裡，互相看了好一會，最後是張青海說：

「你先回家吧。」

那時放學的鈴聲已經響過了，我終於離開了那間小屋子。上午突然來到的一切，使我暫獲自由以後依然稀里糊塗。我都不知道自己怎樣走到了校門口，在那裡我見到了國慶和劉小青，由於委屈我又流出了眼淚，我走過去對他們說：

「你們為什麼要這樣做呢？」

當時的國慶有些不太自在，他紅著臉對我說：

「你犯錯誤了，我們要和你劃清界線。」

劉小青卻是得意洋洋地說道：

「實話告訴你吧，我們是老師派來偵察你的。」

成年人的權威，使孩子之間的美好友情頃刻完蛋。以後很長時間裡，我再沒和他們說過話。一直到我要返回南門、去向國慶求助時，才恢復了我和他之間的親密，可同時也成了我們的分別。後來，我就再沒有見到過他。

下午的時候，我傻乎乎地坐在教室裡準備上課。夾著講義走進來的張青海一眼就看到了我，他一臉奇怪地問我：

「你在這裡幹什麼？」

我在這裡幹什麼？本來我是來上課的，可他們這麼一問我就不知道了。他說：

「你站起來。」

我慌忙站起來。他讓我走出去，我就走了出去，一直走到操場中央，我四下望望，不知道他要我走到哪裡去。猶豫了片刻後，我只能鼓足勇氣往回走，重新來到教室裡，我提心吊膽地問張青海：

「老師，我要走到哪裡去？」

他回過頭來看著我，依然是軟綿綿地問我：

「你上午在哪裡？」

我扭過頭去，看到了操場對面那間小屋子，我才恍然大悟。我問：

「我要到那小屋子裡去？」

他滿意地點點頭。

那天下午我繼續被關在那間小屋子裡，我一直拒絕承認惹惱了他們。於是王立強來到了學校，身穿軍裝的王立強來到後，仔細聽著他們的講敘，其間有幾次回過頭來責備地望了望我。我當初多麼希望他也能認真地聽一聽我的申辯，可他聽完老師的講敘後，根本就不關心我會說些什麼。他帶著明顯的歉意告訴他們，我是他領養的，領養時我已經六歲了。他對他們說：

「你們也知道，一個六歲的孩子已經有一些很難改變的習性了。」

這是我最不願意聽到的。但他沒有像老師那樣逼我承認，這方面的話他一句都沒說。他很快就站起來說是有事走了，他這樣做也許是為了避免傷害我。如果他繼續待下去，他就很難不去附和老師的話。他逃脫了這個令他尷尬的處境。我卻是充滿了委屈，他那麼認真地聽老師講敘，可一句也不來問我是不是這樣。

要不是後來李秀英對我的信任，我真不知道該怎麼辦。當初的我深陷於被誤解的絕望之中，那是一種時刻讓我感到呼吸困難的情感。沒有人會相信我，在學校裡誰都認為那標語是我寫的。我成了一個撒謊的孩子，就是因為我拒不承認。

那天下午放學回家時，我接受了雙重折磨。在被誤解的重壓之下，我還必須面對回家以後的現實，我想王立強肯定將這事告訴李秀英了。我不知道他們會給我什麼樣的處罰。我就這樣幾乎是絕望地回到家中，一聽到我的腳步，躺在床上的李秀英立刻把我叫過去，她十分嚴肅地問我：

「那標語是不是你寫的？你要說實話。」

整整一天了，我接受了那麼多的審問，可是沒有一句是這樣問的。我當時眼淚就下來了，我說：

「不是我寫的。」

李秀英在床上坐起來，尖利地喊叫王立強，對他說：

「肯定不是他寫的，我敢保證。他剛來我們家時，我偷偷將五角錢放在窗台上，他都很老實地拿過來交給我。」然後她面向我。「我相信你。」

王立強在那邊屋子裡表達了對老師的不滿，他說：

「小孩又不懂事，寫一條標語有什麼了不起的。」

李秀英顯得很生氣，她指責王立強：

「你怎麼能這樣說，這樣不就等於你相信是他寫的了。」

這個臉色蒼白脾氣古怪的女人，那一刻讓我感動得眼淚直流。她也許是因為用力說話，一下子又癱在了床上，輕聲對我說：

「別哭了，別哭了，你快去擦玻璃吧。」

在家中獲得了有力的信任以後，並沒有改變我在學校的命運。我在那間光線不足的小屋子裡，又待了整整一天。隔離使我產生了異常的恐怖。雖然我和別的同學一樣上學一樣放學回家，可我卻是來到這間小屋子，被兩個處於極端優勢的成年人反覆審問。我哪經受得住這樣的進攻。

後來他們向我描繪了一個誘人的情節。他們用讚賞不已的口氣，向我講述了這樣一個孩子，和我一樣的年齡，也和我一樣聰明（我意外地得到了讚揚），可他後來犯了一個錯誤。他們不再氣勢洶洶，開始講故事了，我凝神細聽。這個和我一樣大的孩子偷了鄰居的東西，於是他在自己心裡受到了指責，他知道自己犯錯誤了。後來經過一系列的思想鬥爭，他終於將東西還給了鄰居，並且認了錯。

林老這時親切地問我：

「你猜，他受到批評了嗎？」

我點了點頭。

「不。」她說。「他反而受到了表揚，因為他已經認識到自己的錯誤。」

他們就這樣引誘我，讓我漸漸感到了做了錯事以後認錯，比不做錯事更值得稱讚。遭受了過多指責以後，我太渴望得到稱讚了。我是懷著怎樣激動和期待的心情，終於無中生有地承認了下來。

兩個達到了目的的成年人總算舒了一口氣，然後筋疲力竭地靠在椅子上，古怪地看著我。他們既沒有稱讚我，也不責罵。後來是張青海對我說：

「你去上課吧。」

我走出了小屋子，穿過陽光閃爍的操場，心裡空蕩蕩地走向了教室。我看到教室裡許多同學都扭過頭來向我張望，我感到自己開始臉紅了。

可能是三天以後，那天我很早就背著書包去學校。走進教室時我嚇一跳，張青海獨自一人坐在講台後面，講台上放著他的講義。他看到我立刻招了招手，我走到了他身旁，他輕聲問我：

「你知道林老師嗎？」

我怎麼會不知道她呢？她甜美的嗓音在那間小屋子裡責罵恫嚇過我，也是她說過我聰明。我點點頭。

張青海微微一笑，神祕地告訴我：

「她被關起來了。她家裡是地主，她一直隱瞞著，後來派人去調查才知道的。」

我吃了一驚。林老師被關起來了？前幾天她還和張青海一起審問我，那麼義正詞嚴，那麼滔滔不絕。現在她被關起來了。

張青海低頭看他的講義去了，我走到了教室外面，望著對面那間小屋子，心裡反覆想著林老師被關起來，這令人吃驚的事。那時有幾個同學走了進去，我聽到張青海又在輕聲告訴他們這些了。老師的微笑讓我害怕，在那間小屋子裡，林老師和他顯得那麼同心同德，現在他卻是這樣的神態。

回到南門

應該說，我對王立強和李秀英有著至今難以淡漠的記憶。我十二歲回到南門，十八歲又離開了南門。我曾經多次打算回到生活了五年的孫蕩去看看，我不知道失去了王立強以後，李秀英的生命是否還能延續至今。

雖然我在他們家中幹著沉重的體力活，但他們時常能給予我親切之感。我七歲那年，王立強決定讓我獨自去茶館打開水。他說：

「我不告訴你茶館在哪裡，你怎麼去呢？」

這個問題讓我想得滿頭大汗，終於找到了答案，我歡快地說：

「我去問別人。」

王立強發出了和我一樣歡快的笑聲。當我提著兩只熱水瓶準備出門時，他蹲了下來，努力縮短他的身高，以求和我平等。他一遍一遍告訴我，如果實在提不動了就將熱水瓶扔掉。我當時十分驚訝，那兩個熱水瓶在我心目中是非常昂貴的物品，他卻讓我扔掉。

「為什麼要扔掉？」

他告訴我，如果實在提不動了摔倒在地的話，瓶裡的開水就會燙傷我。我明白他的意思了。

我口袋裡放了兩分錢，提著兩個熱水瓶驕傲地走了出去。我沿著那條石板鋪成的街道走去，用極其響亮的聲音向旁人打聽，茶館在什麼地方。我不管此後的打聽是否多餘，依然尖聲細氣喊叫著。我小小的詭計一下子就得逞了，路旁的成年人都吃驚地看著我。我走入茶館時，用更加響亮的聲音將錢遞過去，收錢的老太太嚇了一跳，她捂著胸口說：

「嚇死我啦。」

她的模樣讓我格格笑出聲來，而她則迅速轉換成了驚奇。當我提著兩瓶水走出去時，她在後面提心吊膽地說：

「你提不動的。」

我怎麼會扔掉熱水瓶呢？他們對我的懷疑，只會增加我的自得。王立強在我離家時的囑咐，在路上變成了希望。希望在想像裡為我描繪了這樣的情形，當我將兩瓶開水提回家時，王立強是那樣的欣喜若狂，他高聲喊叫李秀英，那個床上的女人也走過來了，他們兩人由衷的讚嘆起了我。

就是為了得到這個，我咬緊牙關提著那兩瓶開水往家走去。我時刻鼓勵著自己，不要扔掉，不要扔掉。中間我只是休息了一次。

可我回到家中以後，王立強令我失望地沒有流露一絲的吃驚，彷彿他早就知道我能提回家中似的接過了水瓶。看著他蹲下去的背影，我用最後的希望提醒他：

「我只休息了一次。」

他站起來微笑了一下，似乎這沒有什麼了不起的。我徹底沮喪了，一個人走到一邊，心想：我還以為他會讚揚我呢。

我曾經愚蠢地插在王立強和李秀英的夜晚之間，為此我挨揍了。強壯的王立強和虛弱的李秀英，他們的夜晚是令人不安的夜晚。我剛來他們家時，每隔幾天我上床睡覺後，便會聽到李秀英的哀求和呻吟之聲。那時我總是極其恐懼，可是翌日清晨我又聽到了他們溫和地說話，一問一答的聲音是那麼親切地來到我的耳中。

有一天晚上，我已經脫了衣服上床睡覺，在床上有氣無力躺了一天的李秀英，那時突然尖利地喊叫著我，要我過去。我穿著短褲衩，在那個冬天的夜晚哆嗦地推開了他們的房門，正在脫衣服的王立強滿臉漲紅地將門踢上，怒氣沖沖地要我滾回去。我不知道發生了什麼，可我又不敢走開，李秀英正在裡面拚命喊叫我。我只能又冷又怕地站在門口，渾身打抖。後來可能是李秀英從床上被窩裡跳了出來，這個穿潮濕一點內衣就會發燒的女人，那時候不顧一切了。我聽到王立強在裡面低聲喊道：

「你不要命啦。」

門咚地一下被打開了，我還沒明白過來發生了什麼，就被李秀英拉進了被窩。然後她不再喊叫了，而是喘著氣對王立強說：

「今晚我們三個人睡。」

李秀英抱著我，將臉貼在我的臉上，她的頭髮覆蓋了我的一隻眼睛。她雖然瘦骨伶仃，可她的身體很溫暖。我用另一隻眼睛看到王立強正惱怒地衝著我說：

「你給我出去。」

李秀英貼著我的耳朵說：

「你說不出去。」

這時我完全被李秀英征服了，她溫暖的身體我當然不願離開，我就對王立強說：

「我不出去。」

王立強一把捏住我的胳膊，把我提出了李秀英的懷抱，扔在了地上。他那時眼睛通紅極其可怕，他看到我坐在地上沒有動，就向我喊道：

「你還不出去。」

我的倔強這時上來了，我也喊道：

「我就是不出去。」

王立強上前一步要把我提出去，我立刻緊緊抱住床腿，任他怎麼拉也不鬆手。氣瘋了的王立強捏住了我的頭髮，就往床上撞。我似乎聽到李秀英尖利地喊叫起來。劇烈的疼痛使我鬆了手，王立強一把將我扔了出去，隨即鎖上了門。當時的我也瘋狂了，我從地上爬起來，使勁捶打房門，嚎啕大哭著大罵道：

「王立強，你這個大混蛋。你把我送回到孫廣才那裡去。」

我傷心欲絕地哭喊著，指望李秀英能站出來援助我。剛開始我還能聽到李秀英在裡面和王立強爭吵，過了一會就沒有聲音了。我繼續哭喊，繼續破口大罵，後來我聽到李秀英在裡面叫我的名字，她聲音虛弱地對我說：

「你快去睡吧，你會凍壞的。」

我突然感到無依無靠了，我只能嗚咽著走向自己的臥室。在那個冬天的黑夜裡，我懷著對王立強的仇恨漸漸睡去。第二天醒來時我感到臉上疼痛難忍，我不知道自己已經鼻青眼腫了。正在刷牙的王立強看到我時吃了一驚，我沒有理睬他，而是從他身旁拿起了拖把，他伸手制止我，滿口泡沫含糊不清地說了什麼。我使勁掙脫他的手，將拖把扛進了李秀英的房間。李秀英也吃了一驚，她嘟囔著指責王立強：

「手這麼重。」

這天早晨，王立強買來了兩根油條說是給我吃的。油條就放在桌上，我突然擁有一頓可口的早餐時，我剛好絕食了。他們怎麼勸說我都不吃一口，而是哭泣地說：

「把我送回到孫廣才那裡。」

我與其是在哀求，還不如說是在威脅他們。王立強由於內疚，接二連三表示的姿態，反而加強了我與他對立的決心。我背起書包出去時，他也緊隨而出，他試圖將手放在我肩上，我迅速地扭開了身體。於是他又摸出一角錢給我，我同樣堅決拒絕他的收買，搖搖頭固執地說：

「不要。」

我必須真正品嘗飢餓的滋味。王立強對我絕食的不安，促使了我繼續下去的信心。我用折磨自己的方式來報復王立強。最初的時候我甚至有些驕傲，我發誓再也不吃王立強的東西了，同時我想到自己會餓死，這時候我眼淚汪汪地感到自己多麼值得驕傲。我的餓死對於王立強是最有力的打擊。

可我畢竟太年幼了，意志只有在吃飽穿暖時，才會在我這裡堅強無比。一旦餓得頭暈眼花，也就難以抵擋食物的誘惑了。事實上我過去和現在，都不是那種願為信念去死的人，我是那樣崇拜生命在我體內流淌的聲音。除了生命本身，我再也找不出活下去的另外理由了。

那天上午，同學們都看到了我鼻青眼腫的模樣，可沒有人會知道我此後來到的飢餓更為嚇人。我清晨空腹走出家門以後，到了第三節課，我就受不了。先是一種空空蕩蕩的感覺，裡面就如深夜的胡同一樣寂寞，有著風吹來吹去似的虛無。隨即擴散到了全身，我感到四肢無力腦袋昏昏沉沉。接下去我就面臨真正的胃疼，那種虛弱的疼痛比臉上的青腫更為要命。我總算熬到了下課，我趕緊向那個自來水水架跑去，將嘴接住水龍頭，喝了飽飽的一肚子水。於是我獲得了短暫的平靜，飢餓那時暫時離去，我虛弱地靠在水架上，陽光照得我全身軟綿綿。水在體內迅速地被消化吸收，我只能不停地喝這冬天的涼水，直到上課鈴聲響起。

我遠離水架之後，飢餓的再度來臨就讓我束手無策了，那時的我必須承擔比先前更為嚴厲的折磨。我的身體就如一袋被扔在地上的大米，塌陷在我的座位上。我產生了幻覺，黑板猶如一個山洞，老師在洞口走來走去，他發出的聲音嗡嗡直響，彷彿是撞在洞壁上的回音。

當我的胃承受著空虛的疼痛時，膀胱則給予了我脹疼的折磨，我喝下了那麼多的水，它們開始報復我了。我只能舉起手來，請求張青海允許我去撒尿。那時剛上課才幾分鐘，老師十分不滿地訓斥我：

「下課時為什麼不撒尿。」

我小心翼翼地往廁所走去，我不敢跑，一跑膀胱裡的水就咕咚咕咚地湧來湧去。撒完尿後，我抓住這個機會又去喝了一肚子涼水。

那個上午的第四節課，對於我也許是一生中最難熬的時刻，我剛上了廁所後不久，膀胱又劇烈地脹痛了，把我脹得臉色發紫。我實在憋不住後，只得再次舉起手來。

張青海滿腹狐疑地看了我一陣，問我：

「又要去撒尿？」

我羞愧不安地點點頭。張青海叫出了國慶，讓他跟我到廁所去看看，我是不是真有尿可撒。這次撒完尿後我沒再敢喝水，國慶回到教室後響亮地向老師報告：

「比牛的尿還長。」

在同學吃吃的笑聲裡，我面紅耳赤地坐到了自己座位上。雖然我沒再喝水，可是沒過多久膀胱又鼓起來了。那時候飢餓已經微不足道了，膀胱越鼓越大。這次我不敢輕易舉手了，我忍著劇烈的脹疼，期待著下課鈴聲早些響起來。我都不敢動一動身體，彷彿一動膀胱就要脹破似的。到後來我實在不行了，時間走得那麼慢，下課鈴聲遲遲不來。我膽戰心驚地第三次舉起手來。

張青海有些惱火了，他說：

「你想淹死我們。」

同學們哄堂大笑。張青海沒再讓我上廁所，而是讓我繞到窗外，讓我對著教室的牆壁撒尿，他要親自看看我是不是真有尿。當我將尿刷刷地沖到牆上去後，他相信了，走開幾步繼續講課。我的尿可能是太長了，張青海突然中斷講課，吃驚地說：

「你還沒撒完？」

我滿臉通紅膽怯地向他笑一笑。

上午放學後，我沒有像別的同學那樣回家，我繼續絕食抗爭。整個中午我都躺在水架下面，飢餓一旦強烈起來，我就爬起來去飽飽地喝一肚子水，然後繼續躺在那裡獨自悲傷。那時我的自尊只是裝飾而已了，我盼望著王立強找來。我躺在陽光下面，青草在我周圍歡欣地成長。

王立強找到我的時候，已是下午，上學的同學正在陸續來到。他在水架旁找到了我。我不知道他吃過午飯以後，一直在焦急地等著我回去，這是李秀英後來告訴我的。他把我從地上扶起來，用手輕輕觸碰我臉上的青腫時，我一下子就哭了。

他把我背在脊背上，雙手有力地托住我的大腿，向校門走去。我的身體在他脊背上輕輕搖晃，清晨時還那麼堅強的自尊，那時被一種依戀所代替。我一點也不恨王立強了，我把臉靠在他肩膀上時，所感受的是被保護的激動。

我們走進了一家飯店，他把我放在櫃檯上，指著一塊寫滿各種麵條的黑板，問我要吃哪一種。我一聲不吭地看著黑板，什麼也不說，我自尊的殘餘仍在體內遊蕩。王立強就給我要了一碗最貴的三鮮麵，然後我們在一張桌子旁坐了下來。

我忘不了當初他看著我的眼神，我一生都忘不了，在他死後那麼多年，我一想起他當初的眼神就會心裡發酸。他是那樣羞愧和疼愛地望著我，我曾經有過這樣一位父親。可我當時並沒有這樣的感受，他死後我回到南門以後的日子，我才漸漸意識到這一點，比起孫廣才來，王立強在很多地方都更像父親。現在一切都是那麼遙遠時，我才發現王立強的死，已經構成了我冗長持久的憂傷了。

麵條端上來以後，我沒有立刻就吃，而是貪婪同時又不安地看著熱氣騰升的麵條。理解我心思的王立強馬上就站起來，說聲他要上班後就走了出去。他一走我立刻狼吞虎嚥地吃起來。可我小小的胃過早地得到了滿足，隨後我就無限惆悵地夾起雞塊、爆魚，看看又放下，接著又夾起來看看，遺憾的是我實在吃不下了。

我重又恢復了童年時精神勃勃的我，不愉快的事早已煙消雲散。於是我就有能力去注意對面那個衣衫襤褸的老人，他吃的是一碗最廉價的小麵，他是那樣關注我夾雞塊和爆魚的舉動，我感到他是在期待著我立刻離去，好吃我碗中的美食。我年幼時的殘忍上來了，我故意不走，反覆夾著碗中的食物，而他似乎是故意吃得十分緩慢。我們兩人暗中展開了爭鬥，沒過多久，我就厭倦了這種遊戲，可我想出了另一種遊戲。我將筷子大聲地一摔，站起來大搖大擺地走了出去。一到屋外，我就隱蔽在窗邊偷偷窺視起了他，我看到他往門口張望了一下，接著以驚人的敏捷將自己的麵條，倒入我留下的碗中，再將兩個碗掉換了一下位置後，就若無其事地吃了起來。我立刻離開窗戶，神氣活現地重新走入飯店，走到他面前，裝作吃驚地看了一會那只空碗。我感到他似乎十分不安，我也就滿足了，愉快地走了出去。

進入小學三年級以後，我越來越貪玩了。隨著對王立強和李秀英的逐漸熟悉和親切起來，初來時的畏懼也就慢慢消失。我常常在外面玩得忘記了時間，後來驀然想起來應該回家了，才拚命跑回去。我自然要遭受責罵，可那種責罵已經不會讓我害怕，我努力幹活，盡量把自己弄得滿頭大汗，他們的責罵就會戛然而止。

有一陣子我特別迷戀去池塘邊摸小蝦，我和國慶、劉小青，幾乎每天下午放學後，就往鄉間跑去。那麼一天我們剛剛走上田野，讓我嚇一跳地看到了王立強，他和一位年輕女子在田埂上一前一後慢慢走來。我趕緊往回跑，王立強已經看到我，我聽到他的喊叫後只得站住腳，不安地看著王立強大步走上前來，我在應該回家的時候沒有回家。國慶和劉小青立刻向他說明，我們到鄉間是為了摸小蝦，不是來偷瓜的。王立強向他們笑了笑，出乎意料的是王立強並沒有責備我，而是用他粗大的手掌蓋住我的腦袋，讓我和他一起回去。一路上他都親切地向我打聽學校裡的事，他沒有一點想責備我的意思，我逐漸興奮了起來。

後來我們站在百貨商店的吊扇下面，吃起了冰棍。這是我童年的幸福時刻，那時王立強家中還沒有電扇，我是那麼吃驚地看著這個旋轉的東西，就像是水傾瀉時一樣亮閃閃，而且是那麼的圓。我站在風區的邊緣上，不停地走進和走出，感受著有風和無風。

那次我一口氣吃了三根冰棍，王立強很少有這麼慷慨的時候。吃完第三根後，王立強問我還想不想吃，我又點了點頭。可他猶豫了，他令我失望地說：

「你會吃壞身體的。」

我得到了別的補償，他給我買了糖果。然後我們才離開商店，向家中走去時，王立強突然問我：

「你認識那位阿姨嗎？」

「哪位阿姨？」我不知道他在說誰。

「就是剛才走在我後面的。」

我才想起來那個在田埂上的年輕女子，她是什麼時候消失的我一點也沒有覺察，當時我正緊張地想逃避王立強。我搖搖頭後，王立強說：

「我也不認識她。」

他繼續說：「我叫住了你，回頭一看竟然後面還有一個人。」

他臉上吃驚的神氣十分有趣，把我逗得格格直笑。

快要到家的時候，王立強蹲下身體悄聲對我說：

「我們不要說是去鄉間了，就說是在胡同口碰上的，要不她就會不高興。」

我當時高興極了，我也不願意讓李秀英知道我放學後又貪玩了。

可是半年以後，我又一次看到王立強和那位年輕的女子在一起，這一次我就很難認為他們互不相識了。在王立強發現我之前，我就逃之夭夭。後來我在一塊石頭上坐下來苦思冥想，十一歲的我已經能夠費力地用自己的腦袋去想事情了。我逐漸明白了王立強和那個女人之間含含糊糊的關係，我突然吃驚地感到王立強是那麼下流，但當我站起來走回家中後，我卻是保持了緘默。我很難找出當時保持緘默的全部原因，但有一點我至今記得，當我想到要把這事告訴李秀英時，我突然恐懼地顫抖起來。我成年以後，還常常會出現這樣幼稚的想法，如果我當時將這事告訴了李秀英，李秀英蒼白無力的瘋狂，也許恰恰會阻止王立強因此而送命。

緘默使我後來充分利用了自己的優勢，在我認為應當遭受處罰的時候，我對王立強的威脅，使我可以逍遙法外。

那個安放在收音機上端的小酒盅，最後還是讓我給打碎了。我拖地板時一轉身，拖把柄將酒盅掃落在地，就這麼被打碎了。那個貧困家中唯一的裝飾品，破碎時的聲響讓我經歷了長時間的戰慄。王立強會像擰斷一根黃瓜一樣，咔嚓一聲擰斷我的脖子。雖然這是剛來這裡時的恐懼，我也知道他不會擰斷我的脖子，但他盛怒的模樣和對我嚴厲的處罰，卻是我即將接受的事實。我用自己童年的掙扎，來擺脫這個厄運，我要先去威脅王立強。當時在另一個房間的李秀英沒有注意到這一切，我悄悄收起破碎的酒盅，將它們放入簸箕。然後在王立強下班回來時，走到屋外守候他。

當身穿軍裝的王立強向我走來時，由於激動和緊張，我突然哭了。王立強吃驚地蹲下身體問我：

「怎麼啦？」

我向他發出了哆嗦的威脅：

「你要是揍我，我就把你和那個阿姨的事說出來。」

王立強臉色當時就白了，他搖著我的身體反覆說：

「我不會揍你的，我為什麼要揍你呢？」

我這才告訴他：

「我把酒盅打碎了。」

王立強先是一愣，繼而就明白我的威脅因何而起了，他臉上出現了微笑，他說：

「那個酒盅我早就不要啦。」

我將信將疑地問他：

「你不揍我啦？」

他給予了我肯定的回答，於是我完全放心了，為了報答他，我湊近他耳朵說：

「我不會說那個阿姨的。」

那天傍晚，吃過晚飯以後，王立強拉著我的手在街上走了很久。他不停地和一些熟人打招呼，我當時不知道這是我最後一次和王立強一起散步，當時我是那樣迷戀落日掛在兩旁屋簷上的餘暉。我的興致勃勃感染了他，他給我講了很多他小時候的事，我印象最深的是他到十五歲時還窮得經常光屁股。那時他嘆息地對我說：

「人不怕窮，就怕苦呵。」

後來我們在橋畔坐了下來，那一次他長久地望著我，接著憂慮地說：

「你是個小妖精。」

然後他變換了一種口氣：

「你確實是一個聰明的孩子。」

我十二歲那年秋天，劉小青的哥哥，那位我極其崇拜的吹笛手，患急性黃疸肝炎死去了。

那時候他已不是遊手好閒的大孩子，而是一個插隊的知青了。可他依然戴著鴨舌帽，將笛子插在上衣口袋裡。聽說他和兩個船上人家的女兒在一起插隊，那兩個強壯的姑娘幾乎同時喜歡上了他。他的笛子吹得那麼美妙，在鄉間寂寞的夜晚怎能不令她們感動。但是那裡的生活使他難以忍受，他經常回到城裡來，坐在自己的窗口吹著笛子，在我們放學回家時，他就會吹出賣梨膏糖的小調，他喜歡看我們奔跑過去的傻樣，不願意回到鄉間那個使他生命感到窒息的地方，雖然有兩個姑娘編好了愛情的絲網恭候著他。

最後一次回來，他住的時間可能是過長了一點。他那怒氣沖沖的父親整天訓斥他，要把他趕回鄉下去。有幾次我從他家窗前經過，聽到了他哭泣的聲音。他是那麼可憐巴巴地告訴父親，他一點力氣都沒有，不想吃東西，更不能幹活。

那時候他不知道自己得肝炎了，劉小青的父母也不知道。他母親為他煮了兩個雞蛋，勸他還是回鄉下去吧。他回到鄉下以後，才過兩天就昏迷了。是那兩個健壯的姑娘輪流把他背回到家中。那天下午我放學回家時，看到了這兩個被陽光曬得黝黑的姑娘，滿腿爛泥，哭喪著臉從劉小青家出來。當天晚上他就死了。

我至今記得他當初離家時暗淡的神色，他扛著鋪蓋，右手攥著兩個雞蛋，慢吞吞地往輪船碼頭走去。事實上那時他已經死氣沉沉了，蹣跚的步履如同一個垂暮的老人。唯有那支插在上衣口袋裡的笛子，在他走去時一搖一搖的，顯得稍有生氣。

這個死到臨頭的人，在看到我走來時，還想再捉弄我一次。他讓我湊近他屁股看看，那裡是不是拉破了。我已經上過他一次當了，所以我就對著他喊叫：

「我不看，你會讓我吃臭屁的。」

他嘿嘿一笑，放出了一個有氣無力的屁，然後緩慢地走向了永久之死。

當初黃疸肝炎的可怕被極其誇大了，劉小青戴著黑紗來到學校時，所有的同學都叫叫嚷嚷地躲著他。這個剛剛失去哥哥的孩子臉上掛著討好的笑容，走向一個籃球架下打球的同學，那群人像蜜蜂一樣立刻逃向了另一個球架，他們同聲咒罵他，而他則依然討好地向他們笑。我當時坐在教室外的石階上，看著他孤零零地站在空蕩蕩的球架下，垂著雙手一副不知所措的神態。

後來他慢慢地向我走來，他走到我近旁站住了腳，裝出一副看別處的樣子。過了一會，他看到我沒有走開，就在我身旁坐了下來。自從那標語的事後，我們沒再說話，更沒有那麼近地待在一起過。突然來到的孤單使他走向了我，他終於先和我說話了，他問：

「你為什麼不逃走呢？」

「我不怕。」我這樣回答。

隨後我們兩人都不好意思了，把頭埋在膝蓋上吃吃笑了起來。畢竟我們有一段時間互不理睬了。

我在兩天時間裡，經歷了童年中兩樁突然而來的死去，先是劉小青的哥哥，緊接著是王立強。使我的童年出現了劇烈的抖動。我無法判斷這對我的今後究竟產生了多大的影響，但是王立強的死，確實改變了我的命運。我剛剛和劉小青恢復了昔日的友情，還來不及去和國慶握手言和，那天夜晚王立強就一去不返了。

他和那位年輕女子一開始就注定了是這樣的結局，他們提心吊膽地度過了兩年美好的日子，在那個夜晚被人捉住了。

王立強一位同事的妻子，是那個時代道德的忠實衛士，按她的話說是她早就懷疑他們了。這個有兩個孩子的母親，以自己無可挑剔的貞節，去監視別人的偷情。王立強在這個女人的丈夫出差去外地時，他們共有一間辦公室，他帶著那個年輕女子黑夜來到這裡，將辦公室桌上的用品放到了地上，然後以桌代床開始他們苦澀的幸福。

那個突然襲擊的女人，手拿丈夫的鑰匙迅速打開房門，並以同樣的迅速拉亮了電燈。桌上那一對戀人嚇得目瞪口呆，在偷襲者極其響亮的痛斥聲裡，王立強和他桌上的伙伴都顧不上穿好褲子，就雙雙跪在她的腳前，百般哀求。在我眼中是那樣凜然不可侵犯的王立強，當時是聲淚俱下。

這個監視已久終於獲得成果的女人，怎麼會輕易放過他們？她明確告訴他們，再求饒也沒有用，她說：

「我好不容易才抓到你們。」

然後她走到窗前才打開窗戶，像剛下了蛋的母雞一樣叫喚了。

王立強知道一切都不可改變了，他幫助戀人穿上衣服，將她扶到椅子上坐下。武裝部的同事從樓下上來後，他看到了政委，就面有愧色地說：

「政委，我犯生活錯誤了。」

政委讓幾個戰士把王立強看守起來，讓那個姑娘回家去。王立強的戀人早已泣不成聲，她站起來往外走去時仍然用手捂著臉。那個眉飛色舞的女人這時惡狠狠地衝著她喊：

「放下你的手，你和男人睡覺時怎麼不臉紅。」

王立強緩慢地走到她身旁，揮起手就給了她一記耳光。

我無法知道當時更多的情形，那個得意忘形的女人遭受王立強突然一擊後，她的瘋狂是可想而知的。她張開手指向王立強撲過去時，卻被一把椅子絆倒在地。她的憤怒立刻轉變成了委屈，她嚎啕大哭了。政委讓人快些把王立強帶走，留下幾個人去勸說這個坐在地上不願起來的女人，自己則回去睡覺了。

王立強在一間漆黑的屋子裡坐到了後半夜，然後站起來對一個看管他的戰士說，他要去辦公室拿點東西。因為瞌睡而迷迷糊糊的戰士，看著他的上級有些為難。王立強說聲馬上就會回來，就逕自出門了。那個戰士沒有尾隨，而是站在門旁，看著王立強在月光下走向辦公樓，他高大的身影融入了辦公樓巨大的陰影之中。

事實上王立強沒有去辦公室，而是打開了由他負責的武器室，拿了兩顆手榴彈後走下了樓梯。他貼著房屋，在陰影裡無聲地走到家屬樓前，然後沿著樓梯走上了二樓，在西面的一扇窗戶前站住腳。他多次來過這間屋子，知道那個女人睡在什麼地方，他用小拇指扣住弦線，一使勁砸破玻璃後，就將手榴彈扔了進去，自己趕緊跑到樓梯口。手榴彈這時候爆炸了，一聲巨響將這幢陳舊的樓房震得搖搖晃晃，灰塵紛紛揚揚地飄落到跑出去的王立強身上。他一直跑到圍牆下面，蹲在圍牆的黑影裡。

那時候武裝部裡彷彿出現戰爭似的亂成一團，他聽到第二次被吵醒的政委正破口大罵那個失職的戰士，還有人在喊叫擔架的聲音。這紛亂的情景在王立強模糊不清的眼中，猶如一團翻滾而來的蝗蟲。後來他看到那幢樓裡抬出了三副擔架，他聽到那邊有人在說：

「還活著，還活著……」

他心裡隨即一怔。當擔架被抬上汽車駛出去以後，他立刻攀上圍牆翻越了出去，他知道自己應該往醫院跑去。

這天凌晨的時候，鎮上那家醫院出現了一個拿著手榴彈，滿臉殺氣騰騰的男人。王立強走入住院部時，值班的外科醫生是個大鬍子北方人，他一看到王立強就明白和剛才送來的三個人有關，他嚇得在走廊裡亂竄，同時哇哇大叫：

「武裝部殺人啦。」

大鬍子外科醫生連話都說不清楚了。大約半小時以後他才稍稍鎮靜下來，那時他和一個渾身哆嗦的護士站在一起，看著王立強手提手榴彈正挨著房間搜查過來。外科醫生突發勇敢，他向護士建議兩人一起從後面撲上去抱住他。這倒是提醒了那個護士，眼看著王立強越走越近，護士驚恐地哀求外科醫生：

「你快去抱住他吧。」

外科醫生想一想後說：

「還是先去報告領導吧。」

說著他打開窗戶跳出去，逃之夭夭了。

王立強一個一個房間搜查過去，周圍恐懼的喊叫吵得他心煩意亂。他來到護士值班室，剛打開門，一股力量把門堵上了，他左手的手腕遭受門的猛力一擊，然後被夾在了那裡，疼得他直皺眉，他用身體使勁將門撞開，裡面四個護士對著他又哭又喊，沒有他要找的那個女人。他就安慰她們，他不會殺她們的。可她們只知道哭喊，根本就不理會他在說些什麼。王立強無可奈何地搖搖頭，退了出來。接著他走入手術室，手術室裡的醫生護士早就逃跑了。他看到了兩張手術台上躺著兩個男孩，認出了是那個女人的兒子，他們血肉模糊，已經死去了。他非常不安地看著這兩個男孩，沒想到最後死去的竟是他們。他從手術室裡退了出去，兩個男孩的死，使他無意再去尋找那個女人了。他緩慢地走出醫院，在門口站了一會，有那麼一瞬間他想到該回家了，隨即他對自己說：

「算了。」

不一會，他發現自己已被包圍了，他就將身體靠在一根木頭電線桿上，他聽到政委向他喊叫：

「王立強，放下武器，要不你就死路一條。」

王立強對他說：

「政委，等老林回來了，請轉告他，我對不起他，我不是有意要殺他兒子的。」

政委可顧不上這些，他仍然喊：

「快放下武器，要不你就死路一條啦。」

王立強苦澀地回答：

「政委，我已經死路一條了。」

和我共同生活了五年，像真正的父親那樣疼愛過我、打罵過我的王立強，在他臨死的時刻，突然感到剛才受傷的手腕疼痛難忍，他就從口袋裡拿出了手帕，細心地包紮起來，包紮完後他才發現這沒有什麼意義，他自言自語道：

「我包它幹麼？」

他對著自己的手腕苦笑了一下，然後拉響了手榴彈。他身後的木頭電線桿也被炸斷了，燈光明亮的醫院，頭時一片黑暗。

王立強一心想炸死的那個女人，實際上只是被炸破一些皮肉。王立強自殺的當天下午，她就出院了，這個驚魂未定的女人出院時哭哭啼啼。沒過多久，她就恢復了昔日自得的神態，半年以後當她再度從醫院走出來時簡直有些趾高氣揚。婦產科醫生的檢查，證明她又懷孕了，而且是一胎雙胞。那幾天裡她逢人就說：

「炸死了兩個，我再生兩個。」

王立強死後，因此而起的災難就落到了李秀英的頭上。這個虛弱不堪的女人，在承受如此巨大的壓力時，顯得若無其事。當王立強生前的一位同事，代表武裝部來告訴李秀英時，李秀英成功地挺住了這最早來到的打擊。她一點也不驚慌失措，她一言不發長時間地看著來人，倒把對方看得慌亂起來。這時候她尖利的嗓音突然響起：

「王立強是被你們謀殺的。」

把那人搞得措手不及，當他再度解釋王立強是自殺時，李秀英揮了揮她的細胳膊，更為嚇人地說：

「你們，所有的人殺死王立強，其實是為了殺我。」

她離奇的思維使來者痛苦不堪地感到，無法與她進行正常的對話。可是有一個實際的問題又必須徵詢她的意見，他問她什麼時候去領王立強的遺體。

李秀英半晌沒有聲音，然後才說：

「我不要，他犯別的錯誤我要，犯了這種男女錯誤我就不要。」

這是她唯一一句像正常人說的話。

那人走後，李秀英走到目瞪口呆的我面前，憤恨地對我說：

「他們奪走了我的活人，想拿個死人來搪塞我。」

隨後她微仰起頭，驕傲地說：

「我拒絕了。」

這是怎樣艱難的一天，又逢是星期天，我待在家中，雜亂無章地經受著吃驚、害怕、憂傷各種情感的襲擊。王立強的突然死去，在年幼的我那裡，始終難以成為堅實的事實，而是以消息的狀態，在我眼前可怕地飄來飄去。

整整一天，李秀英都待在自己屋中，細心照料著自己的內衣內褲，在移動的陽光裡移動著那些小凳子。可她經常發出一聲令人毛骨悚然的喊叫，把我嚇得渾身哆嗦。這是我記憶裡李秀英唯一表達自己悲痛和絕望的方式。她突然而起的喊聲是那樣的鋒利，猶如一塊玻璃碎片在空中呼嘯而去。

那個白晝對我來說，是極其恐怖的。我在李秀英肆無忌憚的喊叫裡膽戰心驚，後來我實在忍不住了，偷偷打開李秀英的房門，我看到她安靜的背影正俯向自己的內衣，沒一會她的身體就挺直起來，仰起臉又喊叫了：

「啊——」

李秀英第二天一早就回娘家去了。那時候天還沒亮，我被一隻搖晃的手弄醒，在刺眼的燈光裡，我看到一個戴著大口罩、全身理得嚴嚴實實的人正俯向我，我嚇得哇地一聲哭了起來。接著我聽到李秀英的聲音：

「別哭，別哭，是我。」

李秀英對自己的裝扮深表滿意，她近乎得意地問我：

「你認不出我吧。」

我來到孫蕩五年後，李秀英第一次走出了家門。在冬天還沒有來到的凌晨，李秀英穿著冬天的衣服走向輪船碼頭，我扛著一把小凳子費力地跟在她的身後。

天亮前的街道空空蕩蕩，只有幾個吃早茶的老頭，大聲咳嗽著走過去。虛弱的李秀英只能一氣走出一百來米，當她站住腳喘氣時，我就立刻將小凳子放到她屁股下面。我們在潮濕的晨風裡走走停停，有幾次我剛開口想說話時，她就「噓」地一聲制止了我，輕聲告訴我：

「一說話，別人就會發現我。」

她的神祕讓我渾身緊張。

李秀英在人為的神祕裡離開孫蕩。當時對於我漫長的過程，現在回憶裡卻只是短短的幾次閃亮。這個古怪的女人穿著臃腫的衣服通過檢票口時，回過頭來向我揮了揮手。後來我就撲在候船室破爛的窗口，看著她站在岸邊不知所措，她要走過一塊狹長的跳板才能抵達船上，那時候她就不管是否會暴露自己，接連叫道：

「誰把我扶過去。」

她進入船艙以後，就開始了我們也許是一生的分別，直到現在我都沒再見到過她。我始終撲在窗口，等到船在遠處的河流裡消失，我才離開窗口，這時候我才發現一個要命的現實——我怎麼辦？

李秀英把我給忘記了，過多的悲傷使她除了自己以外，忘記了一切。十二歲的我，在黎明逐漸來到的時候，突然成了孤兒。我身上分文沒有，就是我的衣服和書包也被緊緊鎖在那個已經不存在的家中，我沒有鑰匙。我唯一的財富就是李秀英遺留的那把小凳子。我把凳子重新扛到了肩上，然後哭泣著走出碼頭。

出於習慣，我回到了家門前，當我伸手推一下緊閉的屋門後，我就把自己推入了更為傷心的境地。我在門旁坐下來，哭得傷心欲絕。後來我就在那裡發呆，那時候我腦袋一片空白，一直到背著書包準備上學的劉小青走過來時，我重新哭泣了。我對前天才恢復友情的劉小青說：

「王立強死了，李秀英走了，我沒人管了。」

戴著黑紗的劉小青熱情地對我叫道：

「到我家住吧，你就睡我哥哥的床。」

然後他就飛快地跑回家中，可過了一會他就垂頭喪氣地走回來。他擅自的決定不僅遭到父母的否決，而且還飽嘗了一頓訓斥。他尷尬地朝我笑一笑。我是那時候決定返回南門的，我要回到父母兄弟那裡去。我這樣告訴了劉小青，可是我沒錢買船票。

劉小青眼睛一亮，叫道：

「去向國慶借。」

我們在學校的操場上找到了國慶，劉小青叫他時，他說：

「我不過來，你有肝炎。」

劉小青可憐巴巴地問他：

「我們過來，好嗎？」

國慶沒再表示反對，我和劉小青走向了這位富翁。如果不是國慶的慷慨幫助，我不知道自己回到南門會有多麼艱難。我的兩位童年的伙伴，將我送上了離開孫蕩的輪船。我們向輪船碼頭走去時，國慶神氣十足地對我說：

「以後缺錢花，就給我來一封信。」

劉小青則是憨厚地替我扛著那把凳子，跟在我們後面。可我後來卻遺忘了這把凳子，就像李秀英遺忘了我一樣。輪船駛去以後，我看到國慶坐在那把凳子上，架著二郎腿向我揮手，劉小青站在一旁正向他說著什麼。他們置身其上的堤岸迅速地消失了。

我在深秋的傍晚踏上了家鄉的土地，離家五年之後重新回來時，我只能用外鄉人的口音向人打聽南門在什麼地方。我在那條狹長的街道走去時，一個比我小得多的孩子撲在樓上的窗口，一聲聲叫我：

「小孩，小孩。」

我聽到的是完全陌生的方言。幸虧我還記得南門，和我父母兄弟的名字，還有我的祖父。六歲時殘留下來的記憶，使我可以一路打聽著走去。我就是在那時候遇到了我的祖父孫有元，這個背著包袱、懷抱油布雨傘的老人，在我叔叔家住滿一個月以後，正準備回到南門，風燭殘年的祖父在那條他應該是最熟悉的路上迷路了。我們都是忘記了對方的模樣以後，在路上相遇。

那時候我已經走出縣城，來到了鄉間，一個三岔路口讓我無從選擇。我當時被落日的景色迷住了，所以我沒有立刻焦急起來。那是讓我的童年震驚的景色，我看到翻滾的烏雲和通紅的晚霞正逐漸融為一體，一輪紅日已經貼在了遠處的地平線上，開始它光芒四射的下沉。我站在落日的餘暉之中，對著太陽喊叫：

「快沉下去，快沉下去。」

一團巨大的烏雲正向落日移去，我不願意看到落日被它吞沒。落日如我所願的沉沒以後，我才看到了祖父孫有元，他就站在我的身後，和我貼得那麼近。這個年邁的老人用一種懇求的眼神望著我，我就問他：

「到南門怎麼走？」

他搖搖頭，嗡嗡地告訴我：

「我忘記了。」

他忘記了？孫有元的回答讓我覺得有趣，我對他說：

「不知道就是不知道，為什麼要說忘記呢。」

他謙卑地向我笑了笑。那時候天色開始黑下來了，我趕緊選擇一條路匆匆走去，走了一陣我發現後面那個老頭正跟著我，我也不管他，繼續走了一會，我看到稻田裡有一個紮頭巾的女人，就問她：

「前面是南門嗎？」

「走錯啦。」那個女人挺起腰來說。「應該走那條路。」

那時天色馬上就要黑了，我立刻轉回去，老人也轉過身來往回走，他對我的緊張引起了我的注意，我立刻撒腿跑開了，跑了一會回頭一看，他正趄趄趔趔地急步追來。這使我很生氣，我等他走近了，就對他說：

「喂，你別跟著我，你往那邊走。」

說完我轉身就走，我走回到三岔路口時，天已經完全黑了，我聽到了打雷的聲音，那時一點月光都沒有。我摸上了另一條路，急步走了一陣，發現那老人還跟著我，我轉回身向他喊叫：

「你別跟著，我家很窮的，養不起你。」

這時候雨點下來了，我趕緊往前奔跑過去。我看到了遠處突然升起一片火光，越來越大的雨點與那片火糾纏起來，燃燒的火不僅沒有熄滅，反而逐漸增大。就如不可阻擋的呼喊，在雨中脫穎而出，熊熊燃燒。

藉著火光，我看到了那座通往南門的木橋，過去殘留的記憶讓我欣喜地感到，我已經回到了南門。我在雨中奔跑過去，一股熱浪向我席捲而來，雜亂的人聲也撲了過來。我接近村莊的時候，那片火光已經鋪在地上燃燒，雨開始小下來。我是在叫叫嚷嚷的聲音裡，走進了南門的村莊。

我的兩個兄弟裹著床單驚恐不安地站在那裡，我不知道他們就是孫光平和孫光明。同樣我也不知道那個跪在地上嚎啕大哭的女人就是我的母親。他們旁邊是一些與火爭搶出來的物件，亂糟糟地堆在那裡。接下去我看到了一個赤裸著上身的男人，秋夜的涼風吹在他瘦骨伶佇的胸前，他聲音嘶啞地告訴周圍的人，有多少東西已經葬身火海。我看到他眼睛裡滾出了淚水，他向他們淒涼地笑了起來，說道：

「你們都看到大火了吧，壯觀是真壯觀，只是代價太大了。」

我那時不知道他就是我的父親，但他吸引了我，我就走到他身邊，響亮地說：

「我要找孫廣才。」

國家圖書館出版品預行編目資料

呼喊與細雨/余華著. -- 三版. -- 臺北市 : 麥田出版 : 英屬蓋曼群島商家庭傳媒股份有限公司城邦分公司發行, 2024.01
面； 公分. -- (余華作品集 ; 7)

ISBN 978-626-310-598-0 (平裝)

857.7　　112019826

余華作品集 7

呼喊與細雨（新版）

作　　者　余　華
責任編輯　張桓瑋

版　　權　吳玲緯　楊　靜
行　　銷　闕志勳　吳宇軒　余一霞
業　　務　李再星　李振東　陳美燕
副總編輯　林秀梅
編輯總監　劉麗真
事業群總經理　謝至平
發 行 人　何飛鵬
出　　版　麥田出版
台北市南港區昆陽街16號4樓
電話：886-2-25000888 傳真：886-2-25001951
發　　行　英屬蓋曼群島商家庭傳媒股份有限公司城邦分公司
台北市南港區昆陽街16號8樓
客服專線：02-25007718；25007719
24小時傳真專線：02-25001990；25001991
服務時間：週一至週五上午09:30-12:00；下午13:30-17:00
劃撥帳號：19863813 戶名：書虫股份有限公司
讀者服務信箱：service@readingclub.com.tw
城邦網址：http://www.cite.com.tw
麥田部落格：http://ryefield.pixnet.net/blog
麥田出版Facebook：https://www.facebook.com/RyeField.Cite/
香港發行所　城邦（香港）出版集團有限公司
香港九龍九龍城土瓜灣道86號順聯工業大廈6樓A室
電話：852-25086231　傳真：852-25789337
電子信箱：hkcite@biznetvigator.com
馬新發行所　城邦（馬新）出版集團
Cite（M）Sdn. Bhd.（458372U）
41, Jalan Radin Anum, Bandar Baru Seri Petaling,
57000 Kuala Lumpur, Malaysia.
電話：+6(03)-90563833　傳真：+6(03)-90576622
電子信箱：services@cite.my

封面設計　蔡南昇
印　　刷　前進彩藝有限公司

初版一刷　2004 年 2 月
三版二刷　2024 年 6 月
定　　價　480 元
I S B N　978-626-310-598-0
9786263106277（EPUB）

城邦讀書花園
www.cite.com.tw